祝总骧传

陈家忠 著

线装书局

图书在版编目（CIP）数据

祝总骧传 / 陈家忠著． -- 北京：线装书局，2024.2
　　ISBN 978-7-5120-6024-1

Ⅰ．①祝… Ⅱ．①陈… Ⅲ．①传记文学－中国－当代 Ⅳ．① I25

中国国家版本馆 CIP 数据核字（2024）第 061094 号

祝总骧传
ZHUZONGXIANG ZHUAN

著　　　者：陈家忠
责任编辑：崔　巍
出版发行：线裝書局
　　　　　地　址：北京市丰台区方庄日月天地大厦 B 座 17 层（100078）
　　　　　电　话：010-58077126（发行部）010-58076938（总编室）
　　　　　网　址：www.zgxzsj.com
经　　销：新华书店
印　　制：三河市中晟雅豪印务有限公司
开　　本：787mm×1092mm 1/16
印　　张：22
字　　数：291 千字
版　　次：2024 年 2 月第 1 版第 1 次印刷
定　　价：98.00 元

线装书局官方微信

《祝总骧传》编委会

编委会主任：

夏中杰

编委会副主任：

徐瑞民

委员：

张译方	宋玲辉	王洪刚	汪 宁	张满堂
刘小俐	黄开弟	顿 玲	胡广玲	毕安明
陈永军	韩昌俊	罗健明	林国俊	陈文隆
王月兰	傅启文	卓清辉	曾军庆	

陈家忠的文学梦想
——《祝总骧传》序
◇ 刘书良

一

在我相熟的作家中，没谁比陈家忠勤奋、刻苦、隐忍，也是我所知道的北漂群中最有文学成就的作家之一，许多与陈家忠相熟的作家大都认可我对他的客观评价。26岁那年，家忠已经是苏北宿豫文学工作者协会的秘书长，他创作的诗文被省级、国家级报刊刊用，正是春风得意的青春岁月，他却总觉得平淡生活不足以支撑他对文学梦想的追求。大运河里汽笛声声，西楚霸王项羽故里的传奇故事，骆马湖里的渔歌唱晚都曾是他诗文里不可或缺的内容，都曾激发他怀揣梦想走向远方。他知道眼界不够宽广，笔墨不够顺畅，于是他便拼命地读书，灯光熏睡了漫漫长夜，一团又一团的烟雾在眼前升腾与散去，再升腾，再散去，连运河岸边的纤夫也沉沉地睡去。他总嫌文字不够精美，那些恭维他文学成绩的语言令他汗颜。

他要追寻更大的成长舞台，不为金钱多寡，只为接近心中的梦想。当北京一家中央单位杂志社向他递出那支橄榄枝之时，他毫不犹豫地放弃了收入颇丰的工作和令他人羡慕的社会职务，一路风尘仆仆地北上了。

北京城可真大，大到20年后还不曾踏遍这里的名山古刹、名胜景区。因为所有的踏青与旅游都需要大量时间，他舍不得啊。先是躲在窄巴的出租屋里写作，后来才搬进楼房。文学对他来说是任何高官厚禄都比不过的诱惑。

家忠的才华与勤奋让他很快从众多编辑、记者中脱颖而出，从编辑一跃升任期刊编辑部主任、副主编、主编、执行副社长，也就是在这个时期他把擅长的诗歌让位给了报告文学。显然，记者身份让他有了写作纪实体裁的理由，而期刊也需要这样的文字。家忠在期刊界跌跌撞撞地奋斗了18年之后，转场进入专业作家行列，历经了五年的矻矻以求的挣扎、蝶变，继而华丽转身，成为中国作家协会会员，这不是每个文学爱好者都能够达到的理想高地。

二

诗人汪国真有两句诗这样说："没有比脚更长的路／没有比人更高的山"，为了追寻自己的文学理想，家忠一如既往地风雨兼程。

他一时痴迷地徜徉在报告文学的王国，使得他的报告文学创作跃入一个又一个高度。写农民大豆育种专家赵相文的《黑土地孕育精灵的人》，写茶叶专家徐纪瑛的《茶痴》，一篇洋洋洒洒五六千字都是集中在三五天时间写就出的。主编总是用不可信的眼神盯着他看，以便找出他写作上的漏洞。几个老编辑、老记者跟随主编多年，依旧在豆腐块或短篇中徘徊，而家忠对文字驾驭得得心应手，让他睁大了眼睛。后来有人告状说"办公室的沙发都被老陈睡塌了"，主编这才恍然大悟：别人走路、吃饭时，他在写作；别人睡觉、娱乐时，他在写作，他放弃了一切娱乐、休闲时间写作到了"无文不识茶滋味"。主编感叹：陈家忠不成功都难！

脚板踏上北京土地时，家忠就与人"格格不入"，不去潭柘寺烧香拜佛，也不去北海公园里荡桨，尽管工作地方离北京故宫博物院、景山公园只有两三站地，也无暇观赏那里的秀美风景，尽管他也想去，可他真的没时间啊。白天，繁重的编辑、出版事务、北上南下的采访任务，都没给他留出充裕时间可供支配，他甚至不记得有"星期天、节假日"等词。他把写作时间大都安排在下班后，办公室里长条沙发成了他的床榻。社长埋怨道："一年换一个沙发，都是家忠给睡坏了。"

实习记者问主编怎样做才能成为一个优秀记者、作家时，主编指指家忠反问道："你能像他那样视写作为生命，不惜时间和得失吗？如能，你就可以成为优秀的记者和作家了。"

三

在激情如歌的岁月里，家忠的诗歌是他成名的处女作，进了北京并未顾此失彼，诗歌依旧如火一样老辣、澎湃、令人联想：

我们诵读的每一首诗

在漫山遍野飘荡

谁的口中长了一朵火红的玫瑰

谁的心里长了一朵火红的玫瑰

玫瑰，玫瑰

玫瑰如火

随时奔赴一场烈焰般的爱情

我写不出这如醉似火的文字。诗歌作者光芒四射的才华，足以撩拨女孩儿的芳心，让我这个老作家自愧不如，不敬畏他都不行。恰有拙作《行走的丰碑》要出版，请家忠出来喝酒。请酒之意在酒外，让他添补封底处大半页的空白。他发现掉进陷阱里，自知吃人家嘴短，布置的作业要完成。家忠低着头，时而仰起，烟雾在他乱蓬蓬的头顶上旋转、飘散，再旋转，再飘散。我知道他走心了，故作不睬他。20分钟后，家忠把烟屁股一丢，20行诗歌跃然纸上。览读全篇，推开了这本书导读的天窗：

走来一个又一个匆忙的背影

犹如一尊尊行走的丰碑

在时空的隧道中穿行

那跫跫足音

踏醒我们蛰伏许久的记忆

我们双眸里走过的背影

越来越高大

足以让我们仰视到

天地间的精神高度

并且高过我们一生的仰望

2000年前后，家忠的创作频丰，写报告文学，也写诗歌，几乎每月都有数份稿酬汇单，也常被同事缠磨去请客。家忠后来出版了《他们感动中国》这部中短篇报告文学集，内容大都是这些年发表的作品。

家忠的生命激情是燃烧的。不曾见过他垂头丧气过，哪怕是期刊走入低谷，他依旧踌躇满志地与主编、社长商讨期刊的未来走向，并亲自爬到甘肃黄土高坡上，扯开嗓子唱"我家住在黄土高坡"，释放一下心中积压许久的工作压力。他最终用真诚与厚道赢得当地政府的信任，成功地为期刊获得一笔笔广告费。

他在杂志社工作期间，经历了杂志社最艰辛办刊的历程，也耗去了他大量的宝贵时间，他说他从不后悔，这也是他心智成熟最快的一段时间。

我不知家忠哪里抽出来的空闲时间，竟一口气出版了《小说名著导读》《诗歌精品鉴赏》两部作品，让人羡慕得想骂娘。如果他到此停下前行脚步，就不会有今天被我们所熟知的作家陈家忠了。很快，家忠又有《为生命喝彩》《经络巨子——祝总骧教授的科学人生》两部长篇报告文学问世。至此，家忠纵横驰骋在了报告文学创作领域里。

四

一天夜里，家忠突然给我发微信，说他正在写《祝总骧传》，此后便没有了声音。这是家忠大部头创作之前的一种精神状态，只告之好友，并非求点赞，我猜想家忠又一部大作即将完成。这期间最好的做法就是别理他，盯看他的微信朋友圈就是了。

我对祝总骧并不陌生，对家忠撰写《祝总骧传》也不感到意外。18年前，部队老首长张亚南带我和家忠去见他的老友——国宝级经络学专家祝总骧教授。

祝教授毕业于中国人民大学化学系，后来进入医疗部门，从事的却是教学和科研性质且划归推广西医范畴工作。如不是20世纪六七十年代中国出现的针灸麻醉热潮及美国总统尼克松一行访华期间对中国经络针灸的浓厚兴趣，也不会引起官方的高度重视。周恩来总理召开专门会议，提出一定要尽快将经络的实质搞清楚。随即大批科研部门、医学院校和学者积极响应国家号召投身经络研究，国家科委（今国家科技部前身）还把经络研究列入部重点科研攻关项目。

为了周总理嘱托，年富力强的祝总骧投入了经络研究中去。人体到底有没有经络？医学界争论不休，争论了几百年依旧停顿在有与无上，搁置了数百年。战国时期的医学巨著《黄帝内经》中有过记载：人体有14条经络，具有"决生死，处百病，调虚实"之特殊功效，此后再无超越的定论。而在科技进步的今天，作为传统中医学重要组成部分的经络学并未被重视也未被认定。清末民初以来，关于经络研究有过寥寥几次探讨也遭到排斥，或质疑或否定，经络研究一直处于空白。祝总骧放下所有科学技术的桎梏与成见，义无反顾地闯进一个新奇却又陌生的长长胡同里，承担起破译经络千古之谜的科研课题。

祝总骧不知经络研究领域的深浅，宵衣旰食地融入破译经络的大会战之中。太难了，一窝蜂拥上来的医学科技人员在实验室里拼搏多年，竟看不见一点蛛丝马迹，大多数人明哲保身地退出了，并断言祝总骧也会暗淡地退出。

然而，他们错了，因为他们太不了解祝总骧的性格，在他的人生字典里，没有言败的记录。他喜欢挑战自己，喜欢逆流而上。这就是祝总骧独有的人生哲学，也是他与众不同的性格。他领悟到只有把自己的人生理想与国家兴衰和民族的荣辱紧密结合在一起，人生才具有更大的价值。

中医提出的经络到底有没有？如有，又怎能证明？祝总骧下定决心，一定要把经络搞明白、弄清楚，光耀世界，造福人类。

困难与挫折也如高山叠嶂横在祝总骧的面前，合作者的坚决退出，科研经费的匮乏，无中生有的诋毁，甚至有人建议取缔科研项目研究，都不能阻止祝总骧科研攻关的脚步。

某一天，祝总骧终于听到那个来自远古且又久盼的声音："咚，咚，咚"这奇妙又鲜活的声音啊，你终于来了，不，你一直存在只是与人类捉迷藏呢。祝总骧着迷了：他对周边的人，对社区群体，都用一个方法测定，得出人身体上都不缺少经络。之后，祝总骧才欢欣地对外官宣：人体经络是存在的，而且从没离开过我们的身体。

象牙之塔固然壮丽，却不如走下神坛为人民服务。祝总骧呕心沥血地创编了"312经络锻炼法"，并着力构建共产主义大课堂，志在为亿万人民群众营造健康福祉，实现"百病除，百岁康，百万家"的崇高理想。"312经络锻炼法"颇受大众欢迎。锻炼法一经宣布，国外一些国家便掀起了学习的热潮。

五

祝总骧在国内首次发现并证明人体经络的存在而破译千古之谜的伟大成就，让家忠惊喜地意识到祝总骧这一科研人物值得去写。

家忠意识里的医学是医院及附属机构，也包括家门口赤脚医生肩上的药箱，他的生活离医学很远，连头痛脑热都不肯进医院，活脱脱的一个恐医的医盲但这不影响他对祝总骧发现经络意义的精准判断。18年前，祝总骧的研究跃上一个台阶，他在证明经络的客观存在的基础上创编了利国利民的"312经络锻炼法"，但还没有得到富有成效的推广。祝总骧教授希望我的老首长张亚南帮他，老首长并未表态，而是把我和家忠介绍过来。我和祝总骧教授见了一面之后，就被烦事占据了。我发现家忠对祝总骧的经络研究很感兴趣，不时从他口中听到祝总骧教授的名句，再见祝总骧教授是家忠带着我去的。

祝总骧教授的事迹深深感染了家忠，他开始系列报道祝总骧，我们也不断地从报刊上看到祝总骧和他的"312经络锻炼法"的报道。家忠以激情、豪迈的语言，讴歌祝总骧证明经络的客观存在是中医领域里的重要发现，充满对"312经络锻炼法"未来的肯定。他还受祝总骧教授邀请一同去了马来西亚、印度尼西亚、新加坡参加活动，受到时任新加坡国会议长后来成为该国总统的哈莉玛·雅各布的接见。家忠说，这是他至今为止见过的最大的官，骄傲的神情跃然脸上。许是有了这个契机，触动了家忠为祝总骧作传的打算。18年啊，陈家忠一直是"312经络锻炼法"的"鼓吹"者，他还很有成就地把这股学习之风引入湖南省老科学技术工作者协会这个群体。会长、原省委书记熊清泉随后发出指示："您想长寿吗？您想健康吗？您想快乐吗？赶快参加312经络锻炼，把湖南省建成第一个百岁健康省。""312经络锻炼法"在湖南全境如火如荼地开展起来了。

家忠终于熬出来了。他兴奋地告诉我，他以每天5000字的速度，用了两个多月的时间完成了这本20万字的《祝总骧传》。书中许多细节让人感动，如不是与祝总骧经常在一起，根本得不到这样富含生活气息的情节。

《祝总骧传》也使家忠的报告文学创作达到了里程碑式的高度。

六

传记文学的特点在于作家对传主一生做出实事求是的评价，爱恨情仇都可以是内容的一部分，却不是文字叠加，还要求作者通过对传主履历很好的把握，以客观、公正的态度铺展开来，而不是迁就时下报告文学的通病，从头至尾就是一篇表扬稿。家忠通过细节的描写，高超地运用文字能力，把传主鲜活的人物形象推到读者的面前，他的喜怒哀乐，他的脾气暴燥时对人不留情面的性格；写他待人真诚、言而有信的品格，写他半生清贫的生活只为推广"312经络锻炼法"。我认为这本长篇传记写的是成功的，而且在其之前所有有关祝总骧的传记文本都不能企及，可见家忠对这部传记倾注了大量的心血。在这本书里，他调动了文学所能达到的创作手法，写情感如春风细雨，写传主遭遇不公平的对待时跌宕起伏。家忠的文字更多写出祝总骧半生呕心沥血发现经络存在继而推广这一锻炼方法，都是在完成"周总理的嘱托"。这一时间跨度，用去了祝总骧生命历程中的50年，也从50岁开始到如今的百岁，他付出怎样的代价、经过怎样的风雨寒霜，才最终看到了秀美的彩虹。这是科学家们值得我们尊重、敬仰的最伟大人格。家忠正是把握住祝总骧作为科学家这个品质，突显他不同常人的鲜明个性："如裂帛乍响，杯瓶掷地，轰然震耳，挥斥八极"，这个性格归属祝总骧而他人不曾有。

祝总骧和中国众多的中医专家，为全球卫生治理开了一个"中国处方"，他呕心沥血地创编的"312经络锻炼法"，不啻为具有中国特色的"中国处方"，期望全世界的人民都能通过这一简、便、廉、验的集三个穴位按摩、腹式呼吸和两条腿下蹲动作为一体的强身健体的锻炼方法，达到百岁健康。

我们有理由相信《祝总骧传》是家忠送给祝总骧教授100周岁最厚重、最有纪念意义的生日礼物。

2023年7月16日于北京市平谷区

（作者系中国作家协会会员、知名报告文学作家）

目录 CONTENTS

开场白　/　001

第一章　青春之问　/　007
    1.1　祝总骧的人生感悟 …………………………………… 008
    1.2　平凡的爱情 …………………………………………… 013
    1.3　孩子不能在"防空洞"里成长 ……………………… 016
    1.4　参加"六二六"医疗队 ……………………………… 020

第二章　破译千古之谜　/　025
    2.1　周恩来总理的嘱托 …………………………………… 026
    2.2　经络就是这样被证实的 ……………………………… 033
    2.3　新闻联播报道祝总骧破译千古之谜 ………………… 041
    2.4　出版《针灸经络生物物理学》……………………… 041

第三章　漫漫科研路　/　045
    3.1　经络研究课题受阻 …………………………………… 046
    3.2　成立北京炎黄经络研究中心 ………………………… 053

第四章　祝总骧与郝金凯组合的"双子星座"　/　057
    4.1　郝金凯的困惑 ………………………………………… 058
    4.2　创造了"实验经络针灸疗法" ……………………… 062
    4.3　为陈景润院士治病 …………………………………… 067

4.4 实验经络针灸疗法在美国备受推崇·················071

第五章　让经络学走向世界　/　075

5.1 出国讲学·····································076
5.2 祝教授的忧虑·································082
5.3 出国不是为了旅游·····························084
5.4 启动"312"环球健康列车·······················086
5.5 世界"312"长寿医学大会······················100
5.6 哈莉玛·雅各布议长接见祝总骧················105

第六章　创编"312经络锻炼法"与构建"共产主义大课堂"　/　111

6.1 创编"312 经络锻炼法"························112
6.2 关于"312 经络锻炼法"的对话··················116
6.3 和死神赛跑···································129
6.4 疗效是最好的证明·····························133
6.5 祝总骧的名利观·······························136
6.6 英雄本色·····································140
6.7 "经络歌"与"经络舞"························147
6.8 吴仪副总理的批示·····························151

第七章　那年春天　/　157

7.1 为国分忧·····································158
7.2 接受《中国中医药报》记者访谈················160
7.3 有没有效果群众说了算·························163

第八章　风靡东南亚的"312经络锻炼法" / 167

- 8.1　有这么一群开路先锋 ·············· 168
- 8.2　独占鳌头 ·············· 173
- 8.3　历史的见证 ·············· 177
- 8.4　"312"进入千岛之国 ·············· 181
- 8.5　祝总骧的思考 ·············· 188

第九章　"312经络锻炼法"下农村进社区 / 193

- 9.1　召开"312经络锻炼法"下农村进社区誓师大会 ·············· 194
- 9.2　要把翟城村建成百岁健康村 ·············· 201
- 9.3　"312"在厦门 ·············· 205

第十章　把湖南建成第一个百岁健康省 / 211

- 10.1　郎艺珠拜访祝总骧 ·············· 212
- 10.2　"312"在攸县开花结果 ·············· 213
- 10.3　熊清泉为"312"题词 ·············· 217
- 10.4　健康长寿的秘密自己去解 ·············· 220

第十一章　老境 / 223

- 11.1　夫人朱篷第患了眼疾 ·············· 224
- 11.2　给二子的信 ·············· 227
- 11.3　祝总骧二子的成长经历 ·············· 230
- 11.4　父与子之间的隔阂 ·············· 232
- 11.5　冰释前嫌 ·············· 236
- 11.6　人生最后一次的骨折 ·············· 238

第十二章　"312"事业要传承下去　/　245

　　12.1　一路追随 ·· 246

　　12.2　夏中杰接下接力棒 ······························· 250

　　12.3　大医传承 ·· 259

　　12.4　登陆纽约纳斯达克大屏 ························· 265

　　12.5　成立祝总骧312经络锻炼法专业委员会 ····· 271

　　12.6　接力，一代代传下去 ··························· 273

　　12.7　仍在征途 ·· 280

　　12.8　百岁寿辰 ·· 283

　　12.9　巨星陨落 ·· 285

尾声　"312"为世界开出的"中国处方"　/　291

后记　/　297

　　附录1：祝总骧大事记和科研成果 ··················· 302

　　　1.1　祝总骧大事记 ···································· 302

　　　1.2　科研成果 ·· 304

　　附录2：国内研究"312经络锻炼法"的学术论文 ··· 307

　　附录3：祝总骧312经络锻炼法传承人名录 ········ 309

» 开场白

一部不朽的上古时代的医学巨著——《黄帝内经》和一尊锃亮亮的宋代铜人,犹如神圣而美丽的生命图腾,让祝总骧顶礼膜拜,每每精灵般地飘忽在他的梦乡。

> 鉴于祝总骧在经络学界的卓越贡献，无论是在国内，还是在国外，都堪称凤毛麟角，把这顶华光闪烁的"中国经络学界的巨子"这一庄重又神圣的桂冠赠予给他，可以说是受之无愧！

2017年1月20日的《新华每日电讯》在13版上发表了一篇震惊世界的报道：《习主席向世卫组织赠送"针灸铜人"》，肩题则为"中医药走向世界，渐成'济世良方'"，在这篇报道中涉及"针灸铜人"和经络研究的知识点时，是这样披露的："经络系统是主宰着全身气血运行、调节生命活动的信息反馈系统。因此，中国传统医学都以经络为依据，以调整经络平衡来祛病，从保持经络平衡而康复。然而，经络却是看不见，摸不着的东西。中国科学院生物物理研究所祝总骧教授所领导的针灸经络研究组发现，人及其他动物、植物确实普遍存在着针灸经络系统，它具有普遍性、低阻抗和高振音等特性，其宽度仅一至二毫米。其循行和经典经络图谱基本吻合。这一发现既证明早在两千年前就被发现的针灸经络学的真实与可靠，又为临床提供了更为科学的依据。针灸专家郝金凯等将测定经络特性的方法应用于临床，由于定经、定位准确，对治疗肺气肿、肺心病、帕金森综合征等多种疾病有很好疗效。

"针灸铜人"是1027年宋朝王惟一医师铸造的。在此铜人身上，准确地刻画出14条经脉的定位和在这些经脉线上的354个穴位。祝总骧等人发现，这14条经脉都能用声、电和感觉三种方法准确地测定出来。

马克思曾经引自《摩尔和将军》一书中的一句话："科学绝不是一种自私自利的享乐，有幸能够致力于科学研究的人，首先应该拿自己的学识为人类服务。"这段话可以说是祝总骧教授一生执着地浸淫在祖国传统中医瑰宝——经络学研究事业的真实写照。

早在1972年,周恩来总理曾经指出"尽快将经络的实质搞清楚","中医的经络理论,不要墙内开花墙外结果"。为了周总理这一沉甸甸的嘱托,祝总骧从此矢志不移地投入到经络学艰苦卓绝的研究和探索。

如果说经络学说是浩瀚无边、缥缈溟濛太空中一艘航船,牵引着他向着人类未知领域迈进和探寻,那么周总理沉甸甸的嘱托则是给了他一副坚不可摧的翅膀,引导他向着生命科学未知领域飞得更高、更远。

一部不朽的上古时代的医学巨著——《黄帝内经》和一尊锃亮亮的宋代铜人,犹如神圣而美丽的生命图腾,让祝总骧顶礼膜拜,每每精灵般地飘忽在他的梦乡。

《黄帝内经》(又称《内经》),是我国现存最早的一部医学典籍,包括《素问》和《灵枢》两大部分。成书于战国时期的这部大书,是一部极其罕见的养生学巨著,与《伏羲八卦》《神农本草经》并列称为"上古三坟"。

《黄帝内经》全书内容,是以黄帝同巨子岐伯、伯高、少俞、雷公等以问答讨论形式展开的。之所以托名黄帝,大概主要原因是受尊古之风的影响。该书清晰地描述了人体的解剖结构及全身经络的运行情况,而且对人体生理学、医学病理学、医学地理学、医学物候学等进行了颇为精深、全面的论述。中医传统的望、闻、问、切四诊法,就是从《黄帝内经》开始的。此外,还涉及天文、历算、气象、生物、农艺、哲学、音乐等诸多方面的知识和内容,阴阳五行学是其理论基础;书中已有尸体解剖的记载,为人体解剖学开了历史先河。书中对针灸有着详细的描述,直至今天还令国外医学界叹为观止,成为中华医学史上的骄傲。

此书的"灵枢·经脉篇"中有这样的记载:"黄帝曰:人始生,先成精，精成而脑髓生，骨为干，脉为营，筋为刚，肉为墙，皮肤坚而毛发长，谷入于胃，脉道以通，血气乃行。雷公曰：愿卒闻经脉之始生。黄帝曰：经脉者，所以能决死生，处百病，调虚实，不可不通。"

那尊古老又肃穆的宋代铜人神祇般地在祝总骧的梦乡里闪烁，在它锃亮亮的身上，一根根来龙去脉确切无疑的经络线，恍若掌握人类生命所有奥秘的钥匙，有了它便能开启人类百岁健康的长寿之门。宋代铜人以铜铸的事实告知后人经络的存在，然而却闭口不言证实它的方法，这为《黄帝内经》笼罩着一层神秘的面纱，给后人留下一个千古之谜。

祝总骧成为这千古之谜的破译者。他自1976年首次发现人类存在隐性循经感传线（祝氏命名而为国际公认称为LPSC线）。这一发现是人类第一次揭示了人体体表普遍（人群中95%以上）存在十四条与古典经脉线相吻合的、连续而均一的、能够重复而确切定位的、高度敏感的线，其宽度为1~3毫米，其位置稳定不变。

16年来，祝总骧在对经络生物物理学研究方面取得了许多突破性进展。

1987年9月下旬，祝总骧教授应英国针灸学会之邀，出席了在伦敦举行的国际经络生物物理报告会。他微笑地走山讲台，通过录像带和幻灯片等图像资料，用流利的英语作了长达200分钟的经络研究学术报告。

祝总骧的学术报告，把与会各国专家、学者引领进有着五千年灿烂文明史的古老中国。他充满自信而又审慎地向全世界发表了作为一名中国经络学家的声音：针灸经络较指南针、印刷术、纸和火药这四大发明更早一千余年，作为中国对世界科学之贡献的第一大发明，可以说是名符其实、当之无愧！

与会的各国专家、学者，听了这位来自中国经络学专家的学术报告后，报以雷鸣般的掌声。此刻，他们深深地被祝教授的学术报告所折服。闻名世界的中国古代科学史专家、英国剑桥大学名誉校长、耄耋之年的李约瑟博士兴奋不已地说："我曾预言，经络之谜，终将由中国人自己揭开，有幸言中，实是我余生之幸！"

1990年，祝总骧创编了"312经络锻炼法"，祝总骧虽不是悬壶济世的名医，可是他应用经络理论指导健身实践创编的"312经络锻炼法"是集穴位按摩、腹式呼吸和体育运动为一体、通过身心锻炼便可达到强身健体、防病治病的一种全新的健身方法，业已被国家体育总局选入全民健身工程——"121计划"，并在《人民日报》上刊登。"312经络锻炼法"自1990年向社会推广以来，神州大地掀起学习热潮，更为社区、农村所钟爱，国内外已有三千万人掌握了这种强身健体的锻炼方法。

鉴于祝总骧探秘经络的执着和取得的卓越贡献，无论在国内还是在国外的经络学界都堪称凤毛麟角，把"中国经络学界的巨子"这顶华光闪烁、庄重又神圣的桂冠赠予他，应该是受之无愧的。

究竟什么是经络？祝总骧是如何对中国"第一大发明"——针灸经络进行艰苦卓绝的科学验证？他创编的"312经络锻炼法"又为何能帮助人们祛病强身，健康长寿？祝总骧教授是怎样一个人？本文作者通过采访祝总骧本人及其家人、挚友、身边工作人员和众多的传承人，以翔实的史料、优美的笔触，带您走进祖国传统中医瑰丽而又神圣的殿堂，认识祝总骧、了解祝总骧，更重要的是向您叙述祝总骧教授鲜为人知的科学人生故事。

第一章 青春之问

　　这时祝总骧不得不对自己青年时代树立起的人生观、世界观及科学观，进行认真的审视：科学技术能够在一定程度上解决人类前途问题，然而却仅仅局限在科学技术上；如果一个人失去科研工作的动力，也就没有什么太大的作为了；单靠一个人的成就，岂能够建设社会主义新中国？他为自己青年时代的"个人英雄主义""科学救国论"等因素影响的人生观、世界观及科学观产生了动摇……

> 青年时代的祝总骧领悟到自己的人生理想和信念：只有和祖国与民族的兴衰荣辱融合在一起，人活着才有所价值……

1.1 祝总骧的人生感悟

祝总骧1923年2月出生于北平市（今北京市），祖籍江苏省吴县。吴县，从秦朝至1995年一直为县级行政区划名，撤销县时的辖境在今天的江苏省苏州市，而其行政区域相当于现在的苏州市吴中区和相城区。祖籍对于祝总骧来说很陌生，不过是一个符号或者代码，并没有在他的记忆里留下太多的印痕，少年时期，每当从父亲祝纪藩口中听到吴县的人文景观、风土人情之时，他就不由得心驰神往，继而就认为父亲口中的祖籍，犹如一棵枝繁叶茂的古树，而自己就是这棵古树中某个枝杈，沐浴着千年的风霜雨雪，笑看四季的更迭，继而血脉相连、生生不息。

其父亲祝纪藩17岁便离家北上求学，去寻求自己的人生发展之路。祝纪藩毕业于北平京师学堂化学系（今北京大学的前身），之后曾在郁文中学和北洋政府陆军部担任过化学教师；后来，为使得全家老小的生活过得宽裕些，又改行做了会计师，在北平市（今北京市）创建了北平祝纪藩会计师事务所，常为"同仁堂""瑞蚨祥"及倒闭的银行做些清算账目的工作。据《杭州民进》一篇题为"民进的特殊专家杨心德"一文披露"……直至1936年6月，有名的祝纪藩会计师事务所对故宫印刷所账目清理完毕，杨心德返回上海。"从这篇史料文章来判断，祝总骧的父亲祝纪藩在会计事业上做得还是很成功的，在民国时期的北平城还是颇具一定的知名度的。

由于其父亲的改行，使得当时的家境还算殷实，在北京东四牌楼11条购置了一幢四合院，并有相当的经济能力供养四个子女上了大学。受其父亲的影响，祝家四个子女读的全是理工科：其大哥毕业于北平大学工学院机械系，二哥毕业于中华大学化学系，姐姐毕业于北平大学数学系，祝总骧自己读的是中国大学化学系。可以这样说，祝家在当时的北平城，虽然算不上名门望族，但是家境比一般家庭高出很多，应该算得上中上殷实之家。

祝总骧青年时期考上的中国大学，据考证初名为国民大学，1917年改名为中国大学，是孙中山先生等人为培养民主革命人才而创办。该校于1913年4月13日正式开学，1949年停办，历时36年之久。孙中山先生为培养大批民主革命人才，于1912年效仿日本早稻田大学在北京创办中国大学，宋教仁、黄兴为第一、二任校长，孙中山先生自任校董。中国大学有光荣的革命传统，在反帝、反封建革命斗争中一直走在前列，以李大钊、李达、吴承仕、杨秀峰等为代表的一批"红色教授"在学校传播马克思主义思想，培养出了以李兆麟、白乙化、董毓华、段君毅、张致祥、任仲夷、徐才、李大伟等为杰出代表的一大批民族英雄和国家栋梁。

祝总骧在少年时代，并不是个爱读书的孩子，放任自由，调皮贪玩，尤其喜欢养鸽、养鸟，邻居们常闻祝家大院里发出悦耳动听的各种鸟鸣，也常能看到一些信鸽在胡同的上空飞来飞去。其父看着祝总骧如此贪玩，常常责备他。由于祝总骧的哥哥、姐姐皆学有所成，父亲厌其玩物丧志，对他也就不报太高的希望了。祝总骧就这样我行我素地度过了他的少年时代。直到1939年，他考上中国大学化学系后，祝总骧才懂得了"业精于勤，荒于嬉"（唐·韩愈《进学解》）的人生道理。这要归功于在大三时,得到孟昭威、张子高、蔡馏生三位教授的谆谆教诲。其中孟昭威教授曾经告诫他道:"总骧,你要发愤读书呀!只有刻苦学习,掌握一门技术,才能在社会上有立足之本呀!"

三位教授的谆谆教诲,使祝总骧如醍醐灌顶,受益匪浅,对于他的成长及人生观、世界观和科学观的形成起到了非常大的促进作用。祝纪藩见祝总骧以优异的成绩考上中国大学化学系,心里格外的欣慰。在他过去的心目中,这个儿子如此玩物丧志、不思进取,犹如清代末期的八旗子弟那样提笼架鸟、招摇过市,当然他这个定论随着祝总骧拿到中国大学化学系录取通知书的那一天起被彻底改变了!按照祝纪藩的理想,其四个子女都上了高等学府,这才是书香门第应有的体面。

那时,祝总骧开始思忖这么一个问题:人活着究竟是为了什么?经过再三思考,他感悟到:社会进步是科学技术的进步,只要搞好科学技术,就能够解决人类的命运和前途问题。他头脑里已经孕育出一个人生观、世界观的雏形,他一定要致力于科学研究,投身于科学事业,为国

摄于1936年的全家福,后排左一是13岁的祝总骧。

家、为民族乃至为全人类的科技进步贡献毕生的智慧和力量。

1943年，祝总骧大学毕业时，日寇的侵华铁蹄已踏入燕南赵北这片皇天后土，北平沦陷。兵荒马乱的岁月，草木皆兵，岂能秋毫无犯？年轻的祝总骧不由对自己当初的"科学救国"思想感到有些滑稽可笑，他迷惘了。他背起行李，辞别父母，决意要到抗日战争的大后方——重庆，去寻找光明和真理。当时他对国民党政府还有抱一丝幻想，认为国民党政府能够和天下劳苦大众一起

1943年毕业于中国大学的青年祝总骧。

同仇敌忾，赶走日寇，让老百姓们过上太平安乐的日子。在这样的思想支配下，时年21岁的祝总骧跟着一位商人辗转两个月来到了重庆，一路上风餐露宿、含辛茹苦。

到达山城后，祝总骧凭借着一纸中国大学化学系的毕业证书，再加上年轻俊朗的面庞，被重庆天厨味精厂录用，从事淀粉提取葡萄糖的科研工作。据作者考证，青年祝总骧曾经工作过的重庆天厨味精厂，是爱国实业家吴蕴初先生于1923年在上海创办的中国第一家味精厂。1939年在抗战期中西迁来渝，如今是重庆市盐业（集团）有限公司的全资子公司。

他在重庆天厨味精厂工作一段时间后，又转到重庆一家炼油厂，从事植物油、桐油提炼汽油的工作。

1945年，日本天皇裕仁在东京宣布无条件投降，中国人民终于取得了抗日战争的伟大胜利。在当年那种时代背景变迁下，祝总骧受国民党政府的派遣，从重庆辗转到上海，去接收日本在沪开办的炼油厂。嗣后，他又被派遣到台湾新竹一个研究所，从事石油副产品的科研工作。也就在那时，祝总骧为能将自己所学得的知识，运用到实际生产中去，而感到格外的欣慰，他甚至感觉到，自己是一个很适合于从事科学研究工作的人。祝总骧的这段人生经历，对培养他的创造性思维和独立思考能力，无疑打下了坚实的基础。

1947年，祝总骧从台湾回到北平（今北京市）。今后的人生道路该如何去走，祝总骧并没有感到迷惘和彷徨，而是决意改行。他认为石油科研工作有些单调乏味，想转到与医学联系密切的科研领域，认为这个科研领域，才是自己施展才华的理想天地。于是，他转到了北京医学院的生理系。在北京医学院，他一面教书育人，一面从事生理学研究。时至今日祝总骧回忆这段经历，认为他没有选择错，这条路他走对了。

1954年至1955年，祝总骧被调到中医研究院从事生理研究工作。也就在那个时期，毛主席发出"知识分子的思想需要加以改造"的号召。作为一位从旧中国走来的知识分子，祝总骧还去中南海的怀仁堂里聆听过周恩来总理的动员报告。周总理在报告中严肃批评当时知识分子中普遍存在的"科学救国"及个人英雄主义思想，这不啻给祝总骧敲了一记警钟。让他一时难以想通的是，为何身为老师的人，却要接受学生们帮助改造思想？但是，知识分子需要改造思想，这是毛主席提出来的，纵然心里想不通也得照办，他不得不和其他老师们一样，放下师道尊严的架子；更何况孔夫子早有遗训：三人行，必有我师焉！

恩格斯有句名言："凡是真的东西，都经得住火的考验；一切假的东西，我们甘愿与它们一刀二断。"这时祝总骧不得不对自己青年时代树立起的人生观、世界观及科学观，进行认真的审视：科学技术能够在一定程度上解决人类前途问题，然而却仅仅局限在科学技术上；如果一个人失去科研工作的动力，也就没有什么太大的作为了；单靠一个人的成就，岂能够建设社会主义新中国？他为自己青年时代受"个人英雄主义""科学救国论"等因素影响的人生观、世界观及科学观产生了动摇，领悟到自己的人生理想和信念只有和伟大祖国、民族的兴衰荣辱融合在一起，人活得才有价值。之后，这一新的人生观、世界观及科学观一直支配着祝总骧的言行。

1.2 平凡的爱情

在这段历史时期，青年祝总骧和朱篷第结为秦晋之好。按照朱篷第的说法，她和祝总骧组成的家庭，比一般人家更有特色，即科研夫妻、科研家庭、科研人生观。他们结婚的日子是1954年7月4日。当我们问朱篷第，祝教授什么地方值得你爱时，这位瘦弱的女妇科教授、博士生导师一个劲儿地冲我们笑，羞涩得脸颊飘飞一抹红晕，显然这一"敏感"话题，令她回归到充满激情浪漫的青年时代。

"哦！这个问题吧，很简单，我非常敬佩教授那种对科研工作的刻苦钻研及执着精神，敬佩之余又上升到崇拜的地步……"

朱篷第面向窗外，出神地凝视着远方，似乎要穿越半个多世纪的时间隧道，把思绪定格在那个激情燃烧的青年时代。

朱篷第1925年9月出生于山东蓬莱，其父从南京河海工程学院（今为河海大学）毕业后，先后出任烟台、潍坊汽车公路及胶济铁路土木工程师。她的父亲是一位纯粹的拥有专业技术的知识分子。自朱篷第幼年时，就被父亲灌输着这样的家训："上学要上好学校，要掌握一门专业技术，长大后用精湛的专业技术为国家效力。"由于父亲的职业多为野外作业，朱篷第一直随父亲的工程队辗转各方。1937年7月7日，卢沟桥事变，举世震惊，造成当时政治局势相当混乱不堪，她就读的青岛市女一中被迫关门，她因此而辍学。其父亲安排她到圣功女中（一所天主教办的学校）读书，刚读半年，山东青岛就沦陷了。日本人要把一些要害部门直接管理，朱篷第的父亲所在的胶济铁路也在其中。其父有着知识分子的民族气节，决不愿在日本人手底下工作，毅然辞去胶济铁路技术科长的职务，在朋友的引荐下，于1938年来到北平（今北京市）的建设总署担任技政一职（相当于今天的高级工程师）。

朱篷第随父亲来到北平后，报考北平师范大学女附中和笃志女中（英国一个教会办的学校）。由于北平师范大学女附中为日本直接管辖的原因，其父深恶痛绝，不愿意让女儿接受日寇的奴化教育，遂让她到笃志女中读高中。不料她快读到高二时，日寇又把这所学校查封了，朱篷第又面临失学的痛苦。她和三个女同学商量，一起前往贝满女中找到校长，言及要就读的事情。校长很同情她们的不幸遭遇，答应了她们的读书请求。朱篷第高中毕业后考入燕京大学（现北京大学的前身）理学院，不料3个月后，日寇于1941年12月把这所大学重兵包围起来，手无寸铁的学生胆战心惊地在日本兵刺刀底下走出校门。朱篷第清楚地记得，当她走出校门的那一瞬间，还回头用愤怒的目光注视着荷枪实弹的日本鬼子，将愤怒和仇恨交织的目光化作一把锋利匕首直插进日本敌寇罪恶的胸膛。

小日本如兔子的尾巴——长不了。1945年日本天皇裕仁宣布无条件投降，结束了朱篷第颠沛流离的求学生涯。她插班进了北京大学，并选择了医学，进而又选择了妇产科。毕业后分配到协和医院妇产科跟随著名妇科专家林巧稚实习，并得到了林巧稚的真传。嗣后，便留在了北京大学医学院第一附属医院妇产科，在教学、临床领域，她先后从助教、住院医师干起，由于表现出色晋升为讲师、总住院医师。

　　1953年，上级做出了支援兄弟院校的决定，朱篷第被分配到哈尔滨医科大学附属医院妇产科工作，而这时候祝总骧也被分配到哈尔滨医科大学生理系担任讲师，从事生理教学工作。那时朱篷第与同是来自北京大学医学院的年轻讲师祝总骧并不认识，仅仅知道在北医有这么一个人。由于这层关系，常常聚会时和祝总骧有所接触。祝总骧酷爱京剧艺术，是一位典型的京剧"票友"，尤喜爱裘盛戎、梅兰芳、余叔岩、杨宝森的戏剧曲目。他能够一边唱，一边自拉京胡伴奏。每次聚会时，朱篷第都如醉如痴地沉浸在祝总骧营造的瑰丽、典雅的戏剧海洋里。就这样，两颗年轻的心在北国冰城走到了一起，任凭刺骨的寒风和满天飞飘的大雪，也飘不走、掩埋不住一段平凡的爱情。它是那么的纯洁无瑕，那么的真挚。说起来祝总骧和朱篷第的结合，还有一个鲜为人知的小插曲，年轻时代的祝总骧是一位爱较真的人，他认为作为一名科研工作者不应该留有积蓄和家产，平时有单位按月发放工资，够吃够喝就行了，一旦满足日常的开销，就要把多余的钱捐献出去，让更需要的人受益。有一天，他冷不丁地询问朱篷第："你手里有多少积蓄？"朱篷第见他掏自己的家底，起初还想转移话题，不愿意回答这个很敏感话题，然而禁不住祝总骧的"步步紧逼"，不得不说出自己的家底。这时候祝总骧一脸严肃地对朱篷第说："那你把多余的积蓄捐献出去，然后把捐献证明拿给我看看，接下来我们再谈结婚的事情！"朱篷第还真的把一笔钱捐献给一家慈善机构，还真的把捐献证明拿给祝总骧看。

　　祝总骧和朱篷第结婚时，并没有举行繁杂的新婚典礼，两人跑到地处北京西四护国寺大街棉花胡同的结婚登记处。负责登记的工作人员只是简单地问了一下朱篷第："你愿意和他结婚吗？""愿意！"朱篷第脆生生地答了一句；又问祝总骧："你愿意和她结婚吗？"祝总骧答了一句"愿意"。问罢，工作人员立马给他们颁发了结婚证书。一对新婚夫妇早在思想上达成共识：结婚大操大办，既俗不可耐，又费钱费事。不如摒弃一切繁文缛节，婚事简办。于是，在祝家的老宅院（东四11条73号）的西厢房，置办了一桌简朴的饭菜和水果糖、瓜子，邀来平时关系比较好的几位同学、朋友和同事，简单地庆贺一下，这就完成新婚典礼了。

1955年，祝总骧、朱篷第夫妇有了第一个儿子，这给年轻夫妇的生活带来许多安慰和家庭的温馨。孩子快满月时，祝总骧给他起名为"祝明"，取"世事洞明皆学问，人情练达即文章"之寓意。既然是科研家庭、科研夫妻，那么他们便期望下一代也要做学问，也要在学术上有所建树。过了6年（1961年），他们又生了第二个儿子，起名为"祝加贝"。

1.3 孩子不能在"防空洞"里成长

祝总骧和朱篷第这对科研夫妻，对两个儿子的家教也深深地烙印着时代的印记，他们认为孩子必须接受贫下中农的再教育，这样才能有利于孩子的健康成长。

祝明出生的时候，是新中国成立的第六年，正是百废待兴的建国初期，年轻的祝总骧夫妇平时工作很繁忙，无暇照顾孩子，就把两个孩子分别交给孩子的爷爷奶奶和外公外婆家照顾，按照祝总骧的长子祝明的说法，他和他弟弟都属于放养。尽管那是儿时的事情，但是祝明依然清楚地记得。祝明上的人生第一所学校是位于北京市东城区汪芝麻胡同的北京第一幼儿园，属于全托。

当祝明到了上小学的年龄时，祝总骧就把儿子安排在府右街的岳父、岳母家居住，以便就近在二龙路实验小学上学。祝明在那个小学上了半个学期，就需要转学，转学的原因是他从府右街到二龙路实验

第一章　青春之问

小学要穿过一条大街；更重要的是马路上人和车辆川流不息，时年六岁的祝明一个人过马路也很危险。为了孩子的安全起见，家人把祝明转到位于府右街的丰盛小学（后改为张自忠小学），距离外公、外婆家很近，没有了过马路的风险。这所小学距离中南海很近，学校大多数是来自中央办公厅的秘书局、机要局的子弟。祝明在这个小学上到小学三年级，史无前例的"文化大革命"就开始了。在当时的时代背景之下，祝总骧在中国协和医科大学担任讲师，而朱篷第则在北

1958年下放劳动的祝总骧（右一）和农民在一起。

京医科大学附属医院妇产科担任医师。当革命的浪潮来临之时，祝总骧和朱篷第选择顺势而为。当祝总骧听说中央号召医护人员到农村去为广大的农民解决看病难的问题，他不由得萌发出要和妻子双双到农村的想法，可是那时候他们还有两个尚年幼的儿子需要人照顾。祝总骧和妻子商量了一下，决定把大儿子祝明委托给其外公和外婆照顾，二儿子祝加贝委托给其爷爷、奶奶照顾。年轻时代的祝总骧很崇拜毛泽东主席。毛主席曾于1939年5月4日在延安青年群众举行的五四运动二十周年纪念会上的讲演，这样说："看一个青年是不是革命的，拿什么做标准呢？拿什么去辨别他呢？只有一个标准，这就是看他愿意不愿意、并且实行不实行和广大的工农群众结合在一块。愿意并且实行和工

农结合的，是革命的。"

祝总骧对其长子委托给岳父、岳母照顾，还心存芥蒂，其岳父母家庭条件不是很理想，他认为其家庭就是"修正主义的防空洞和温床"，小孩长此以往在这样的家庭环境下成长，久而久之也会蜕变成"修正主义的苗子"。也难怪祝总骧对岳父家庭条件心存芥蒂，原来他的岳父朱致纬（天津永兴人）是一位旧时代的工程技政（相当于今天的总工程师），曾经在青岛担任过桥梁、铁路工程设计工作，日本侵

1964年祝总骧和夫人朱篷第及其爱子祝明、祝加贝合影。

占青岛后到北京谋生。他的岳父正是基于过去的身份，在"文革"时期头上被扣上"资本主义的走狗"的"罪名"。祝总骧的岳父一家人看女婿不是很乐意把长子交给他们扶养照顾，也就想到了一个比较折中的办法。其岳母王智的表妹王润华、表妹夫刘启是北京市海淀区西北洼公社辛店大队（今为北京市海淀区西北旺镇辛店村）农民，在那个时代里根红苗正，这让祝总骧欣慰不已。起初祝明是十二分不愿意离开外公、外婆家的，祝总骧和朱篷第轮番给祝明做思想工作，给他绘声绘色地讲述20世纪50年代涌现出来的黄继光、邱少云等英雄模范的人物事迹，可是他们讲了半天，也未能让祝明心甘情愿地到乡下生活。眼看自己好话说尽，可是祝明依然油盐不进，祝总骧心生一计，他知道祝明喜欢拉京胡，何不投其所好，给他购买一把京胡岂不是让孩子乖乖就范。想到

第一章 青春之问

这，祝总骧骑着自行车到音乐器材店里购买了一把崭新的京胡。当祝明看到家里的饭桌上放了一把崭新的京胡，就情不自禁地抓起来在怀里把玩，还有模有样地拉起来。在卧室里的祝总骧听到拉京胡的声音，自然知道那是少年祝明所为，他还知道这次能让这个倔强的孩子乖乖就范，收拾行李到西北旺去了。想到这，祝总骧从卧室疾步走出来，一把抢过京胡说："祝明，咱俩做个交易如何？"祝明眼看着自己心爱的京胡被父亲抢去，就急不可耐地说："什么交易？""事情很简单，就是你到你乡下表姨家住上一阵时间，等城里风平浪静之后，再接你回京如何？"祝总骧眯着一双眼睛，和颜悦色地对儿子说。"那我听您的话到乡下的表姨家住上一阵子，这样您就会把京胡给我了吧？"祝明迫不及待地说。"我是你爸爸，大人岂能哄骗自己孩子呀？是不是？我说话算话的！"祝总骧说着就将那一把崭新的京胡交到祝明的手里。祝明怀抱着京胡心里甭提多高兴了，而祝总骧却暗暗窃喜。

1967年年初，时年12岁的祝明被父母送到了北京市海淀区西北旺辛店大队的表姨家生活，从此西北旺辛店大队多了一位12岁的农民。在乡下的日子里，对于在京城曾经过着优渥生活的祝明来说不啻是一种人生的艰苦磨砺，他跟随着表姨、表姨夫冬天到猪圈里起过猪粪，春天里到田间施肥，秋天里到田间播种麦子，夏天里到麦田里收割麦子。在表姨家平时吃的是玉米面糊、窝窝头、红薯、榆树面糊，至于菜大多数是咸菜。当地也种植水稻和麦子，但都交了公粮。逢年过节才能吃上一顿大米饭，再随便炒一盘青椒炒鸡蛋、一大碗"小猫鱼"，那就是一顿很奢侈的年夜饭了，能让在田间地头土里刨食一年的农民家庭得到一点点的精神和物质上的满足。

祝总骧对长子祝明寄养在乡下亲戚家还是心存挂念的，嘱托其二哥每月送来十张油饼和一罐猪油，作为祝明的营养补充。谈到少年时期那段艰苦的日子，祝明还感慨不已地说："我就像电影《甲方乙方》中的人，特别期待食物，在饥馑难耐之际竟然把老鼠都吃了！"在农闲时，祝明也会得到表姨的准许，偶尔乘坐公交回到城里的家。祝明清楚地记得，那时的公交车费单趟是三角五分钱，当他从家里返回到辛店之时，为了节约那三角五分钱，他竟然选择步行，数着马路两旁的树走，那节约而来的钱可以购买江米条吃。祝明在乡下的表姨家生活了两年，离开乡下的原因是其得了肝炎要回城接受治疗。

1.4 参加"六二六"医疗队

年轻时代的祝总骧和朱篷第夫妇安顿好两个孩子的寄养后，感觉身心一下子轻松起来，这样他们才能心无旁骛地融入当时的时代洪流中。

"文革"后期的1969年6月26日，毛泽东主席发出指示：要把医疗卫生工作的重点放到农村去。于是就有了在当时影响很大的"626指示"。

在那段激情燃烧的岁月里，祝总骧和朱篷第夫妇毫不迟疑，自然应积极响应，二人毅然抢先报了名。当时曾有不少人顾虑重重，担心到条件艰苦的农村去吃不了苦，便以种种理由逃避下农村，他们眷恋着城市中优越的工作条件和生活待遇。当时持有这种落后思想的人，自然是祝总骧谴责的对象。

单位见这对年轻夫妇积极响应号召，要到农村为广大农民群众送医送药，认为是个典型，便让他们为大伙作个报告，谈谈学习毛主席"626指示"精神的体会。祝总骧和朱篷第在报告中说：我们积极响应毛主席的号召，是这样想的：一是我们国家国力贫穷，农民群众80%以上缺医少药，我们应该把医疗技术贡献给农村，为广大人民群众的健康服务；二是向贫下中农学习，作为年轻的知识分子，我们的思想还需要改造，要借"626医疗队"之机，与贫下中农同吃、同住、同劳动，让思

第一章 青春之问

想境界进一步得到提高。

1969年11月1日，祝总骧和妻子朱篷第被上级分配到甘肃省平凉地区医院，祝总骧担任普通医生，而朱篷第被分配到妇产科做医生。他们对这样的分配并不满意。年轻气盛的祝总骧对医院院长发牢骚说："你们没有遵照毛主席的指示办。我们要求的是到最基层、最艰苦的地方为人民群众服务！"地区医院一位院长大惑不解地瞅着正在生气的祝总骧，半天才缓过神来。他说："能够分配到地区级医院是对你们照顾了！这里无论从医疗设施、规模、工作和生活条件来说都相当不错了，你脑子里缺根弦吧？怎么这样不开窍呢？别人都闹死闹活地要求领导给分个条件好些的医院，你们可倒好，整个儿是狗咬吕洞宾——不识好人心。""我不要求照顾，压根儿也不会领您这个情，我强烈要求你们把我和妻子朱篷第分配到最基层、最艰苦的公社或村一级的诊所，那里才是我们发挥能力的广阔天地。我们不愿意把毛主席的指示大打折扣！"祝总骧脸红脖子粗地和那位院长理论了一番。那位医院院长气得半天说不出话来，只好溜之大吉。

祝总骧和朱篷第下班后，连晚饭都不愿意去吃，他们双双来到小河边。正是西北凉意浓浓的晚秋，那河畔上的柳树被一阵阵秋风吹拂着，片片金黄的落叶被吹落在河面上。他们无言地漫步在河畔上。

"难道我们就这样接受领导的安排？"朱篷第小声地对祝总骧说。

"绝对不能接受，我们不能违备毛主席的指示！"祝总骧接过话茬儿直抒胸臆。

"那我们该怎么办呢？"朱篷第不解地问。

"向上级领导写信反映情况呗！"祝总骧直截了当地回答。

说干就干，夫妇俩席地坐在小河边，从布包里拿出准备好的纸和笔写了一封请求信，信中强烈表示了他们积极响应毛主席的指示，下决心到公社诊所为老百姓服务的迫切愿望。

信转交上级领导后，起初并未获批准，闹腾了一两个月，才算答应下来。1970年，祝总骧夫妇被分配到平凉地区的白水公社卫生院做了普通医生。两个人如愿以偿，高兴地背着小药箱"走马上任"去了。那种心情，犹如鸟儿在蓝天白云间飞翔，舒适愉悦，妙不可言。

他们来到白水公社卫生院后，起初就住在卫生院的小院里，不多久便搬到了一个姓张的农民家中。祝总骧夫妇和房东一家人相处得很融洽，每当房东的家人有个头疼脑热的，对于他们来说处理起来相当得心应手，一来二去就赢得了房东一家人的尊敬和好感。而房东一家自然会投桃报李，每当家里有什么好吃的，总会给祝总骧送来。很多年过去了，祝总骧每每回忆起这段往事，还常常念起房东一家人待人热忱、真挚。

长庆油田成立时，钻井工人特别需要医疗保健服务，指挥部与地方商议组建长庆油田医院，祝总骧和朱篷第被调往了这家医院，工作一段时间后，祝总骧又被调到庆阳县卫生局担任了行政干事。祝总骧毕竟不是行医出身，局领导认为祝总骧的专业不对口，不如回原单位更能发挥他的专长。就这样，祝总骧于1972年经一位朋友的大力推荐，调到了中国科学院生物物理研究所。1976年，河北省廊坊市管道局成立医院，朱篷第被调到了该院妇产科。

当时这对年轻夫妇，为了各自的事业劳燕分飞，总是聚少别多；纵然北京和廊坊相距不远，可那时的交通并不像现在这么方便，为了各自的事业，他们只好把殷切的思念深深埋藏在心里。两个孩子，一个安排到了外婆家里；一个送托儿所，一直到小学都寄养在朱篷第的表妹家里。表妹王润华及表妹夫刘启是北京西北洼公社辛店大队农民，起初朱篷第还担心对孩子的发展不利，祝总骧可不这么看，他振振有词："中国的农民最朴实、最善良，把孩子寄养在农民家里，可以一百个放心，从农民家庭走出来的孩子不会是流氓、无赖。"一下子把朱篷第心存的忧虑打消得无踪无影。就这样朱篷第依依不舍地眼含热泪，把小儿子加贝托付给了表妹，千叮咛、万嘱咐地恳求表妹要悉心照料加贝。每月他们会拿出一些钱给表妹，作为孩子的生活费，祝总骧总是每隔两个星期就去看看心爱的儿子。

第二章　破译千古之谜

就是在这宣仁庙里，祝总骧为了周总理的嘱托："要把针刺得气的现象搞清楚，不要让中国的针灸针麻在中国开花外国结果。"30多年了，他一直在那里无怨无悔地对经络进行艰苦卓绝的科研攻关。

> 就是在那破旧的宣仁庙里，祝总骧为了周恩来总理的嘱托，无怨无悔地投入到经络科学研究中，终于用3种科学方法证实了人体经络的客观存在，破译了这一千古之谜。

2.1 周恩来总理的嘱托

追随祝总骧从事经络研究事业达43年的徐瑞民副研究员娓娓地向我们讲述了祝总骧鲜为人知的科学人生故事："祝教授1972年从甘肃农村医疗队回北京，调到中国科学院生物物理所5室，没过多久又从5室调到9室。那时候我在地处海淀区中关村的中国科学院生物物理所上班。起初，我还不认识祝教授，只是听说咱们所里有个名叫祝总骧的人搞经络研究。他从未到中国科学院生物物理所上过班，他只是一个人在位于北京北池子大街2号的宣仁庙里工作。每个礼拜，祝教授总是要到中关村去一次，或参加所里的会议，或领取一些办公用品什么的，一来二去我就认识他了。1980年初，我来到宣仁庙找到正在伏案工作的祝教授。'祝教授，我想参加您的课题组，跟着您搞经络，您看可以吗？'我怯生生地对祝教授说。祝教授微笑地看着我，挺温和地说：'我看可以，只要所里面同意，我没有什么意见，你就来吧！'我回到所里后跟我们的室主任一说，他也就爽快地批准了。

我刚来的时候，祝教授也就57岁至58岁的样子，显得特别有青春活力。他给我最初的印象是对科研工作很执著，很认真，可以这样说所有科学家所具备的特点，他全都有。当时我也是在祝教授那种对科研工作的执著追求精神及人格魅力的感召下，伴随着他走过了25年的风风雨雨之路……"

结合徐瑞民所说,我又查了查宣仁庙的来历。

据北京史志载:位于北池子大街2号,是故宫"外八庙"之一的宣仁庙。宣仁庙百步之外,就是故宫高大的红墙,始建于清雍正六年(1728年),并在清嘉庆九年(1804年)重修,迄今已有200年的历史。据《清史稿》记载,宣仁庙作为道教建筑,其规格仿制了中南海的建筑,前殿供奉的是风伯,后殿供奉是八大风神,以便祈求神灵保佑,不使国家遭受风灾。明代及清初顺治、康熙年间,每年祭祀云雨风雷四神都是统一在天坛祈年殿举行。到了雍正年间,为了更好地进行祭祀仪式,表示更大的诚心,就修建了宣仁庙、昭显庙、凝和庙、福佑寺,用来分别祭祀云、雨、风、雷四神。

1984年5月8日,祝总骧在办公室留影,时年61岁。

2001年9月,因宣仁庙建在故宫附近,有人将其与凝和庙、普渡寺、照显庙、万寿兴隆寺、静默寺和福佑寺统称为"故宫外八庙"。这四座庙宇和真武庙、昭显庙、万寿兴隆寺、普渡寺、静默寺统成为故宫外八庙,这八间庙宇建筑都有严格的规制,皇帝每年定期祭祀,祈求上天保佑风调雨顺、万民安居、励精图治,百战功成。

宣仁庙与故宫最近,它犹如一位饱经风霜的老人,那沧桑的双眸里走过一个个王朝的影,诉说着一代代帝王们的兴衰荣辱。

宣仁庙迄今已有200年历史,那古色古香的建筑,那斑驳的墙群,那飞檐下疯长的萋萋野草,都清楚表明这里历史的久远。祝总骧来了,来了就不走了,他在这里一干就是30多年。他之所以选择在宣仁庙从事祖国传统中医的瑰宝——经络学的研究，缘于一种对传统中医文化的传承和创新。在这里，清幽的环境，淡化了都市的喧嚣，冥冥中心灵得以净化。从事科学研究是一桩苦差事，苦也罢、累也罢，祝总骧都依然无怨无悔。他就犹如明朝洪应明在《菜根谭》中所说的那样："藜口苋肠者，多冰清玉洁；衮衣玉食者，甘婢膝奴颜。盖志以澹泊明，而节从肥甘丧也。"

就是在这宣仁庙里，祝总骧为了周总理的嘱托："要把针刺得气的现象搞清楚，不要让中国的针灸针麻在中国开花外国结果。"30多年了，他一直在那里无怨无悔地对经络进行艰苦卓绝的科研攻关。

祝总骧调到中国科学院生物物理研究所经络课题组时，正赶上那场全国寻找经络敏感人的调查热潮。他知道人群中有经络敏感人并非空穴来风，他也意识到发现经络敏感人对于深层次地探索经络这个中国传统中医的瑰宝有着弥足珍贵的意义。

初到经络课题组时，祝总骧也只是对经络有所了解，受西方医学的误导，内心里并非真的相信人体有经络的存在。但是他相信科学，相信科学的钥匙定会打开这扇通往人类未知领域的大门。祝总骧曾经验证过经络敏感人，他相信发生在经络敏感人身上奇特的现象的确是真实的。他不由得陷入了深深的思索：100个人里只有1个经络敏感人，对于证实经络的客观存在，理由太不充分了，能站住脚吗？既然《黄帝内经》里记载着经络有"决死生，处百病"的独特作用，又为什么100人当中只有1个人呢？人数之少，也就没有普遍性。为此，他刚一参加经络的研究就提出：经络是少数人有，是多数人有，还是人人都有的问题。有经络敏感人这个现象，是否可以从这个现象着手，在不敏感人的身上也能测出经络线来。当时全国正掀起寻找经络敏感人的调查高潮，而祝总骧却不随波逐流，而是逆流而上，显示出他的科学创新性思维，于是他开始着手对经络不敏感人的研究工作。

马克思在《资本论》第一卷第一版序言中说："万事开头难，每门科学都是如此。"这句话可以说是祝总骧在对经络研究时的真实写照。祝总骧着手研究工作，是先请敏感人来。按照针刺针麻原理：扎上针后，开刀的部位出现痛阈上升，不感觉疼痛。祝总骧也用这个原理研究经络敏感人。他考虑到，痛阈一旦上升，是不是一片都上升，经络线上的痛阈是不是更深、更麻一些，经络线外差一些。祝总骧在敏感人的足三里穴位上扎上一针，然后用一只5克重、直径7毫米、尖端2毫米的圆锥状硬橡胶小叩锤儿，在扎针的地方敲。他这么一敲，敏感人就说麻，横着敲这一片，他也说麻。祝总骧一点一点地敲，边敲边问："这点儿麻不麻？这点儿……"敏感人说："你敲的时候，有的地方麻，有的地方就不麻，不麻的地方还特别敏感，有明显串的感觉。""什么地方敏感？"祝总骧似乎预感到有什么奇迹要发生。他急切地询问敏感人。敏感人指出了自己身体中感觉敏感的地方，祝总骧精神为之一振。他在这些敏感的地方点上点儿做了记号。"串了，串了"，敏感人不由自主地惊叫了起来。"往哪儿串？""上下串。"祝总骧眼睛一亮，小橡胶锤儿向敏感人的肚子、上身敲去，敏感人说都有麻胀的感觉，而且都敲出了"串"的点，祝总骧把这些密密麻麻的点连起来，不可思议的是，上身的这条线和腿上的那条线居然可以连起来，更令人惊喜的是这条线的走向与古典经络图上的足阳明胃经相吻合。祝总骧精神大振，他马上想到，对不敏感的人用小橡胶锤敲，会是什么结果呢？祝总骧犹如哥伦布发现新大陆似的，而希望的灯塔给予了他一往无前的勇气和果敢。

1976年，祝总骧的实验室来了10名自愿接受实验的人。他在他们手指或脚趾端的井穴上，放置一个小电极，再把大电极放在对侧的大腿上，通脉充电。当然，电流是很微弱的。通脉充电后，井穴处就会让受试者有酸、麻、胀的感觉。这时祝总骧用小叩诊锤儿敲，沿着古典经脉垂直向下叩击。只要小锤儿一敲到这条经脉线的中心约 1 毫米处，受试者就会产生上下串的感觉。祝总骧在这条线上反复地敲，注明这是一个高度敏感的点，用笔点上一个记号，然后再敲另一处，又敲出一个敏感点，把这些点连起来看，不偏不斜地暗合了古典经络图经脉线的走向。这一发现越是惊人，祝总骧就越慎重，仅这 10 个人是不够的。祝总骧要证实的是：人人身上都有经络线。

从此祝总骧和他的同事们不分白天黑夜，不管是节日、假日，他们都在不停地工作着，他们敲呀，敲呀，一点点一寸寸，像篦头发一样，将人全身的肌体一一敲遍。他的实验室里先后有 5000 多人接受了测试。他们所测出的 14 条经脉几乎人人都有，且位置常年固定不变，尤其令人兴奋的是与宋代铜人身上标出的 14 条经脉线惊人的符合。祝总骧把用这种方法测出的经脉线定名为"隐性循经感传线"，并得到了国际公认，现已在国际经络学界通用。这个重大发现在祝总骧看来很重要，它表明，人身体上的经络不是有没有的问题，而是确定无疑的存在，只是长期没有人用现代科学方法加以验证而已。

既然经络人人都有，那么就有研究的价值了。经络研究小组的科研工作者大多数是搞生物物理学和生物学的，他们都有一个共同的看法，感觉是靠不住的。祝总骧又想，20 世纪 50 年代有个叫中谷义雄的日本人是个针灸学家，他用皮肤电子仪测出了经穴的低电阻现象。他测出了几百个低电阻点，并把这些低电阻点用虚线连起来，发现低电阻点的分布形式和中国的古典经络图非常相似。他著文说，把这些低电阻点连接起来，就成为一条和中国经络类似的走形。中谷义雄的研究启发了祝总骧。祝总骧想得更深更远，更具有胆略。他想，点与点之间，中谷义雄是用虚线连起来的，那么，虚线以下是不是也有低电阻现象呢？能不能用实线把这些点连起来。在实验室里主要靠的是动手做，不是凭空想像。结果是在实验里摸索出来的。不做，谁也想不到敏感线会连在一起，会延长。在显微镜下看是一条细细的线。要让别人相信，首先得自己相信；要使自己相信，就必须亲自去做。祝总骧又开始向新的科研高峰攀登。借助日本人和我国许多人用现代科学方法探讨经络的经验，他决定用电来测经络。

用一个特制的皮肤电阻测试仪，受试者一只手攥着一个参考电极，试验者祝总骧拿着另一个探测电极，在经脉的垂直线处扫描。后来发现，扫描到经脉线上的时候，仪表指针大幅度的摆动，说明当电极碰到经脉线时，电阻突然下降，指针就有波动，产生了低电阻现象。电针在仪表上反映出的这种经络线上的低电阻现象是连续不断的，低电阻总能连起一条实线来。也就是说，两个低电阻点之间的任何一点都有低电阻现象。中谷义雄实验的结果是人工把点连成虚线，而祝总骧测试的结果是客观地证实了这条低电阻线是实线，其宽度约1毫米。这客观的验证在祝总骧的研究中是第一次，在整个经络学界也是第一次。为了反复论证，不断积累数据，祝总骧与他的合作者们每星期六向社会公开这项工作。来一个测一个，测一个成功一个。测出了前身的经脉线，测出了后身的经脉线，人体全身14条经脉线渐渐显形。这项实验太重要了，它的重要在于第一次证明了人的整个经络都能用客观的、科学的方法来测定；同时也证实了经络线的全过程都具有连续的、均一的、较两侧皮肤阻抗低的特性，宽度仅为1毫米，亦具有高度的定位性、连续性、重复性和普遍性。

过去，人们一直以经络"看不见、摸不着"来否定经络的客观存在，而在祝总骧的实验室里，他们摸到了经络的"脉搏"。在经络线上扎一根针，有了得气的感觉后，把手放在这条敏感线上，就摸得出来它在活动，它和脉搏的频率并不一样，有时快，有时慢。后与中日友好医院针灸科合作，祝总骧测出一条经脉线来，扎上针，然后让针灸科的医生摸。一摸，不但穴位，整条线上都会感到有微小的搏动。有搏动就会有声波，声音也是一种振动。经络会不会有声音呢？祝总骧又给自己出了一道实验题。

要说经络有声音，根据是什么呢？在文献中他还从来没有看到过这样的论述，振动经络，会发出声响。到祝总骧这里来进修的一位中医师突发联想：经络很像淋巴。于是，他设想把药注射到穴位里，希望通过药力能沿着经络线走。要注射药，得先把经络线找到。祝总骧敲出一条经脉线后，那位来进修的中医师便在这条经脉线上的一个穴位点扎针注药，让针头停在皮下，祝总骧不停地敲，他要把这条线的全过程都测出来。每当他敲到经络线时，针就振动一下，受到这偶然发现的启发，祝总骧便在这条经络线上先扎上针，然后用小叩诊锤儿敲，出现振动现象！但是不好精确记录，也不能同时扎好多针。祝总骧又想出一个简单的办法，用听诊器放到经络线上去听，用小叩诊锤儿沿古典经络线的垂直线上叩击，一叩击到经络线时，便从听诊器里传出高昂洪亮的声调，如击在空洞一样发出"咚咚"声响，祝总骧叫它高振动声点，把这些高振动声点连成一条线后会发现，这条线与低电阻点连成的线互相重合，殊途同归。经络原来也会发声，经络是听得见的！

在这次大规模普测经络敏感人群不久，美国总统尼克松来华访问，周恩来总理陪同他参观中国的"针刺麻醉"。当一根细长银针扎在病人手上，然后通上电流，就可以在甲状腺切除手术中起到麻醉作用，手术时病人还面带笑容，没有表现出一丝的痛苦。面对博大精深而又神奇的中国传统医术，美国总统尼克松惊叹之余，习惯性地耸了耸肩膀，显露一副大惑不解的神情。我国医生告诉他，银针扎在"合谷穴"，循经（络）感传到头颈部位，可以起到麻醉作用，目前已经成功地应用于甲状腺切除术和拔牙等几十类手术中，针灸麻醉，在中国古代医学典籍中早有记载。

尼克松追问："什么叫经络？它有什么功能和特点？"那位医生和她的同事们面对尼克松直白而尖锐的提问，支支吾吾，无言以对。

尼克松访华结束，周恩来总理迅速召集在京的医学院校、中国科学院及北京大学等有关单位的专家、学者，就尼克松提出的问题展开讨论并严肃指出：一定要尽快将经络的实质搞清楚，中医的经络理论，不要墙内开花墙外结果。此后，国家科委（后改为科技部）将"经络研究"列为国家重点科技研究项目，从"六五"一直到"九五"计划，组织大量人力和物力，进行了深入细致的综合研究。

作为我国生理学家的祝总骧将周恩来总理的嘱托，铭记在心，在研究经络的征途上开始了长期而艰难的跋涉。

2.2 经络就是这样被证实的

谈到经络的证实，不得不提及宋代针灸铜人流失之事，因为似乎随着针灸铜人的遗失，近代人对经络真实性的怀疑愈发甚嚣尘上。据历史考证，针灸铜人早在我国宋代时已经出现（再早年间为木雕人像），宋仁宗天圣五年十月（1027年），翰林医官王惟一奉诏"以针灸之法铸为铜人模式，并著《铜人腧穴针灸图经》3卷"。明清时均刊行该图经的木刻本，并附"正、伏人脏图"和解剖图。宋钦宗靖康元年（1126年），金人攻陷汴京，两具铜人失落：其中一具流传襄州后，由赵南仲献回南宋朝廷，1223年转送蒙古，经修补由元朝朝廷移至北京，至明末战乱，此具铜人再次失落；另一具失落后不明去向。中国中医研究院原研究员、我国著名经络专家，祝总骧经络科研的鼎力支持者李志超教授曾介绍说，近年发现存于日本国立博物馆的天圣铜人复原件（青铜制成），为直立男子裸身像，长162厘米，体表用黑漆涂有14条经脉，脉上分布标有名称的674个腧穴，每个腧穴的小孔均与体腔沟通。日本视铜人为珍宝，置于馆内密室严加保护，若有中国人前往要求参观，临时从密室中推出来，参观过后立即推回密室保管。后来又有资讯称，东方古城俄罗斯圣彼得堡冬宫的东方馆内，亦见保存有我国宋代铜人像。我国现存于历史博物馆的针灸铜人，2006年3月作为"中国政府非物质文化遗产保护成果展"曾在国家博物馆公开展览，系1436—1449年，明英宗正统年间复制仿品，作者特地前往参观并拍下了这张刻有经络线和穴位的铜人照片。

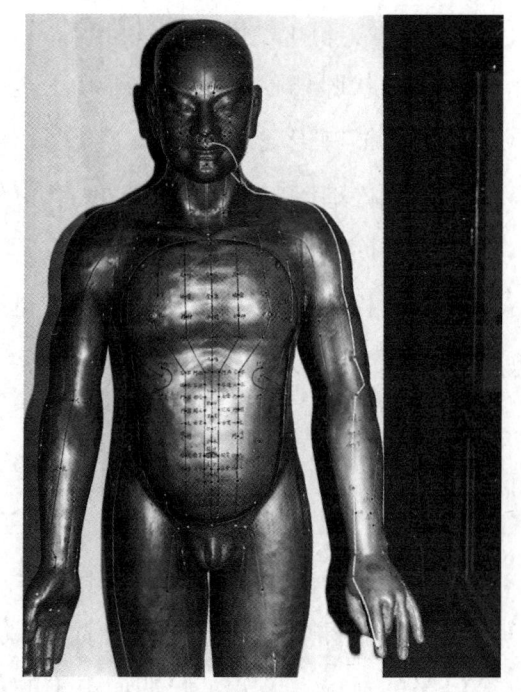

宋代针灸铜人

　　当我们面对宋代铜人身上那错综复杂的一条条经脉线时，犹如蒙上一层神秘面纱。科学界，尤其是生物学和医学界主流学派一直对经络持否定观点。一种观点认为经络是中国古代哲学与医学相结合的产物，属人天哲学观在人体上的虚拟产物，它并不存在，也无法证实；另一种观点则认为经络即血管神经系统，中医文献虽有经络但无神经，而神经系统是人体生命活动必不可少的；解剖也发现经脉上的穴位往往是神经密集之处。但是，仍有一些经络现象难以用血管神经作用来解释。因此，还有一观点认为，经络既非血管又非神经系统，而是一套独立的系统，有它自成体系的理论，有着独特的循行路线，及与脏腑相对应的关系。更有修炼者在深度入静下内观返照，透视到自己和他人体内发出的不同亮光色彩的经络线，似乎反映着健康人和修炼有素者的气血流畅状况，有待更多人的实证和科学实验做出确切解释。总之，中国的经络研究，门派众多，分歧较大，因而几十年来众说纷纭，难以统一。我急于想知道祖国传统中医宝库中璀璨的明珠——经络，是如何被祝总骧他们用现代科学方法证实的。

祝总骧告诉我们，他和他的合作者们主要用了3种方法来证实经络的客观存在：

（一）电激发下的机械探测法。祝总骧和合作者们在古典经脉线的指端或趾端的经穴（井穴）上放一个小电极，再把大电极放在对侧的小腿上，接通电流很弱的脉冲电后，经穴处就会感到发麻。这时，用一个小橡皮锤在皮肤上沿垂直于古典经脉线的方向叩击，只要小锤一碰到这条线，受试者就会感觉到该处有酸、麻、胀的感觉，有的甚至还会有上下串的感觉。他们在这条线上反复测试，证明这里是一个高度敏感的点，用红笔点上一个点；然后再敲另一处，又敲出一个敏感点，把这些点连起来一看，正好与古典经脉线相吻合。也就是说，用电和小锤叩的方法，就能在人的身上找出一条敏感线，这条敏感线就是经脉线。每个人的身上都存在，98%的人都能被测出来。用这种方法所测出来的经脉线，他们定名为隐性循经感传线（LPSC），已经在国际上通用。

（二）电阻测量法。用特制的电阻仪器和低频脉冲电流，外加两个电极，一个是探测电极，一个是参考电极。参考电极拿在受试人手上，用探测电极沿古典经脉线垂直移动。当探测电极到达经脉线时，指针就会摆动。也就是说，当电极碰到经脉线时，电阻突然下降，指针就波动，这样就找出了一个低电阻点，他用绿点标记。把所有的低电阻点连成一条线时就会发现，它也正好与古典经脉线一致，与用第一种方法叩出的红点在同一条线上。用这种方法所测出的经脉线，他们定名为循经低阻线（LIP）。

（三）高振动声测试法。用一个小锤、一个听诊器就能找出经脉线。具体方法是，用一个小橡皮锤按第一种方法沿古典经脉线垂直叩击，当叩击到经脉线时，通过听诊器就会听到一个音量加大，声调高亢、洪亮，如同叩击在空洞地方时的那种咚咚作响的声音，该声音与叩击其他部位所听到的声音明显不同，他们把它叫作经络的高振动声，把这个点叫作高振动声点，用蓝笔标记。将所有高振动声点连成一条线，又恰恰与前面的红点、绿点重合在一条线上。用这种方法所测的经脉线，他们称为循经高振声线（PAP）。

他们利用经脉线具有敏感、低阻抗（高电导）、高振动声的特点测出了经脉线，称之为实验经脉线。这个实验经脉线约1毫米宽。最令人吃惊的是，用上述3种方法测出的胃经在小腿上的经脉线共有2条，竟与《黄帝内经》所描述的完全一致，而不是目前常用的经络图谱所记载的一条线。这两条线在膝下3寸之外恰好会合在一起成为一个点，这个点就是长寿保健穴位——足三里穴之所在。至于胸部的胃经循行到乳头的下乳根穴，竟然呈折线循行到胸部近中线，然后继续垂直而下。这种循行路线也完全与古典的铜人图谱相吻合。这个实验令人兴奋和鼓舞，让祝总骧和他的合作者们感到惊叹的是，我们的老祖先是如何在2500年前就精确地测绘出如此复杂多变的经络图，并在此基础上为人们防病治病，这不能不叫人感到异常的自豪与振奋！祝总骧和他的合作者们经过二十多年的努力，进行了上万次的实验，已将12正经的全程全部用这3种方法进行了检测，证实了古典经络图谱的高度精确性和科学性。

第二章 破译千古之谜

依一个从事现代科学研究学者的目光，无论如何也想像不出中国的老祖先，当初是如何绘制了这一古典经络图谱（这仍旧是个谜），但是它却是无可置疑的。那么，是什么启发他们用这3种方法测定经脉线的呢？这里有一段小故事：

那是1971年的一天，一位患者来到中国人民解放军309医院就诊，医院组织的经络研究组（包括中国科学院生物物理研究所、北京大学等）为其检查，当医生在大肠经的井穴通以脉冲电流时，奇怪的事情发生了，这位病人感到好像有什么东西在体表走动。这是一种麻、热、酸、胀混合在一起而又难以言表的奇妙感觉，像流水和蚁行虫爬一样从电刺激的井穴沿食指，经前臂上缘向上，再从上臂外侧一直走到肩上，然后上行到达唇部上方。这种现象对于中医针灸医师来说不足为奇，但对西医来说不可思议。

从混沌初开的古希腊时代，到拥有高分辨电子显微镜的今天，还没有一本西方医书写到身体表面会有这样一条线。于是有人怀疑这个病人可能是神经或精神不正常。但是经过一再检查，专家们最后认定，这个人的精神意识和感觉都是很正常的。实际上这种现象就是中国医书所描述的经脉"行血气"现象。《黄帝内经》早有论述："中气穴，则针游于巷。"意思是说，当针刺在穴位上时，产生酸、麻、胀的感觉并沿经脉走行。以后这个协作组便把这种现象定名为"循经感传现象"（PSC）。不过具有这种典型的PSC现象的人非常少，只占人群中的1%。但具有隐性循经感传现象（LPSC）的人，则近乎百分之百（占人口的98%以上）。

另外，他们还通过形态学的方法发现，实验经脉线的3种生理和生物物理学特性都可以在显微镜下找到其形态学的根据，从而提出经络是有物质基础的，它是一种"多层次、多形态、多功能的立体结构网络系统"。

037

最近10年来，国内外还有许多研究单位分别用声学、光学、电学、热学、磁学和化学等多种方法及手段证实了经络的客观存在，并取得了重大进展。概括起来讲，经络具有传导声波、光波，输送液体、核素的功能；经脉线处二氧化碳排出量多，氧分压高，气体代谢功能活跃；经络穴位处注射药物，对机体所产生的作用优于任何一种给药方法，其作用强而且药效持久；药物对经络有明显的选择性，对于中医药学的药物归经

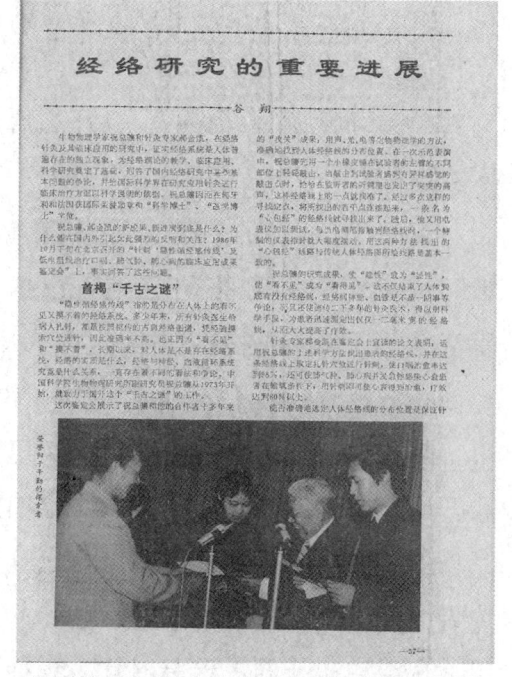

《瞭望》周刊发表的《经络研究的重要进展》人物通讯。

给予了充分的肯定。近年来运用光学显微镜发现，经脉线处皮肤角质层薄，表皮细胞间缝隙连接多，皮下组织中肥大细胞集中，肌层间结缔组织中含有丰富的血管和神经。

现代科学研究还表明，经络不是一个简单的网络，它是具有多层次、多形态、多功能的立体网络结构。经络的代谢功能活跃，经络"行血气"的功能，表现在可通过多种途径传递物质、信息和能量，调节人体机能，以维持正常的生理功能和生命活动。

至此，祝总骧用生物物理方法，准确地测定出经络线的分布位置与走向。经络原来是可以"听到"的，而且还可以"摸到"它的跳动，难以辩驳的事实填补了我国人体科学的一项空白。第一次宣布证明了人体经脉线的宽度仅1毫米，人人具有，位置终生不变。一直被西方医学视

为神秘莫测的经络学说，终于用现代科学方法被测试出来。从此，祝总骧的测试一发而不可收拾，他与他的合作者相继用高电位、同位素、二氧化碳等手段在动植物上、在断肢上同样测出了经脉线，以不容置疑的事实验证了经络是一个不依赖神经和血液循环系统而独立存在的调控系统。国家卫生部原部长崔月犁致信祝总骧表示："祝贺您发现经络的存在，这一发现解决了我国二十多年来研究中的争论，并给国际科学界在研究、应用针灸进行临床治疗方面以科学的根据，使针灸的临床应用更容易普及到全世界所有国家，给世界各国人民群众的健康做出贡献。祝您获得更大成绩。"

祝总骧走向成功之路并不是一蹴而就的，倾注了他太多的心血、睿智和汗水。王国维在《人间词话》中说过："古今之成大事业、大学问者，必经过三种之境界：'昨夜西风凋碧树。独上高楼，望尽天涯路。'此第一境界也。'衣带渐宽终不悔，为伊消得人憔悴。'此第二境界也。'众里寻他千百度，回头蓦见，那人正在灯火阑珊处。'此第三境界也……"

1976年，祝总骧和他的同事们发现证实了人身上存在的隐性循经感传线（祝氏命名而为国际公认称LPSC线），这是第一次揭示人体表普遍（人群中95%以上）存在14条与古典经脉线相吻合的、能够重复定位的、高度敏感的经络线，宽度为1~3毫米，其位置稳定不变。这一研究成果首次发表在1977年《针刺研究》杂志上。后来，该项实验结果多次在国内外针灸经络大会上宣读，并有多家研究机构重复试验得出了同样结果。该项成果经专家鉴定，被北京市科委授予了"三等科学技术成果奖"。1978年，祝总骧和刘亦鸣、傅辛民高级工程师等，又发现并证明了LPSC线的全程具有连续、均一和较两侧皮肤阻抗为低的特性，祝氏特命为循经低阻线（LIP线），这是人类第一次确切证明了人体经脉线全程不仅高度敏感，而且具有低阻抗特性。该项科研成果首次发

1981年12月，祝总骧的《隐性循经感传线皮肤导电性的研究》荣获中华人民共和国卫生部乙级科学技术成果证书。

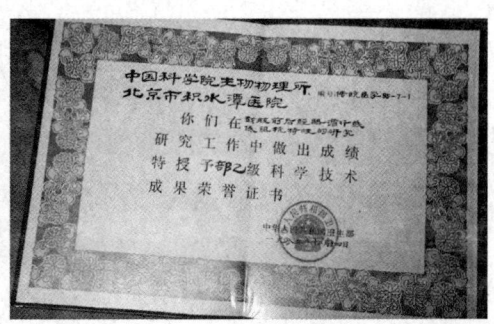

1985年12月，祝总骧的《截肢前后经络循行线低阻抗特性的研究》荣获中华人民共和国卫生部乙级科学技术成果证书。

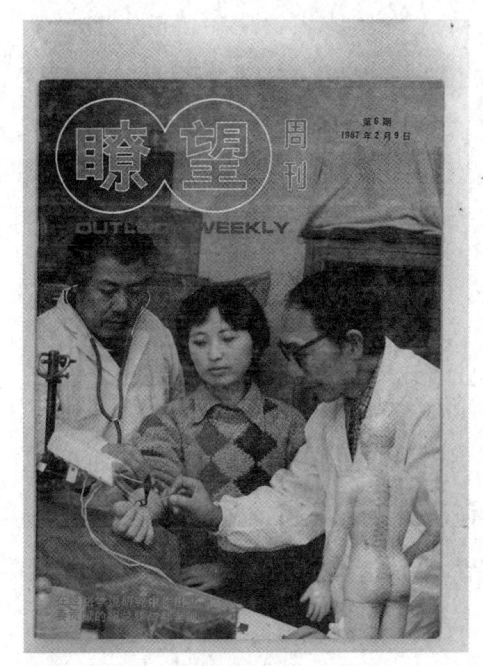

1987年2月9日第6期（总第162期）的《瞭望》周刊，祝总骧（右一）和郝金凯（左一）成了该期封面人物。

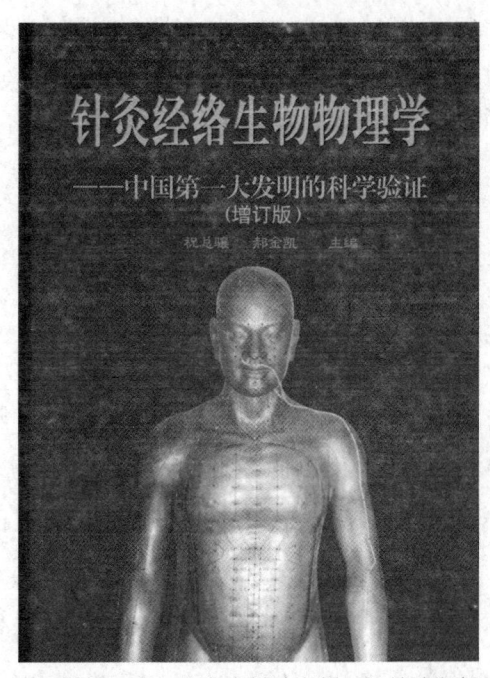

1989年11月，北京出版社出版了祝总骧和郝金凯合著的《针灸经络生物物理学——中国第一大发明的科学验证》一书。

表在1978年的《中医药研究参考》上，后来又多次发表在《针刺研究》

《美洲中医杂志》等国内外学术刊物上，并多次在国内外针灸大会宣布，国内外许多单位重复验证，还被卫生部授予了"部（乙）级科学技术成果奖"。

此外，祝总骧的研究成果：《截肢前后经络循行线低阻抗性的研究》，于1985年又荣获卫生部"部（乙）级科学成果奖"，和1986年的北京市科委"学术奖"……

2.3 新闻联播报道祝总骧破译千古之谜

1990年7月16日新闻联播节目主持人罗京和李瑞英，以动态视频和口播新闻形式，报道了祝总骧用三种方法科学证实了经络的客观存在。

新闻联播这样报道——

中国科学院生物物理研究所祝总骧教授，最近应邀访问了苏联、匈牙利、美国三国6个城市，用现代科学方法，介绍了中国中医理论获得很大成功。

在匈牙利做电视节目时，祝教授用现代物理方法，现场在外国医生身上测试出的经络线和中国古代铜人标注的经络线完全相符。这一科学验证，使在场的外国专家十分兴奋！他们说："2500年前，中国发现和创造的针灸经络学，已被中国科学家们用生物物理学和形态学等方法予以科学证实，并在临床应用方面，取得了良好的疗效！这不仅是临床医学，也是现代生物科学和物理学的重大课题。"

2.4 出版《针灸经络生物物理学》

一本书的出版，能够让中华民族的第一大发明创造——中国针灸经络学说更加完善和闪烁着耀眼的光辉，同时还确立了在中国乃至在世界科学界的地位，祝总骧无可争议地攀登上人生的第一个高峰，迎来他的高光时刻。1989年11月，以祝总骧为第一作者、郝金凯为第二作者的《针灸经络生物物理学——中国第一大发明的科学验证》由北京出版社出版了（1998年1月为第二次印刷），全书总字数为44万字，精装印刷，这本书出版后不久，引起了中国中医界的广泛关注。

北京经络生物物理研究中心临床研究室主任段向群在题为《关于祝总骧教授等首次证实经络系统客观存在之我见》这篇代序中提出了证实经络系统客观存在的五条标准。段向群认为，早在两千多年前，中国的先哲在发现经络系统的基础上创造了中国针灸经络学说，千百年来指导着中国医学的理论与实践，这是历史的事实。但是，以现代科学标准来衡量，什么是最普遍而可重复的经络现象？什么是经络的解剖学和生理学的物质基础？这些问题长期以来未能被绝大多数现代科学工作者所认识和证实，因而在广大的学术界和群众中，关于经络系统究竟是否存在，竟成为千古之谜，这也是事实。那么，怎样才能认为经络系统的客观存在已经被证实了呢？我们认为，任何一种方法和这一方法所得到的现象，必须达到以下五条标准，才能证实经络的客观存在。

段向群所说的五条标准是什么呢？

第一，所观察或测试到的现象必须有严格的循经性，就是应当和经典经络图谱相吻合。

第二，这一现象必须有连续的均一性，即经脉线的全程上任何一点均必须具备这种连续的、均一的特性。

第三，这一经络现象必须有重复性，即不仅在一条经、一次实验得到验证，而是在多条经重复实验得到验证。

第四，这一经络现象必须具有普遍性，即在不同人、不同动（植）物、不同年龄和性别都能重复验证。

第五，这一线性经络现象必须有稳定的、高度的定位性，其宽度也应当具有重复性。

段向群在代序中进一步阐述：按照以上五条标准衡量，中国科学院生物物理研究所祝总骧教授所领导的协作组 16 年来研究工作的十项重大突破的任何一项，均能满足证实经络客观存在的要求。无论是 LPSC、LIP 和 PAP 三种生理和生物物理特性的发现；无论是截肢前后声、电特性继续在经脉线原位存在；无论是在人体、动物或植物；无论是和低阻抗相关的特异角质层结构和经脉线敏感特性相关的神经末梢、神经束和肥大细胞的相对集中以及在高振动声相关的深层组织中结缔组织的存在等形态学特征的发现，均具有高度的循经性、连续的均一性、可重复性、普遍性和定位性。由于这十项成果均属首次发现，所以我们认为祝教授不仅用一种、而且是用多种生理学、生物物理学和形态学方法系统地首次证实经络系统的客观存在是符合经络研究史的事实的，是理所当然的。正是因为这一系列科学的发现和验证，祝教授等终于在 1988 年 10 月 25 日，在庄严的科学会堂国际经络生物物理研讨会上正式宣布：经脉线不是一条简单的单一结构和功能的线，而是多层次、多形态、多功能的立体结构的理论。当然，这种理论的提出在世界上也是第一次。

第三章　漫漫科研路

　　他想到古往今来的贤人志士、科学家为了捍卫科学的真理，与一切权利、地位、名誉、世俗等等垄制的堡垒做不屈不挠的斗争。他们都有一种不甘居平庸的性格，他们都有一种不畏惧权贵的叛逆或反潮流精神，他们都有一种先天下之忧而忧，后天下之乐而乐的伟大胸怀……

> 祝总骧命运多舛，人生似乎总跟他过不去，老是在他面前设置一些障碍，搞得他狼狈不堪，注定要吃尽人世间苦头似的：他既面临过经络研究课题受阻，又遭遇过经络研究被封杀，以及课题组险些被扫地出门的困境……

3.1 经络研究课题受阻

"1980 至 1985 年，经络课题组的工作一帆风顺，那时中国科学院生物物理研究所还支持我们干，全国针刺麻醉办公室每年还给我们课题组拨一二万元的科研经费。后来，我们的经络科研就像是王小二过年——一年不如一年了……"矢志不移跟随祝总骧的徐瑞民努力地搜索着尘封已久的记忆。这些记忆的碎片经过他的链接和补充，风一般地变大，似乎要变成巍峨、险峻的高山，变成浊浪排空的大海，而更多的却是充满着荆棘、坎坷和泥泞……

早在 1978 年，祝总骧与北京中医院针灸科合作的经络研究成果荣获"科学大会奖"被北京市科委知道后，引起了北京市科委领导的重视。这时祝总骧又给北京市委打了一个报告，在报告中既汇报了经络研究课题组所取得的科研成果，也汇报了经络课题组工作条件很差，恳求市委领导改善科研工作研究环境云云。祝总骧的报告交给北京市委后，北京市委文体部部长谭壮负责处理，并以北京市委的名义委派市科委的同志去北京市东城区北池子大街 2 号的经络组了解祝总骧反映的情况。北京市科委同志了解情况后，很快向北京市委做了汇报，北京市委遂于 1980 年款拨 4 万元用于建设经络课题组科研办公房。祝总骧还亲自设计建筑图纸，建筑单位为北京东城区景山房管所。就这样，占地

第三章　漫漫科研路

1983年，"世界针灸和整体医学大会"在斯里兰卡班达拉奈克国际会议大厦召开，图为与会各国代表合影，祝总骧（前排左十）。

200平方米、大小7间的房子落成。有了房子，他原想自己的经络研究事业迎来灿烂的阳光，所走的应是一条充满阳光、鲜花、掌声铺就的光明之路，但是人生却与他开了个不大不小的"国际玩笑"，着实令他非常恼火。

事情是这样的：1985年，中国科学院在当时的改革开放搞活的社会大背景下，进行了内部机构改革，各研究所实行所长负责制。祝总骧所在的生理物理研究所的领导认为经络为中医研究范畴，便同祝总骧和徐瑞民郑重其事地谈话，要求他们停止经络研究科研课题项目，冻结经络研究科研经费，参加所内其他课题组的工作。

这时，祝总骧刚在经络研究事业取得一些成绩，怎能面对停止科研课题的残酷现实呢？他费尽口舌与所领导讨要说法。所领导做出让步，答应经络研究课题可以收尾一年。一年怎么行呢？难道一年内就能把博大精深的经络研究搞清楚吗？祝总骧感到痛心疾首！从此他走上了漫长的"上访"之路。祝总骧是九三学社的会员，他遂向九三学社、中央统战部和中国科学院反映经络研究科研课题组被解散的情况，然而事与愿违的是并未得到有效的解决。时任中国科学院院长的卢嘉锡曾召集生物物理研究所领导班子成员研究祝总骧等科研人员的去留问题,卢嘉锡要求所领导集体当场表态。一位所长理直气壮地说:"卢院长,我们积极响应院领导的号召,对生物物理所实行所长负责制,如今您又不支持我们的工作。如果您让祝总骧继续从事经络研究,我们就集体辞职,您还是另选他人吧!"院长见生物物理研究所这般强硬态度,一时也找不出更加妥善的解决问题的办法,只好暂时默许了生物物理研究所这一荒唐的决定。

接着按干部任免制度给祝总骧办理退休手续,祝总骧得知自己"被退休"的消息后脖子一硬,振振有词地说:"我不办退休手续,我的科研课题还没有做完!"办退休证需要张贴本人的照片,祝总骧执拗不交,办事人员只好从他的档案袋里找出一张一寸黑白照片,贴在了退休证上。也就这么"唰"地一贴,祝总骧算是打入"人生另册",意味着他再从事经络科研课题就"师出无名"了。祝总骧拒绝领取退休证,压根儿也不承认自己的退休,愣是一年多拒领每月100多元的退休费以此表达内心的抗议和强烈的不满。研究所只好为他办理了一个银行存折,按月把他的退休工资存在里面。

在这山重水复的人生境遇中,"存在决定意识"发挥着作用,虽然祝总骧不是一名共产党员,可是他头脑中迸出来的第一个念头,还是想到了党,想到了政府。以后的许多年间,祝总骧为了争得继续工作的权利,一方面拿自己的工资和稿费共计近万元维持科研的必需;另一方面挤出宝贵时间写申诉材料,至今已给中央和国家科研部门各级领导写信超过千封,各方专家、学者支持和同情他的信也有千余件。这些材料曾经引起党中央有关部门和全国人大常委会负责同志的重视,有的中央领导还亲自作了批示。不料,信批转到中国科学院生物物理研究所之后，多无下文。好在所内同事对祝总骧报有同情心，于是曾有科研人员背着所领导私下向徐瑞民表达了自己的公正看法。我们为此唏嘘不已，为祝总骧人生命运的沉浮和坎坷，为现代中国科技自主创新之艰难，更为祖国医学瑰宝遭遇的灾难。

得知祝总骧和他的经络研究课题组遇到的坎坷，远在冰城的哈尔滨老中医张晋义愤填膺，他为老朋友祝总骧受到的不公正的待遇鸣不平。他有一位姓刘的老乡在人民日报社工作，这位刘记者很有正义感，他立马请群工部的金记者作一次记者调查。金记者在地处中关村的中国科学院生物物理研究所暗访一个月，得到了较为翔实、可靠的有关经络研究课题组解散及祝总骧本人所受到不公正待遇的内幕，出于一位记者的正义和良知奋笔疾书。《人民日报》在1986年3月16日在"来信与调查"栏目中，全文刊登了《八十七位专家者的呼吁：千万不要解散经络组》，同时还附有专访记者写的题为《祝总骧的经络课题研究还要中断多久？》的调查报告。

当祝总骧看到《人民日报》这篇文章后，不由得欣喜万分，然而他这种喜悦之情仅在心里保留几分钟，而万分愁云又堆在了他饱经风霜的脸上，他眉头紧锁，焦躁不安地在办公室里来回踱步，烦躁不已地思忖着："我所向上反映的问题是见报了，是否能够解决问题呢？"他遂又把刊登有这两篇文章的《人民日报》寄给中央领导，时任中共中央办公厅主任的王兆国做出批示，中央统战部领导也作了批示，明确指出经络研究科研课题组不能停止工作，但需自筹资金，工作地点仍在原地。但是，经络组的困境仍未得到实质性的改变。

接下来读者可以从徐瑞民的人生经历中作进一步了解：1987年8月份，中国科学院生物物理研究所人事处处长找徐瑞民谈话，严肃地对他说："徐瑞民，摆在你面前的只有两条路可走，一是你离开所里调到别的单位去工作；二是离开那个倔老头子祝总骧，你爱到哪个组就到哪个组。"徐瑞民由于长期跟随祝总骧工作，耳濡目染地受到祝总骧的影响，他倔巴巴地说："我不离开经络课题组，我不离开祝教授！""你真的不后悔吗？"人事处处长逼问道。"我不后悔！"徐瑞民斩钉截铁地回答。人事处处长气呼呼地说："有你后悔的那一天！"谈话之后，所里便把徐瑞民的人事档案移交给街道。

有一次，徐瑞民为此找到时任中国科学院办公厅副主任的柳大纲，柳大纲说："关于你的人事档案问题，我认为不能移交给街道，如果移交给街道的话，那你就是委屈了。这样吧，我们院干部局成立了一个人才中心，我看你把人事档案放在那里吧……"徐瑞民听从柳大纲的建议把自己的人事档案放在了人才中心。之后，祝总骧又带着徐瑞民去找时任中国科学院院长的周光召反映徐的工资待遇问题，周光召说："你继续干吧，你的工资待遇参照生物物理所的工资标准发放就行了。"

著名女作家张抗抗在题为"千古之谜的破译者"一文中，叙述了祝总骧当时的处境：

"6年多来，没有改变的除了他们的处境就是祝郝两教授和经络组成员坚持到底的决心了。每天，祝教授需付出大量宝贵的工作时间去解决经络组的生存困难。虽然今天中国的中医界、西医界和一切科研文化部门精力和时间的支配是'三分业务、七分人事'，祝教授却只能把焦虑与痛苦忘却于那个浩茫而无限的经络世界之中。他对于经络的研究已进入疯迷状态。研究需要人手，他动员自己的爱人无偿地'转业'到经络组。他爱人朱篷第是一位优秀的妇科教授，每周除培养自己的两位硕士研究生，还要在业余时间到经络组协助工作，他又动员儿子献身经络学，但儿子不愿意放弃自己的专业，他责怪儿子'见死不救'，没有资格再作为这个家庭成员，竟不通情理地与儿子断绝了来往。还把儿子的住房让给了经络组的小李住。他没有节假日没有星期天，每逢年节无人打扰，便是他做实验最好的时候。春节时一位实习大夫实在看着不忍，给他包了饺子送来，他'不知今夕是何年'，还觉得奇怪。平时常常饿着肚子做实验，不做完不吃饭。有时自己花钱买的牛肉和西瓜，也成了'实验材料'，说先测测它们的经络再吃吧。许多事务性工作都由他自己亲自动手，包括给实验室饲养的小动物找饲料、喂食、冬天生炉子等等。实验需要人体表皮，他就让助手用真空管在自己的胳膊上抽起大血泡，然后割下血泡使用，从无怨言。一年365天，几乎每天晚上，他和爱人总是坐最后的一趟班车，赶回魏公村宿舍。一连几年，连车上的售票员都深深为之感动……

祝总骧对自己的个人生活已到了近于苛刻的程度。凡是他所能承受的，他都已默默承受。他克制忍让、呕心沥血、孜孜不倦。国外曾有人多次挽留他并愿提出优裕的科研条件，均被他一口回绝。他究竟为的是什么？——在笔者再三的刨根问底之后，他淡淡一笑说：'我是一个中国人，我的实验必须在中国完成才有意义，开花结果必须属于中国。个人得失无所谓，但一定要为中国争得一个国际地位。'

我又追问一句：是否历史上国际上真正有成果的科学家都得到死后才会得到承认？

他摇摇头否定说未必尽然，至少他还想尝试着改变它。虽然有的人对科学家的劳动是那么缺乏感情、麻木不仁，他仍然相信科学的光辉最终是掩盖不了的。

偶尔，祝教授也会表示一点小小的幽默，他说如今他已对一切的非难漠然视之，只是最近有了一个新的设想，这也许应该成为他的第二个研究课题，那就是经络学——到底是什么在阻碍着中国科学的进步？愚昧、封建？官本位？……而这社会经络学的难度之大，也许不是他所能胜任，弄不好恐是个'万古之谜'了。"

祝总骧命运多舛，人生似乎总跟他过不去，不停地设置一些障碍，令他吃尽人世间的苦中苦才肯罢休。

祝总骧常常不回家住，把那间堆满资料和什物斗室当成自己的"家"，唯有在这个"家"里，他才能调动思绪，纵横驰骋在古老又瑰丽的经络学说世界，继而认为这儿才是他理想中的精神家园。

在那段日子里，祝总骧每每想起这些令他烦心的事，便在夜里辗转反侧，睡不着，他索性起身走出那间沉闷的斗室，径自来到小院里，任秋风梳理他纷繁的思绪。他在小院里来回踱着步，而大脑一刻也未停止思索。这时候他才蓦然得知自己是一个孤独者，他还知道唯有与孤独相伴，才有可能造就一个伟大的自我，这就好必凤凰涅槃般的壮美，在那一刻美轮美奂、激越、奔放中得以再生。他正是在孤独的缄默中，以"反潮流"的叛逆精神，冲破一切世俗和偏见垄制的牢笼……

接下来是祝总骧1987年面临的又一难题：到英国去讲学，中国科学院生物物理研究所不给办理政审。眼看到英国去讲学的事就要泡汤，他不由得心急如焚。于是他找到中国科学院领导汇报反映情况，院领导给予他很大支持，将祝总骧的政审工作交由干部局负责，并由院外事局办理出国手续，这样才促成他的出国之行。

祝总骧能成为"国家八五攀登项目"经络课题组专家组成员，得力于时任中国科学院院长周光召的大力举荐，时任国家科委主任宋健及时任卫生部部长崔月犁也都支持祝总骧。原来当时有的专家对祝总骧进入"国家八五攀登项目"经络课题组专家组颇有争议，认为祝总骧已经退休，凭什么还要选其为成员？直到今天，祝总骧也闹不明白自己自从从事经络课题研究事业，为什么总是处于矛盾的漩涡之中，有人为他总结说这是命运的使然，而作为科学家的他却从来不相信命运。祝总骧在中国经络学界可算是一位坚强的斗士……

3.2 成立北京炎黄经络研究中心

1986年，是祝总骧的经络课题组最困难的一年，中国科学院生物物理研究所把他们"开"了出来，科研经费也被冻结了，科研处在进退两难境地。天无绝人之路。有一年春节，北京市人民政府在月坛宾馆召开团拜会，祝总骧作为知名科学家应邀出席。祝总骧借此良机向时任北京市人民政府领导汇报了经络课题组面临的种种困难，请求市政府给予资金帮助。时任领导听了汇报后对祝总骧说："你打一个报告，我们再认真研究一下，再给你一个满意的答复！"报告送交给北京人民市政府那些日子里，祝总骧望穿秋水般地等待着佳音。两个月后，时任领导在祝总骧的报告中写出以下批示："此事是一项善举，希望市财政给予支持！"就这样，北京市人民政府拨下10万元作为经络科研经费。至今徐瑞民回忆这段往事时说："我们最困难的时候能够得到政府的支持，可以说遇到了'慧眼识珍珠'的伯乐啊……"

北京市人民政府拨来10万元科研经费后，祝总骧又犯难了，这么多的钱搁哪儿呢？搁在自己的口袋里也不合适呀！北京市卫生局人事处处长张革退休后，由他牵头组建了北京市振兴中医药基金会，关幼波为会长，他为秘书长。祝总骧与张革商讨"基金会"作为挂靠单位事宜，两人一拍即合，遂于1986年成立了"北京市振兴中医药基金会经络生物物理研究中心"，祝总骧担任主任。此后"研究中心"的款拨到"基金会"的账号，用款时，由张革审核签字，加盖"基金会"公章，再到北京市卫生局财务处报销。烦锁的手续，使得"研究中心"用钱很不方便，加上还要受"基金会"制约，工作很难开展。

1995年，祝总骧委派徐瑞民去找时任国家中医药管理局副局长田景富反映情况，田景富支招，国家允许办民营科研院所，你们可以到北京市东城区工商局了解国家这方面的政策。徐瑞民回来把田景富的意见和祝总骧一说，祝总骧也认为这一办法可行，催促徐瑞民抓紧落实。徐瑞民便到北京市科委办理有关手续，北京市科委很快给批了。徐瑞民到东城区工商局注册成立"北京炎黄经络研究中心"，事后，他后悔自己粗枝大叶，不应该到工商局办成企业性质，"研究中心"是民营事业单位，到人事局去办就好了……

1984年，祝总骧（中）和外国专家在福建省福州市。

说起来，祝总骧所在的经络课题组还曾经有三番五次险被扫地出门的遭遇。那时候，地处北京市东城区北池子大街2号的宣仁庙，为北京中医医院管辖。北京中医医院针灸科当时也在宣仁庙里，他们以自己的单位是公家的为由，不愿意让祝总骧的"研究中心"在一个地方合署办公。于是北京中医医院针灸科便以宣仁庙的房产权应为中医医院所有为由，要把课题组赶走。祝总骧死扛着不搬，针灸科只好做出妥协，仅给一间房子供他们使用，其余的房子全都被占为己有了。

有一年五一国际劳动节，北京中医医院针灸科趁祝总骧他们都外出搞实验，擅自把实验室的棚子给强拆了，还把放在里面的实验设备扔出来，有的实验设备有玻璃材质的都在搬运中被打碎，同时把放在大殿里的实验仪器等一股脑儿地搬到大殿外头，任凭风吹雨淋。

祝总骧和同事们外出回来后，看见心爱的仪器被扔到露天下，心疼得直掉眼泪。一向谦和、儒雅的祝总骧再也不能沉默了，他忍不下心中这口恶气，连忙吩咐徐瑞民到北京卫生局去反映情况。徐瑞民不敢怠慢，赶到卫生局得知局领导都在地处颐和园的北京市卫生局培训中心开会。徐瑞民找到时任北京市卫生局局长刘俊田后，刘俊田让中医局办公室主任给中医院打电话，让人把扔在大殿外的实验仪器用大苫布给盖上。那一年，中央电视台的记者找到祝总骧，来到北池子大街2号想做一期节目，摄像记者和外景主持人等一班人悉数到场，想拍摄北京炎黄经络研究中心的外貌，记者左看、右看，竟然找不到适合挂牌子的一面墙、一道门。1986年，世界著名科学家，空气动力学家，中国载人航天奠基人，"中国科制之父"和"火箭之王"，全国政协第六、七、第八届副主席钱学森知道祝总骧遭遇后，这样替他发声："中国科学院生物物理研究所副研究员祝总骧，用生物物理，也就是用声、光、电等研究经络，已经取得很好的成绩，国外很重视，但他的工作在国内却遇到很多困难，这个问题值得我们深思……"

1993年，针灸科从宣仁庙里搬走，北京中医药管理局又搬进来了。相安无事没几年，北京市卫生局局党委开了一次会议，主题是让祝总骧的"研究中心"搬出宣仁庙。而北京中医药管理局的张局长却和市卫生局党委唱了一出反调："现在搞中医的人不多了，祝总骧原来是搞西医的，转为中医，他为我国经络研究事业做出过很大的贡献，我作为北京中医药管理局局长凭什么把他轰走？只要我这个局长任职一天，就不能把祝总骧轰走！"张局长说的话还真管用，至今祝总骧和他的"研究中心"还在那里工作。

1993年12月,"国家攀登计划经络的研究项目课题执行情况汇报会"在天津召开,图为祝总骧(前排右一)和与会专家合影。

第四章　祝总骧与郝金凯组合的"双子星座"

郝金凯一语道破天机：是祝总骧老师通过手中那把寻常的小橡胶锤，验证了宋代铜人身上纵横捭阖的经脉线；正是被这纵横捭阖的经脉线深深吸引，他才果断否定了自己曾经取得的辉煌成就。

面对这一支支纵横捭阖的经脉线，这位从事针灸理论和临床研究近50年的老中医，深知经络的测定对针灸疗效的决定作用。他认为祝总骧运用3种方法证明经络的客观存在，是一个亘古未有的伟大发现，这一科研成果的价值无法用金钱来衡量。

> 在中国经络学界，祝总骧和郝金凯两位教授素以"双子星座"著称，共同的理想和抱负，使他们走到一起，就像浩瀚的苍穹中的两颗璀璨的星星，彼此相互映衬，向天下芸芸众生辐射出和谐、温馨的光芒，给热爱生命、热爱生活的人们一种呵护、一种关怀。

4.1 郝金凯的困惑

著名女作家张抗抗女士曾经为祝总骧写过一篇题为"千古之谜的破译者"的报告文学，在那篇报告文学里，张抗抗美誉祝总骧和郝金凯为"双子星座"。祝总骧运用3种方法来证实经络的客观存在，而郝金凯则在祝总骧证实经络客观存在的基础上，两人共同创造了"实验经络针灸疗法"。他们精诚合作的结果开创了中国针灸经络的崭新时代。

我从2005年4月便开始忙于研究祝总骧，那时我便迫不及待地想采访一下被著名女作家张抗抗美誉为"双子星座"之一的郝金凯，多次向祝总骧打听郝金凯的下落，不料世事沧桑，时过境迁，祝早已和郝失去了联系。我为采访不到郝金凯而遗憾不已，假如在这本书里不介绍郝金凯的话，那么这本书将黯然失色了许多。

正像两句古诗所表述的那样："踏破铁鞋无觅处，得来全不费功夫。"2006年1月14日，我通过百度搜寻到郝金凯的网页，这不就是我要苦苦寻找的那个人吗？顺着文章后面的联系方式很快找到了时任广东省珠海市实验针灸研究所所长的郝金凯，说明原委，请他配合。

郝金凯在电话的那端依照开列的采访提纲，娓娓诉说了他与祝总骧教授之间鲜为人知的科研人生故事。

1949年，祝总骧在北京的华北国医学院生理系从事生理学教学和研究工作,郝金凯则是他的学生。祝总骧仅比郝金凯年长 4 岁,但是郝金凯对于这位年轻的老师却极为尊重。

1950 年,国家卫生部成立了北京中医进修学校,祝总骧和郝金凯同时调任该学校,从事生理学研究。1958 年,祝、郝两人便在当时最具权威性的《生理学报》上,合作发表了《针刺对家兔发热的影响》论文。这一年,郝金凯在北京中医研究院工作,他发现当时首都北京医院林立,先进的医疗设备吸引了来自全国各地的患者,而中医医院、中医科却门庭冷落,这两种较大的反差,深深地刺伤了致力于传统中医研究和临床工作的郝金凯,他感慨道:"没有病人,哪来临床实践?缺少临床实践,又何谈研究工作?这样的社会现实,即使有一腔热血,却也无用武之地。"

1961 年,郝金凯参加巡回医疗队来到陕西省延安市,这一昔日的革命圣地。革命老区的人民群众对于郝金凯等人的到来表示了十二分的欢迎。他们无比信赖地对郝金凯说:"大夫,有针你就扎吧,这办法花钱少,治得又快。"郝金凯的眼眶湿润如潮,他说:"多么朴实无华的父老乡亲呀!我要感谢你们给我开辟针灸研究工作的崭新天地。"就这样,郝金凯的名字不胫而走,许多缺医少药、饱受贫病交加之苦的人们趋之若鹜地请求郝大夫为他们治病。那段时间,郝金凯整天忙得不亦乐乎,短短几个月,仅病毒性高烧,他就连续收治了 1000 多例。为此,他写出了《针灸治疗病毒性疾病》的论文,赫然发表在卫生部主编的《建国十周年论文集》上。

"为什么我的眼里常含着泪水,因为我对这片土地爱得深沉。"这是诗人艾青脍炙人口的两句诗,恰好表述了郝金凯当时悬壶延安的心情。他说:"延安的人民燃起了我研究针灸之火,这火离不开延安的父老乡亲。"他毅然放弃了北京优厚的工作条件和待遇,举家西迁到了延安革命老区。

"在延安，虽然没有像样的研究所，但是有关心我针灸研究工作的许多的好同志；在延安，虽然缺少研究必需的资料，但是有成千上万个相信针灸的患者……"郝金凯在电话的那一端打开记忆闸门，一桩桩往事鲜活地展现在我的面前。

郝金凯说，当时的延安地委书记白志明是一位礼贤下士的优秀党员干部，曾经虚心地向他学过针灸医术，并且得益于祖国针灸医术的神奇疗效。他当时出于一位共产党人对广大农村百姓健康的关切，断定"针灸在陕北最实用"，并为此号召应把针灸技术推广到全地区。没过多久，延安地区掀起一股"针灸热"，村村社社开办针灸学习班，乡乡队队请郝金凯讲课。郝金凯编著的《常用穴位三字经》一下印了18万份，几乎所有的下乡干部随身装一盒银针，带一本他写的书，便可随时为老百姓扎针治病了。

1963年，郝金凯根据长期坚持不懈的努力和丰富的临床实践经验，呕心沥血地写出一部长达40多万字的《针灸经外奇穴图谱》。大文豪郭沫若先生亲笔为这几千年来第一部完整的针灸著作题写了书名。1974年，他又出版了75万余字的鸿篇巨制《针灸经外奇穴图谱续集》，把我国传统的400多个经外奇穴增补到1000多个。几年后，70万余字的《针灸经外奇穴图谱》第二集定稿，80万字的《经穴》初稿业已完成。

郝金凯可以说是功成名就了，然而他却认为自己并没有取得真正意义上的成功，陷入无休无止的困惑之中，如同猎人迷失在原始森林，急切地寻觅出路。原来，随着他对针灸研究工作的深入探索，一些不可解释的现象和问题接连不断地在大脑里蒙太奇般闪现出来，为什么有时针扎下去，效果好，有时效果竟不明显？为什么针灸对有些病有疗效，而对有些病束手无策？这些问题令他寝食难安，他不由得对自己曾经取得

第四章 祝总骧与郝金凯组合的"双子星座"

的针灸成果产生了深深地怀疑。

1977年,郝金凯从延安前往北京查寻文献,顺便来到了地处北京市东城区北池子大街2号的宣仁庙,看望他的老师和诤友祝总骧教授。在北京,他这才获悉到祝总骧和他的合作伙伴们已经运用3种方法证实了经络的客观存在。

1983年,郝金凯突然在针灸经络学界郑重其事地宣布:《针灸经外奇穴图谱》不会再有第三集出版了!他的这一宣布,立马在针灸经络学界掀起轩然大波,人们惊愕不已的是究竟是何原因,能有多么大的力量让这位曾经饮誉海内外的针灸专家毫不犹豫地否定自己的成果?!

郝金凯一语道破天机:是祝总骧老师通过手中那把寻常的小橡胶锤,验证了宋代铜人身上纵横捭阖的经脉线;正是被纵横捭阖的经脉线深深吸引,他才果断否定了自己曾经取得的辉煌成就。

面对这一支支纵横捭阖的经脉线,这位从事针灸理论和临床研究近50年的老中医,深知经络的测定对针灸疗效的决定作用。他认为祝总骧运用3种方法证明经络的客观存在,是一个亘古未有的伟大发现,这一科研成果的价值无法用金钱来衡量。他紧握着祝总骧的手说:"祝老师,过去疗效不稳定,原因就在于没有扎在经络上。我写的那些书,是按照

祝总骧(右)和郝金凯(左)合影。

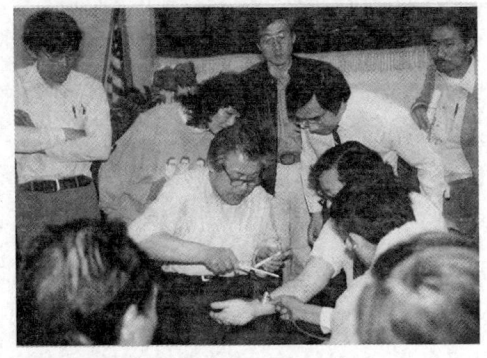

郝金凯(中)给人们做经络测试。

061

以往经验写的,有些并不在经络上,人家会越看越糊涂,这不对,一切要以经络为准,从头开始,靠经络治病才是具有划时代意义。"

古老又神秘的经络线把两人联结在一起,由此开始了郝金凯与祝总骧二人长达13年的密切合作(从1977年至1990年),为中国的经络学史留下一段佳话。

4.2 创造了"实验经络针灸疗法"

在祝总骧有关经络、有关"312"的各种学术著作中,都有一位老人神采奕奕的照片,照片上的老人叫陆菊,时年105岁,她得益于针灸经络,使得生命之树常青。陆菊老人曾经是一位急性肺炎患者,当家人把她送往医院治疗时,医院的医生们竟劝其家人回家准备后事。当时老人处在昏迷状态,靠吸氧气维持着气若游丝的生命。祝总骧和郝金凯得知陆菊老人的病情后赶到医院,主动请缨为其治疗,医院同意了他们的要求。

郝金凯对祝总骧说:"您不是把经络测出来了吗?按照古人的经验,她的病会在相关的经脉线上反映出来,我就在您测出来的经络上扎针试一试。"祝总骧在陆菊老人的右前臂测出手阳明大肠经,而郝金凯则在这条经脉线的曲池穴扎了一针,每天只扎一针。两天后,陆菊老人高烧渐退,从40℃降至37.8℃;一个星期后,体温恢复到正常;两个星期后,血象正常;一个月后,陆菊老人自己能够站立起来了。

陆菊老人的病得已康复,极大地鼓舞着祝、郝两位教授运用经络临床治疗的信心。他们给这种循经取穴扎针的疗法,起了个名字,美其名曰——"实验经络针灸疗法"。他们何曾想到,这一科研成果,竟会开创中国针灸经络的一个崭新时代。

祝总骧认为"实验经络针灸疗法"在针灸学上的应用是一个很重要

的契机，他再三强调针灸和经络是分不开的。运用现代科学的方法找经络、找穴位，针灸的疗效会有很大的提高。所谓"实践经络针灸疗法"并不是用经验的疗法，也不是师代徒，师徒相授，更不是按图索骥，而是运用现代科学的方法来测经找穴、循穴行针，以便使针灸学进入到理法分明、疗效显著的新阶段。

针灸讲究"得气"，只有扎准了位置，才会产生"得气"现象，也才会达到治病的目的。因此，选准穴位是关键。从古至今，历代针灸学家都在致力于使穴位规范化、统一化。古人强调，穴位难找，非按图找不可。到了北宋王惟一首创我国第一座针灸经穴铜人模型。我国古今针灸学家，创造了许多厘定穴位的方法，但各树一帜，难有统一的说法。以常用穴足三里为例，至少有5种取穴方法。它们是中指同身寸法、一夫（四横指中节的宽度为一夫）之法、折量寸法、体表动态法和体表定型标志法等。依据这5种方法，便会出现5种不同的位置，相距竟达15毫米。郝金凯到美国讲学时，请10位当地资深的针灸医生标出足三里的位置，结果10个人竟然标出了10个位置。这着实让郝金凯迷惑不已！当时他苦苦地思索着这样一个问题："标不精确的根本原因究竟在哪里？"

祝总骧有一个实验解答了这个问题。

有一年，祝总骧与北京中日友好医院合作搞了一个项目，叫作"针刺循经微小搏动"现象。北京中日友好医院针灸科王慧敏医师向他介绍了一个经验，扎针以后，扎准了，沿着这个穴位按摩，就能感觉到有一个很微小的搏动。王慧敏医师认真观察了这个现象，并证实了这种现象。祝总骧测出一条经脉线，让王慧敏在经脉线上扎针，沿着这条经脉线去摸。经过一年多无数次的实验，得出的结果是：只要把针扎到经脉线上，有了"得气"的感觉，用手去摸也相应有感觉，感觉出整条经脉线有微小的搏动。如果没有扎在这 1 毫米的经脉线上，就摸不到这种微小的搏动，也就产生不了"得气"现象。

祝总骧对经络的客观测定，给取穴精确化带来了极大方便。一般人隐性感的皮肤触觉辨别阈在 2 至 3 毫米以内，而经络线的定位在 1 毫米。"实验经络针灸疗法"的要领是循着 1 毫米经脉线下针，强调一定要在经脉线上，也就是祖国医学所说的针灸"宁失其穴，勿失其经"的道理。

在"实验经络针灸疗法"中，吸氧是郝金凯的一大创新技术。运用此疗法，郝金凯有自己独到的见解，他认为，经络既然能够调气血，何不在经络线上扎针时吸点氧气。气在中医来说是深奥而复杂的概念，至少有一个因素，就是空气里面的氧气影响人体，是时刻不可缺少的。如何促使经络更为活跃，对全身的组织器官进行更好的调控，增加血液中的氧气成分，可能是一个提高经络疗法效果的途径。就这样，经络针灸与吸氧相结合便形成了"实验经络针灸疗法"的一大特色。

对于创造出"实验经络针灸疗法"的意义，祝总骧和齐治贵主编的《三一二经络锻炼法——中老年百岁健康之路》一书中有这样一段文字评价：

……总之，1 毫米宽的实验经脉线找出后，运用它就可以提高对很多疑难病的治疗效果，不但是针灸，其他中医中药的各种治疗方法也都是依据经络理论。这就是说，经络的证实和确定不但影响到针灸疗法，而且会促进整个中医学宝库更快更大的开发和弘扬光大。

郝金凯在祝总骧证实经络客观存在的基础上，共同创造了"实验经络针灸疗法"。郝金凯作为一位针灸专家，严格遵循着祝总骧已测定的 1 毫米宽的经络线，每次只扎一针，患者所患的诸如"口歪眼斜中风症"等病，都显示出了神奇疗效。为此郝金凯曾在医学界博得了"郝一针"的美名。

郝金凯介绍"实验经络针灸疗法"的具体操作如下：

1.根据病情确定治疗的主要经脉；2.测定主治经脉的确切位置。测定经脉线的方法很多，最方便是按照祝总骧的经验，用听诊器、小叩诊锤儿敲出经脉线来；3.在经脉线上针刺穴位，每次只扎一针。进针用直刺法，进针后用平补平泻手法，达到得气；4.针刺得气后，留针，用鼻塞法吸氧，每分钟3至5升，维持15至30分钟；5.起针后，吸氧停止。

"实验经络针灸疗法"在临床上应用以来，疗效显著，一般治疗15次为一个疗程。据郝金凯及采用"实验经络针灸疗法"治病的医生的临床实践证明，此疗法对一般常见病都有疗效，对一些疑、难、急、重、危同样也有疗效，而且没有副作用，有力地验证了《黄帝内经》一书中所说的经络能够"决死生，处百病"的论断。

1990年，郝金凯告别祝总骧，重返延安，并且还带来了他和祝总骧共同创造的"实验经络针疗法"这一健康法宝。在陕西省卫生厅的支持下，于1991年5月成立了陕西省实验经络针灸研究所，郝金凯担任所长。对此陕西建委拨款5万元作为科研经费。

"当时我之所以离开北京、离开祝总骧老师，原因是那里工作条件很差，既无经济来源，生活也太困难，一日三餐常常煮点白水挂面，一点油水也没有。我当时每月工资仅100多元……"郝金凯谈起这段往事，感慨颇多。

郝金凯回到延安后，便开始运用"实验经络针灸疗法"为当地百姓治疗疾病。不管是在陕西、整个西部地区乃至全国，"郝一针"的医名不胫而走。郝金凯在祝总骧测出的经脉线上找出一个穴位，然后在这个穴位直径为1毫米的经脉线上扎一针。在不长的时间里，他运用"实验经络针灸疗法"治愈过胃痛、溃疡病、神经关能症等300多种常见病，为上千名患者解除了痛苦。他成功治愈神经麻痹症便是最为典型的例子。面部神经麻痹病,俗称中风,典型的症状是嘴歪眼斜,面部不对称,嘴闭不上咀嚼困难。病人自感面部神经紧绷,一副痛苦不堪的表情写在脸上。患此病后,既影响个人形象,更给患者心理带来沉重的压力,甚至有的对生活丧失信心,产生轻生的念头。郝金凯在治疗时,首先测出患者身上的足阳明胃经和手阳明大肠经,在毫米宽两条经脉肘、膝以下的手、足三里穴扎一针,每次轮留只扎一针,10天后就能痊愈。3个月后,他对 75 位面部神经麻痹患者追踪观察,结果仅一例未痊愈,治愈率高达 98%。郝金凯相信祝总骧的经络学说,而"实验经络针灸疗法"便是祝总骧和他共同孕育的经络学说的奇葩。

1990 年 7 月,郝金凯为了把"实验经络针灸疗法"发扬光大,在中共广东省珠海市委原书记、市长梁广大的支持下,市财政拨款 300 万元人民币成立了珠海实验经络针灸研究所。

在郝金凯的心目中,祝总骧是一位在学术上坚持实事求是,开拓创新的科学家,在他的身上体现出不畏困难险阻,知难而进,坚忍不拔的科学精神。

他认为祝总骧用 3 种方法证明经络的客观存在是亘古未有的一个伟大发现,他还认为祝总骧创编的"312 经络锻炼法",也是有益于人类的一种健身方法。他说,"312"虽然很简单,其内涵却非常深远。他这样打比方解释说,"二十四节气"是用什么测出来的?也许现在的人们听起来简直难以置信,原来是古人立一根棍,看着太阳测出来的。换句话来说,即用最简单的方法来处理最复杂的问题。郝金凯特别强调指出这就是科学的本质。继而,他旁征博引指出来中国有好多的发明创造,都是依靠最简单的方法来处理最复杂的问题,如古代的四大发明,指南针、火药、造纸术、印刷术,都是如此。"我认为祝总骧的经络学说及创编的'312 经络锻炼法'可以荣获诺贝尔生理与医学奖！"郝金凯在结束电话采访时激动地说出他的一个心愿。

郝金凯从北京到延安，又从延安走向世界，他循行在纵横交错、四方通达的地球"经络"线上，寻找并叩击着一个个隐蔽的穴位，并通过它们调整人体经络的平衡，以保健康。今天，郝金凯先生正向癌症和艾滋病等危害人类健康的顽症进军。"言不可治者，未得其术也"。郝金凯愿以自己的智慧与劳苦，把中医没有"不治之症"这一朴素而深刻的医学思想付诸实践。

4.3 为陈景润院士治病

当我们问祝总骧道："祝教授，你们费这么大劲证实了经络是真的，是客观的，百分之百的存在，它到底对人类起什么作用呢？"祝总骧眯眼微笑，用手随意地理了理头发，似乎要梳理一下纷繁的思绪。窗外与宣仁庙相伴多年的那棵老树经风吹拂，发出窸窸窣窣的声响，好像要抢着回答我的问题。过了片刻，祝总骧才慢条斯理地打开他记忆的闸门："这个问题又回到二千年前的《黄帝内经》上，经络'决死生，处百病'。首先就是可以依据测试得到的精确的实验经脉线上的穴位作针灸治病，这就是我们所称的实验经络针灸疗法；还有一点更重要的，如果您明白了经络是控制人体机能的总枢纽、总调度，并且坚持锻炼经络，您就能精力充沛地工作和生活，预防和克服疾病困扰，享受百岁健康。我特别强调这一点，医疗和保健，祛病又强身，经络的作用就在这里！"

"讲实验经络针灸疗法，要讲一位饮誉海内外的'郝一针'郝金凯教授。"祝总骧对我说罢，微闭着眼睛，沉浸在对往事的回忆之中。

1988 年 12 月，祝总骧组织召开了在北京科学会堂举行的"经络科学研究研讨会"。当中国科学院数学研究所党支部书记李尚杰听说郝金凯奇迹般地成功治愈了不少例的疑难病症时，便找到祝总骧，说是让著名数学家陈景润也参加这个会议，顺便请祝、郝两位教授给陈景润院士看看病，祝总骧点头允诺。

提起著名数学家陈景润，在我国可以说是妇孺皆知，自从著名报告文学作家、诗人徐迟先生一篇脍炙人口的报告文学名篇《哥德巴赫猜想》的发表，陈景润不仅在国内享有较高的声誉，而且他因证明1+2、摘取哥德巴赫猜想桂冠上的明珠而享誉世界。然而，就是这位大数学家却命运坎坷，不幸患上了可怕的"帕金森氏综合征"。从此，他极为活跃的思维再也不能翱翔在他为之痴迷的神奇的数学王国了。"帕金森氏综合征"又称"震颤麻痹"，俗称"痿症"、"筋痿"，西医认为属大脑气质性病变，并为患有这种病的人下达了准"死亡通知书"。

陈景润的病症是这样的：走路不稳定，四肢肌肉痉挛，眼睛不能很随意地睁、闭，口水无节制地向外流。中国科学院数学研究所为了解除陈景润身心的痛苦尽了最大的努力。多年来，陈景润都是在医院里度过的，新药、特药、进口药全都用上了，可是要治他的病就像他当年证明哥德巴赫猜想一样的艰难。陈景润历经千辛万苦登上了科学的巅峰，摘取到哥德巴赫猜想数学的皇冠，然而那令人恐怖的"帕金森氏综合征"犹如魔鬼一般缠绕着他。

当李尚杰告诉陈景润祝总骧和郝金凯两位教授可以运用"实验经络针灸疗法"治病时，这位数学天才喃喃地说："既然经络是百分之百地存在着，就是真正的科学，我可以试一试！"

当祝总骧和郝金凯两人来到陈景润家里时，陈景润起身迎接，还需要家人小心费力地搀扶。祝总骧很细心地观察着陈景润，只见他面部肌肉凝固，没有一丝表情，如果他不走动和说话，俨然如一尊木雕。

祝总骧看着陈景润这番模样，心里感到非常的难受。他和郝金凯对视一下，之后又小声地对话——

"郝教授，您敢不敢治这种病？"

"没有专门治过这种病，但是现在有了测定经络线的方法，我感到几乎对各种疾病都有疗效，对陈教授的病也应当有疗效。"

"那我们就试一试？"

"可以试一试！"

当他们决定给陈景润治病时，两人又挺认真地分析了陈景润的病情，认为陈景润的大脑其中有一部分出了问题，继而影响了整个大脑，导致有神经上的症状，同时，又伴有心慌、心悸不安等症状。他们遂根据祖国传统中医中有心主神明之说，制定出了较为完善的治疗方案：首先选择心包经的内关穴，经过一段时间的治疗，再根据哪条经的症状突出，再换经治疗。

祝总骧和郝金凯研究确定下治疗方案后，轻轻地舒了一口气，他们从内心里希望通过精心治疗，能使这位大数学家恢复健康，使得他的生命之树常青，以健康的身体、充沛的精力，重新驰骋在他那充满神奇奥秘的数学王国。

两位志同道合的教授配合默契，祝总骧在陈景润的右臂内侧轻轻地敲出心包经的走向，郝金凯便将银针缓缓刺入心包经的内关穴，同时安排陈景润吸氧。

在这里要向读者特别交代的是，祝总骧用现代生物物理的科学方法，证实了经络的客观存在，而且发现刺激经络可以通过气血的运行达到治疗疾病的作用，以后经过科学地实践总结，用经络学说的理论指导临床实践，使古人们创造出的完整的针灸经络疗法，重现出其神奇的威力。祝总骧用生物物理的方法重现了隐藏在人体中的经络，并测定出经脉的宽度仅为1毫米，为在临床中迅速、准确地找到穴位，提供了简捷、方便的条件，对提高中医疗效起到了决定性的作用。

祝总骧关于现代经络学研究的重大突破在于，他提出了经脉只有1毫米的宽度界定，并在临床诊断和治疗上取得了明显的效果。而郝金凯在祝总骧这一重大科研成果的指引下，与祝总骧共同创立了"实验经络针灸疗法"。郝金凯应用这一疗法，在肺心病、冠心病、肺气肿、脑血栓、哮喘、溃疡病出血、类风湿性关节炎等30多种疑难病的治疗上取得了很好的疗效。

他们给陈景润吸氧、扎针半小时，起针后，陈景润竟然能笑了。当祝、郝两位教授要走时，更让人感到惊奇的是，陈景润竟然能下楼送两位教授，这下子搞得大家大为惊奇。在未经祝、郝治疗前，陈景润的病情很糟糕。此后，陈景润的妻子熟练地掌握了"实验经络针灸疗法"，一日三次地为其治疗。一年后陈景润便行走自如，语言流畅，这位大数学家又重返他的科研岗位。

要了解陈景润对此的感受，莫过于他病愈后写的一封感谢信：

自去年十一月我院生物物理研究所经络研究组祝总骧教授及其合作者郝金凯教授给我治病，他们创造性地将经络科研成果应用于'帕金森氏病'临床治疗，使我病体有明显好转。目前在旁人稍加帮助下，我自己生活能够自理，饭食增加，吞咽自如，说话也较前清楚很多，大小便完全控制，起、坐、走路、转弯、回头等动作基本自如。总的来说，整个身体素质都比经络针灸吸氧方法治疗前有显著的进步，可以说康复在望。

陈景润
1989年4月26日

对于陈景润的病，祝总骧和郝金凯一直没有放松，经常到他的家里为其治疗并认真做了观察。病情好转后，陈景润又继续投入到一度中断的《青少年趣味数学》一书的编辑工作中，同时又构思攻克哥德巴赫猜想的第二高峰。1991年春节，他还参加了中国科学院学部委员的团拜会；8月在所领导的陪同下到长白山、镜泊湖旅游。一位所领导见陈景润院士身体恢复

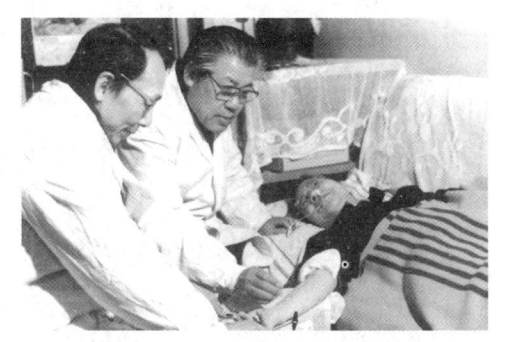

祝总骧和郝金凯为陈景润院士治病

得这么好，笑着说："教授，您现在身体状况挺好嘛！"陈景润幽默地回答道："哥德巴赫一个，帕金森一个，一加一等于二。哥德巴赫猜想是在祖国完成的，我的病也只有祖国医学能拯救，看来这也是定律。"他曾感激万分地对郝金凯说："没有祝和郝二位教授的精心治疗，就没有我陈景润的今天！"郝金凯则说："应该感谢祖国医学的发展，我们只是尊重和实现了这个现实！"

在中国经络学界，祝总骧和郝金凯两位教授素以"双子星座"著称，共同的理想和抱负，使他们走到一起，就像浩瀚的苍穹中两颗璀璨的星星，彼此相互映衬，向天下芸芸众生辐射出和谐、温馨的光芒，给所有热爱生命、热爱生活的人们一种呵护、一种关怀。

4.4 实验经络针灸疗法在美国备受推崇

1988年6月14日02版的《光明日报》刊发了记者陈光曼的一篇消息《我国实验经络针灸治疗法在美国应用获得较好疗效》：

本报讯由北京经络生物物理研究中心副主任郝金凯大夫和该中心主任、中国科学院生物物理研究所副研究员祝总骧共同创立的实验经络针灸疗法，在美国加州一些针灸诊所应用，为一些疑难病症患者解除了痛苦。

郝金凯于今年4月应美国加州10个针灸诊所的联合邀请，赴美作为期一个月的实验经络针灸学讲学。在此期间，他为美国加州以冯友兰医师为首的23位针灸医师办培训班，使他们掌握了实验经络针灸疗法，并用这种疗法治疗肺气肿、冠心病、过敏性哮喘、鼻炎、老年性痹症等，疗效普遍提高，患者齐声赞好。

郝金凯在美期间作了4次学术报告，向近2000名专家学者介绍了实验经络针灸疗法，并作了示范表演。美国育英针灸大学和纽约针灸气功学院分别授予郝金凯奖牌和荣誉博士称号。"

冯友兰是一位美籍华人，也是美国加州比较有名的针灸医师，他在加州成立了实验经络研究小组，在美国加州极力开展实验经络针灸疗法。冯友兰作为一位美籍华人，他对传统中医极为崇拜，尤其对实验经络针灸疗法更为推崇，他意识到掌握好这个疗法会给传统的针灸医术锦上添花，能够避免更多的人饱受疾病的痛苦。当祝总骧的学生郝金凯于1988年4月应美国加州10个针灸诊所的联合邀请，赴美作为期一个月的实验经络针灸学讲学之际，冯友兰等人如饥似渴地跟随郝金凯学习这一疗法。郝金凯回国后，冯友兰等人参照现代医学诊断，根据《黄帝内经》中的《灵枢·经脉》篇，按照病候进行辩证分经。待确定所属哪一经脉之后，应用祝总骧和郝金凯创立的标准测定法，测定该经络以下的经脉循行高振动声线（PAP），选取该经一个穴位。例如心包经取内关，大肠经取手三里，胃经取足三里，膀胱经取委中，胆经取阳陵泉。每次只针刺一针，等到针刺得气后，再用鼻塞法输氧，每分钟3~5升。此后，留针30分钟同时吸氧，每周针3~6次。

冯友兰和同仁们对实验经络针灸疗法很推崇，认为这是一个"硬核中医疗法"，要让这个疗法发扬光大。当他们应用实验经络针灸疗法，治疗哮喘、周围性面神经麻痹等15种病症，通过中医辨证施治的原则，对

36例这方面的疾病患者进行临床治疗。治疗的结果是令人欢欣鼓舞的，获得痊愈和显效者20例，有效者10例，有效率达83%，其中哮喘8例，显效3例，有效5例；面神经麻痹5例，并不在面部针刺，仅在四肢针刺，5例获得痊愈；肺积水1例，经过治疗24次有显著的临床疗效，很快使患者恢复工作；小脑萎缩1例，经过治疗后，患者走路已经平衡，但写字时手还是颤抖；癫痫2例，其中有1例显效，有1例有效；肺心病1例，高血压1例，老年痹症3例，都有显著临床疗效；肺气肿2例无效；花粉过敏5例，其中有1例显效，1例有效，3例无效；面肌痉挛1例，无效。

据美国加州实验经络研究小组提供这样一个典型病例来看，祝总骧和郝金凯创造的"实验经络针灸疗法"，具有一定的典型性和代表性。

儿童脑瘫，MARCO，男，9岁。患儿2个月时发高烧，病愈后，8个月时，被其父母带到医院就诊、体检，发现其右侧肢体偏瘫，发育迟缓，3岁半时开始说话，用塑胶托夹小腿，靠扶架车走路，但仍常跌跤，神志呆滞，智力低下，体向右倾，右侧肢体偏瘫无力，感觉迟钝。另这个患儿手呈握拳状，不会穿衣解带，右足外翻，右腿比左腿细2厘米，短2厘米，肌力左侧大于右侧，右侧膝反射亢进，诊断为右侧中枢性脑瘫。治疗测小腿足阳明胃经高振动声线，针足三里穴，得气后输氧。首次对患儿进行治疗后，使得患儿右手感觉恢复，手指放松。第二次对其治疗后外翻的右足恢复正常。后加胆经阳陵泉，一个疗程后自己能穿衣解带，经过24次治疗后基本恢复正常，稍跛行，腿长短仍相差0.5厘米，右腿仍较细。

据祝总骧和郝金凯合著的《针灸经络生物物理学——中国第一大发明的科学验证》一书披露，就实验经络针灸疗法在美国的应用，有这样的结论：

"1. 隐性循经感传线、循经低阻抗线和循经高声线在美国人群中同样普遍存在。

2. 实验经络针灸疗法，只扎一针，操作简便，治疗后全身轻快舒适，疗效高，容易被患者接受。

3. 实验经络针灸疗法的适应征范围很广，并无副作用，今后将会得到更加大力的推广，为世界人民造福。"

第五章　让经络学走向世界

　　李约瑟博士见到祝总骧第一句话是："我曾预言经络之谜将由中国人自己解开，有幸言中，实是我余生之幸！"

　　在李约瑟图书馆，祝总骧向李约瑟博士通过幻灯、录像及翔实、可靠的资料介绍了自己对经络学深层次地研究经过及辉煌的学术成果。

> 打开世界一扇窗口，无限风光尽收眼底。中国的经络学说，是一道最美的风景。祝总骧是传播伟大之爱的一位使者。

5.1 出国讲学

1983年9月，祝总骧首次出国前往斯里兰卡出席"世界相关医学针灸学大会"。在大会上，祝总骧向与会的2000多位医学专家、经络学专家做学术报告，讲述了自己和他的同事首次发现人体截下的肢体，原有的隐性循经感传线的低阻抗（LIP）和高振动声（PAP）特性继续存在，其位置和截肢前没有差异。这两种特性仍然具有高度的循经性、连续的均一性、重复性及普遍性。这是人类第一次实验证明了经络系统是和神经、血管有联系却又有区别的独特系统。

祝总骧的学术报告引起了国际同行的重视，以上学术成果先后发表在中国的《针灸研究》和英国《针刺研究》杂志上。斯里兰卡、西班牙国际相关医学、自然医学针灸大会上授予祝总骧荣誉科学和医学博士称号。

随着祝总骧在经络研究中的声誉鹊起，国外纷纷邀请他参加会议，或做学术报告。

说起来，祝总骧和斯里兰卡医学教授安东还有过一次颇为尖锐的争论：哪个国家最先发现了经络，孰先？孰后？

祝总骧早在1983年9月出席在斯里兰卡召开的"世界相关医学针灸学大会"，与安东相识，后来成为朋友。安东虽曾在英国，专修西医内科，但却对博大精深的中国医学很是向往，便有志于搞针灸。20世纪70年代，他不远万里地来到中国中医研究院（现已更名中国中医科学院）进修针灸学，学成归国，在从事针灸学研究和教学工作的同时极力弘扬中国传统中医文化。作为发起人，他每年都要召开十多次国际性医学学术会议，每次总不忘给祝总骧发来邀请函。可是，祝总骧赴会很少，一是因为经费拮据，二是担心来回奔波耽搁了科研工作。安东对于祝总骧在经络学科研领域独树一帜的学术见解甚为佩服。

有一年，祝总骧总算答应安东之邀，出席了斯里兰卡国际医学学术会议。会议间隙，安东邀请这位来自中国经络学界的巨子到他家做客。

"祝教授，我要给你看一件珍贵的东西！"安东用西方人特有的狡黠的眼神注视着祝总骧，并且故作神秘状地说。

"哦！你要给我看什么东西呀？"祝总骧眯着眼睛笑着说。

"稍等一下吧！好吗？"安东说罢，从书房里拿出一本古书。古书里的文字和图案都是镌刻在树叶上的，一页纸就是一片树叶，就像我们中国古代用来记载文字及遥远文明历史的竹简。另外树叶上还画有图案，其中一片树叶画有大象，大象的躯体上都清晰地标记着密密麻麻的穴位。祝总骧仔细地翻阅着这本古书，压根儿也不知道安东的壶里究竟装的是什么药。

这时安东冷不丁地说："针灸能治病在斯里兰卡已经有了几千年的历史！可以这样说，最先发现经络的国家是斯里兰卡！"祝总骧听了安东这番话，认为他是在痴人说梦，便当仁不让地回答："我们中国古代祖先早在2500年前就已经发现了人体经络的存在，在《内经·经脉篇》中就阐明：经络可以控制人体一切功能，具有'决死生，处百病，调虚实'的作用……"

"可是我手里有这本古书可以证明呀？"安东极力地和祝总骧争论着。"你们拥有针灸医术，但是你们斯里兰卡古代医学著作有经络图吗？"祝总骧步步追问。当祝总骧听安东极不情愿地从嘴里挤出两个微弱的字——"没有"时，像个孩子似的不由得开怀大笑起来。

1987年，英国针灸协会邀请祝总骧出席英国针灸大会。"英国是个很正统的国家，这个国家很看重中国的传统针灸医术，对什么阴阳、五行、脏腑等理论都很感兴趣。但是英国也像其他国家一样不承认人体有经络，对于经络能治病仍坚持神经说……"祝总骧打开尘封已久的记忆。

1987年，祝总骧（右一），应英国著名中国科技史专家李约瑟教授的邀请，参观李约瑟图书馆并做经络证实科学报告，与李约瑟夫妇合影。

当他走向讲台讲述自己经过千辛万苦的科学研究得出的科研成果《截肢前后隐性循经感传线低阻抗研究》等，同时又辅之以录像，这下子让国外同行心悦诚服，全场为之震惊。英国针灸协会主席福斯特兴奋不已地说："今天听了祝总骧教授的学术报告后，我乐观地相信，世界的针灸学已走向科学的轨道！"会后，祝总骧在好朋友——英国针灸医生弗雷泽的陪同下从英国南部到北部的各大城市一边走，一边宣传中国经络学。此行的第一站是剑桥大学。在弗雷泽的引荐下，祝总骧有幸拜见了著名的中国古代科学史专家——年过90岁的剑桥大学名誉校长李约瑟博士。李约瑟早年曾经研究过经络，他科学、客观地把中医针灸经络学用英文写成了一部书，广泛地向世界展示这一古老而又文明的中医瑰宝。对于来自中国经络学界颇有学术建树的祝总骧教授的到来，李约瑟大有"有朋自远方来不亦乐乎"的高兴劲儿。他见到祝总骧第一句话是："我曾预言经络之谜将由中国人自己解开，有幸言中，实是我余生之幸！"在李约瑟图书馆，祝总骧向李约瑟通过幻灯、录像及翔实、可靠的资料介绍了自己对经络学深层次地研究经过及辉煌的学术成果。

李约瑟看过幻灯、录像后说："当金凤汉关于经络的形态学研究被否定后，我仍然坚持经络必有其物质的基础，现在果然得到了你们的证实，这是中国人的荣誉、人类的幸福。"之后，李约瑟又建议祝总骧把对经络深层次研究的论文赶快发表在英国的《自然》杂志上。《自然》杂志接到祝总骧寄达的《经络的科学验证》的论文后，认为这个试验客观性不够，没有发表，祝总骧遂又转投《针灸学》杂志，发表出来后，在英国针灸界产生了良好的影响。

1990年，祝总骧到美国出席会议时，还与美国圣约翰大学生物物理系教授理查德·A·康恩有段"不打不相识"的故事。

康恩虽然作为一位西医，但是他对针灸很感兴趣，并在针灸学理论和临床实践中颇有造诣，可是他对于经络的认识一直坚持着"唯神经类说"。当康恩听了祝总骧的学术报告及看了幻

1990年5月6日，祝总骧（中）在苏联莫斯科科学院，和苏联专家们合影。

1990年9月9日，祝总骧（左三）和国外专家共进午餐。

1990年，"第二届世界针灸大会"在法国巴黎召开，图为祝总骧做经络被科学证实的科学报告。

灯、录相像后，他的"唯神经类说"学术思想发生了截然不同的改变。他说："您用声音和电的办法把经络线测出来，我从来没有听说过。您的功劳是在中医理论和现代西方医学理论之间架起了一座桥梁！"

祝总骧从美国讲学回国不久，康恩给他写了一封信说：

美国现在有很多人正在接受传统针灸疗法的培训，现在也有大量人在寻找以针灸作为医疗和预防保健措施。但是，现在美国医学和科学界绝大多数人对针灸的方法和效能毫无所知，而且由于没有感性实验，目前一般认为：经络没有实质性基础，而祝教授的研究正有助于在现代科学和传统针灸学之间架起一座科学的桥梁。

科学是不分国界的，经络之线把不同国别、不同肤色、不同文化背景的两位教授紧紧地联系在一起。1990年7月30日，康恩教授写给时任中国科学院院长周光召的一封信，充分表达了他的敬慕与兴奋之情："亲爱的周光召院长：

最近，祝总骧教授在我系作了一个非常卓越的报告，以他创建的生物物理学实验方法，从解剖学和生理学方面证实传统针灸经络的存在及其确切定位。他的实验设计周密，结果可靠。

我写此信是鼓励您对祝总骧教授正在从事的研究工作的支持，因为他所做的工作十分清楚地有助于使传统针灸学与现代生理学和解剖学联系起来。

正如您或所知，英国现在有很多人正在接受传统针灸疗法的培训，现在也有大量人在寻找以针灸作为医疗和预防保健措施。但是现在美国医学和科学界绝大多数人对针灸的方法和效能毫无所知，而且由于没有感性经验。目前一般认为：经络没有实质性的基础，而祝教授的研究正有助于在现代科学和传统针灸学之间架起一座科学的桥梁。此外他的研究在如何提高针灸疗效方面也提出了许多的思路。我希望祝教授能于近

第五章　让经络学走向世界

期再度访美，我一定非常高兴地在马里兰州、哥伦比亚传统针灸中心为他安排一系列讲学（此中心是全美8个经过鉴定合格的针灸培训学校中的最佳者）。

真挚的理查德·A·康恩

生物物理和生物学教授

1990年7月30日"

20世纪90年代，祝总骧为了把他的经络学说传播到国内外，总是不辞辛苦地奔波。1992年，他应台湾的中华自然疗法学会的邀请赴台湾讲学。对于台湾，祝总骧并不是很陌生，他在青年时代（20世纪的40年代中期）曾在台湾新竹一家研究所，从事过石油副产品的科研工作。那次他来到台湾，心情格外的激动，属于故地重游。尤其是两岸同胞同根同祖，血脉相连，那份血浓于水的亲情，犹如温暖的阳光，让祝总骧徜徉其间，心情感到格外愉悦。

1992年11月，祝总骧（中）到挪威讲学。图为祝总骧在奥斯陆大学实验室作经络抵抗阻实验。

在中华自然疗法学会的妥善安排下，祝总骧拜访了国民党元老陈立夫，时年93岁的陈立夫先生在府邸会见了祝总骧一个半小时。在陈先生的府邸，祝总骧还为陈立夫的腿部做了经络测试。晚年的陈立夫还曾担任过台湾中国医药学院的董事长，致力于弘扬中华传统中医药事业。那次会见祝总骧，陈立夫拉着祝总骧的手激动不已地说："这个结果，我等了几十年，终于有人做到了。"

5.2 祝教授的忧虑

还有一件事着实让祝总骧从内心里感到很窝囊。事情虽已过去多年，他总难以放下压在心灵深处的那份沉重。

2002年12月，印度针灸学会邀请祝总骧参加"国际针灸科学大会"，会上祝总骧竟然拿到了印度政府颁发的以"中医学大典"命名的"黄帝内经"奖。他领到这个奖时，感觉似乎像是对中华民族一个天大的讽刺！《黄帝内经》是我们中国2500年前老祖宗所著，在这本医学典籍中总结了春秋战国、秦汉时期公元前5~公元前3世纪的医学理论和医疗经验。它是属于中国的，这个奖应该由中国来颁发，外国人怎么够资格颁发呢？事隔多年，祝总骧很随意地从书架上拿起"黄帝内经"的奖牌和证书，深深地叹了一口气。

过去曾经有人高瞻远瞩地预言：21世纪将是经络的世纪。经络学这一中华民族的中医瑰宝在中国东方医学、人体科学、生物科学以及自然科学的特殊地位，以及它在医疗实践中发挥的巨大作用，震动了世界医学界，并在世界范围内掀起了学习中国经络学的热潮；特别是许多国家的医学界都在运用经络原理，广泛开展经络科学的研究和应用，大有后来者居上之势。东方的新加坡、马来西亚、印度等国家都纷纷开设研究院，对经络和经络学说研究速度之快，水平之高，规模之大远远超过我们中国。

面对世界掀起的学习中国古典经络的热潮，祝总骧坐不住了，他不顾自己已进入耄耋之年，以民族的责任感和历史的使命感和作为一个科学家的良知，忧心如焚地建议科技部把经络研究列为"973"项目。2004

年 4 月 27 日，他以北京炎黄经络研究中心协作组的名义，给科技部基础司写了这么一封信：

"纵观新中国成立以来半个多世纪的科研史，我们的基础科研项目，几乎没有一项不在国际水平之下徘徊的。是中国人笨吗？不是的，我们的专家在国外不是照样拿诺贝尔奖，不是照样领先夺冠吗?! 辩证唯物主义认为，越是民族的东西，才越具有世界性；没有民族的东西，也就没有世界性，我们的差距就在这里。具有 5000 年历史的中医药学是我们的强项，它具有独特的疗效，且又在理论上独树一帜，并有强劲的生命力。但它在国内没有地位，不被重视。

如果把中医药学确立为'973'科研课题，必能搞出名堂，必能对世界医学和人类健康做出贡献，理由如下：其一，最具中医特色的、指导中国医药学的核心理论、2500 年前中国的第一大发明经络学说，是中医药文化的核心，以经络为核心推动人类健康的事业，将是中华文明对世界的最大贡献；其二，我国著名的经络学专家祝总骧教授，耗尽 30 年的心血和精力，经过成百上千次的实验，用现代科技的手段，证明了 2500 年前老祖宗发现的经络学是客观存在的、是科学的，并在经络学说的指导下创编了'312 经络锻炼法'，通过 13 年的实验证明，在医疗保健长寿领域独树一帜。这种方法全靠调动人体的内因，即经络系统的调控作用，根本不需要吃药、打针、做手术就能防病治病，百岁健康。这是一种 21 世纪的绿色医疗保健法，为人类的保健事业开辟一个全新的方向。这种健身法完全符合中央提出的'以人为本'的方针，如在全国推广，必能解决我国九亿农民的医疗保健问题，这正是党中央、国务院倡导的农村合作医疗所要解决的问题。如能对经络课题定位进一步研究，必将造福于人类，造福于子孙后代；其三，祝总骧教授在经络学领域的研究成果，轰动了世界医学界，在世界范围内掀起一场学习中国古典经络的风暴。日本、美国、俄罗斯、印度等十来个国家都纷纷成立经络研究院，大有后来者居上之势。他们对经络学说的研究，其速度之快，水平之高，规模之大，都远远超过我们。更有甚者，韩国等国的学者，竟然说经络学说是他们的祖先最先发明的。面对经络学说强烈的国际竞争，作为经络学说这样稀世国宝的所在国，如果我们不率先批准这一国家课题，组织得力的科学家进行攻关，很可能老祖宗留下的这笔宝贵的科学遗产，将被别人夺走。到那时我们有何面目面对祖先?! 有何面目面对子孙后代?!

综上所述，无论从科学、从经济、从政治、从历史的发展观看，把经络列为'973'项目，大力开展经络科学的研究与应用，就能使我国首先在这一领域登上医学科学的顶峰，为党争光、为民争气、为国争荣、为子孙后代造福、为人类做贡献。

致以

诚挚的敬礼

北京炎黄经络研究中心协作组
2004 年 4 月 27 日"

祝总骧一颗诚挚的爱国之心跃然纸上，大音希声，怎不为之动容。

5.3 出国不是为了旅游

祝总骧 2005 年 6 月，一个月内出了两次国，一次到奥地利，一次到美国的夏威夷。

他之所以要到奥地利去出席国际医学会议，是他的第 36 期"312 经络锻炼法"培训班的学员推荐的，这位学员在中国医学促进会工作，他建议祝总骧把"312 经络锻炼法"拿到国际讲坛上说说。祝总骧感觉这个建议不错，遂答应随团出席在奥地利举行的国际医学会议。

第五章 让经络学走向世界

祝总骧只要出席有关医学会议，不管是国内的，还是国外的，他都要求发言，这倒不是为了个人出人头地，而是借机宣传他创编的"312经络锻炼法"，他满脑子里想的都是"312"。本来中国医学促进会答应届时推荐他在国际医学讲坛上发言，然而他心里不踏实，一个劲儿地犯嘀咕：你在国内信誓旦旦，一旦到了国外变卦了怎么办？于是索性用英文写了一封信给奥地利的会议主办方。信中叙述了自己已82岁高龄，平时科研及教学工作很忙，如果开幕式上不让发言，宁可不去。奥地利会议主办方很快给他回了信，表示可以在开幕式上作"312经络锻炼法"的学术演讲，但需要他征求一下中国代表团的意见。这次赴奥地利出席国际医学会议的组织者是中国医学促进会。本来"中心"经费很紧张，祝总骧为了将"312"在国际医学讲台上说说，咬咬牙向组织者交了二万五千元会务费，哪知人家却说，您老不是要在会上发言吗？发言还得再交二千元。无可奈何祝总骧又交了二千元。花如此大的代价仅仅为了将"312"在国际医学讲坛说说。

与祝总骧同机赴奥地利出席国际医学会议的中国代表团共40人。据祝总骧介绍，中国代表团成员人人在临床医学上都有一技之长，有的甚至身怀绝技。然而令人遗憾的是大都是个"土包子"（不会英语）。虽然他们是个"土包子"，但是却是出类拔萃的"土包子"。如湖南一位老中医一年能挣二千万元。他们出国的目的大都是旅游及在国际上找市场。

会议开幕时，祝总骧第一个发言，并且能用一口流利的英语发表学术报告，来自世界各国的医学专家纷纷报以热烈的掌声。奥地利的报纸、杂志、电视台也趋之若鹜地给予关注，报道来自中国北京的著名经络学家祝总骧用20多年的时间呕心沥血地进行经络研究，并且创编了一套为全人类百岁健康服务的"312经络锻炼法"。一时间，奥地利的街头巷尾人们说出频率最多的是"中国""祝总骧""经络"和"312"。祝总骧为中国争了光。

本来会期为 4 天，然而中国医促会却要求所有的中国代表团成员离开奥地利去赴美国的夏威夷。祝总骧却不愿意离开，但属集体行动，他只参加了 2 天会议。

就这样，中国代表团成员皆没有向会议的承办方打招呼，一个个悄悄地溜走。祝总骧心里挺纳闷，忙问中国代表团负责人杨克、何浩，他们支支吾吾说不出所以然。原来，中国代表团成员大都是出于旅游的目的，担心在奥地利国开会滞留时间过长，耽误了去美国夏威夷的旅游。生性耿直的祝总骧，愤愤然地骂了一句："这真给中国人丢脸！"。

祝总骧离开奥地利时，还不忘挥一挥手臂，不无幽默地说："为了普天下的炎黄子孙，为了《黄帝内经》，经络已经证明，你们就看着吧！"。

5.4 启动"312"环球健康列车

俗话说得好，人逢喜事精神爽。面对"312"事业做得如火如荼，祝总骧感到格外的欣慰，他感觉自己过去的辛勤付出，得到丰厚的回报。时任国务院副总理吴仪和时任卫生部部长的高强对"312"事业的批示，以及《人民日报》在 2006 年 2 月 16 日刊发的《'312 经络锻炼法'不妨一试》，从中国政府高层得到充分的肯定和鼓励。"312"业已从国内走出国门，马来西亚、新加坡、印度尼西亚举国锻炼"312 经络锻炼法"，东欧的匈牙利等国不断地派团来华学习"312 经络锻炼法"。无论是国内，还是国际，"312 经络锻炼法"这一旨在"让世界人民健康长寿"的普世理念，被传播到世界每个角落。总之，一切都往好的方向发展，在这样的发展态势下，祝总骧顺势而为，提出要迅速壮大"312"锻炼者的队伍，启动"312"环球健康列车活动。所谓"312"环球健康列车，就是把群众预防疾病获得健康养生的热情，给发动起来，给组织起来，成立健身会，其健身会接受基层社区的领导，在不断地增加"312经络锻炼法"锻炼者的队伍，克服培训班的阶段性的不足，启动一个长年不断的"312经络锻炼法"环球健康列车，在本地区"行驶"，并"行驶"向全国以至国外。

2006年3月6日这一天，北京城乍暖还寒，马路两旁伫立的一排排国槐枝头上刚刚冒出嫩芽，就如同刚出生的小鸭子尖尖的、乳黄的喙。冬天过去了，春天很快就来了，一切都是那么富有生机。

祝总骧领导的北京炎黄经络研究中心在北京东城区图书馆礼堂举办"2006年312经络锻炼法国际交流大会"，来自北京、中直机关的离（退）休老干部、老科技工作者、退休工人、北京"312"健身会员以及来自匈牙利、马来西亚、印度尼西亚代表600多人出席了会议。出席会议的贵宾有，马来西亚大马炎黄"312"经络锻炼中心会长、总教练黄玉成，印度尼西亚炎黄"312"经络锻炼中心主席陈炳昌，匈牙利医学博士埃利，匈牙利驻中国大使馆文化参赞米哈依，我国著名医学教授严仁英，中国科学技术信息研究所研究员、国家软科学计划项目"中医药战略研究课题组"负责人贾谦、上海绿谷（集团）有限公司董事长吕松涛等。

严仁英教授现身说法，向大家介绍了自己通过锻炼"312"身体得已健康。她说："我很高兴与这么多的同志一起参加'312'这个盛会。我让大家猜一猜我有多大岁数？"严仁英教授的话刚说完，会场一阵骚动，不少人在猜测老人的岁数。老人接着说："我今年已经91岁的高龄了！"会场中又一次骚动。严仁英接着说："常有人向我打听长寿的秘诀，我告诉他们是能吃能睡，没心没肺。现在我又多一个秘诀就是'312'。原来我给自己定的长寿目标是活到80岁，亲眼见到2008年的奥运会；现在我有了'312'这个健康法宝，我信心百倍地向大家宣布，我要活到100岁！我原来心脏不好，常服'强心药'，现在好久不动它了；还有我原来老失眠，常依赖安眠药才能入睡，现在锻炼'312'也业已不用它了。我现在已91岁的高龄，但我没有退休还能坚持上班。我希望大家都来练'312'，都能健康长寿。我期待2010年，我还能和大家再相约'312'的活动……"。

在会上，祝总骧为匈牙利16位"国际312学习班"的学员颁发了结业证书。当他为匈团领队埃利医学博士颁发"312国际使者"铜牌时，郑重其事地向与会者介绍了埃利博士获此殊荣的理由。他说："埃利博士是我的老朋友，从1985年开始便和我一起出席在世界各国召开的国际针灸经络研讨会。他是最早在植物上测定经络的经络学专家，有一定的医学造诣。埃利博士是一位名副其实的国际使者，特别关注穷人的身体健康，他常常来到无家可归的贫民窟中为难民治病，把一颗博爱之心奉献给他们。最难能可贵的是，埃利博士不遗余力地在国际上广泛宣传推广'312'，七年间六次率代表团来中国学习'312'。这些学员学成后，再把一颗颗博爱之心，一传十、十传百地延续下来。他堪称当代的白求恩……"全场报以雷鸣般的掌声。

埃利博士接过祝总骧亲手给他颁发的"312国际使者"铜牌，激动不已地发表了答谢词：

"亲爱的祝总骧教授、朋友们：

我代表匈牙利人民向大家问好！我与祝总骧教授相识很久，并且见证了中匈两国之间的医学、文化的友好交流。

祝总骧教授创编的'312经络锻炼法'是关乎全人类百岁健康的伟大事业，他一生为了这个伟大事业，殚精竭虑、执着追求，其精神可以说是感天动地。

我每一次来到中国，都要去看一看长城，去领略中国长城的雄伟壮观，感受到中国人民的伟大。我认为祝总骧教授创编的'312'比长城还要伟大！原因很简单，'312'能带回家，而长城却带不走……"

全场又报以热烈掌声。当埃利博士结束了发言后，他这样对与会的人们说："埃利博士不但是我的志同道合的挚友，而且还是中匈两国的友谊的使者！"

祝总骧还分别为来自马来西亚的黄玉成及来自印度尼西亚的陈炳昌颁发了"开路先锋"铜牌及"312国际使者"铜牌。他在总结这个会议时说："我们举办这个会议的目的是祛病百岁，献爱心，让全世界人民都能够通过锻炼'312'而健康长寿！"

在宣传推广"312"事业上，祝总骧不仅具有前瞻的目光，而且还显示出他的创新理念，更重要的是他有心怀天下的大格局。比如说是启动"312"环球列车，就是最典型的例子。那是2006年6月6日，祝总骧在北京市东城区图书馆举办"312国际环球健康列车会"。其实每次举办大型会议，祝总骧本着简约、庄重的原则，他不会把钱用在花里胡哨的会场布置上面。每次举办会议，他都能组织起上千人，来得早的人有位子可坐，来得比较晚的人只能在会场的台阶上铺上一张报纸席地而坐。尽管出席会议的人很多，但是会场秩序井然有序，没有大声喧哗，大家会安安静静地坐在位子上等待会议的召开。只要他宣布会议开始，顿时容纳上千人的会场鸦雀无声。按照祝总骧的说法，不要崇拜我，要崇拜就崇拜祖国的传统中医文化，每一位炎黄子孙都要做传统中医文化的崇拜者（Admirer），这才能薪火相传，发扬光大。

这上千人的大会，没有经过哪一级政府或者是大财团来组织，就是电话、信件通知，更多的是一传十、十传百的口口相告，出席会议的人员，既有北京市退休的普通市民，也有机关、学校的退休干部，当然少不了马来西亚大马炎黄经络锻炼中心的主席黄玉成了。黄玉成带领34名"312"国际班学员从亚洲，行驶到美洲、欧洲、非洲后再回到北京。黄玉成被祝总骧任命为"312"国际健康列车的列车长。

2006年这一年，祝总骧已经83岁了，按理说，人到了耄耋之年，早该放马南山、颐养天年了，然而他忘记了年龄，生命从80岁开始，开启了人生第二个春天。这一年，他在7月7日、8月8日、9月9日、10月14日、12月16日，接连在北京举办了第一、二、三、四、五届环球健康列车大会。就拿这1~5届环球健康列车大会来说，每一届都有不同的会议主题，这也从中显示出祝总骧的与众不同。当然第一届主题就是绘制好蓝图，集结国内外的力量蓄势待发，为下一届大会的召开打下良好基础。

"第一届312环球健康列车会"在北京电教馆召开，其会议主题是"312"防癌抗癌。祝总骧在会议上给全世界人民开出了防癌抗癌的处方：

一、起来！全世界爱好健康的人民！拿起经络和锻炼经络（"312"）的武器，树立战胜癌症百岁健康的信心，彻底消灭社会上"恐癌"现象。

二、一旦确诊为癌症，立即运用中西医一切有效消灭肿瘤的手段（手术、放化疗、中医、药物等）消除癌症根源，同时必须立刻拿起"312"这个最有力的武器，提高自己的免疫功能，达到消灭敌人的目的。

三、培养良好心态，不断提高"312"的理论与实践，树立彻底消灭癌症的信心。努力做好三个穴位按摩、腹式呼吸以便打通经络，实现气血畅通，提高人体的精力和免疫力。应当做好体育锻炼，从而全面提高气血运行和免疫功能，彻底消灭残存的癌细胞使之无处存身，防止转移，达到彻底消灭癌症的目的。

四、对发生剧烈疼痛的患者，要提高经络意识，即"不通则痛"的原则，努力找到疼痛所属的经络有关穴位，尽量少用或不用止痛药，采用穴位按摩办法，使气血畅通，减轻和消除疼痛。

五、对具有并发症，如高血压、糖尿病、心脏病和关节炎等癌症患者找到控制相关疾病的自己的"312"，以便消除患者非癌症所引起的危害，保证百岁健康。

六、全世界人民要珍惜自己，珍惜健康，一律参加"312"锻炼，保持乐观情绪、合理饮食和健康生活习惯，防患于未然，保证防癌抗癌百岁健康。

"第二届312环球健康列车会"的会议主题是"'312'防治高血压"。祝总骧在开讲之前，首先给大家抛出一个令人触目惊心的问题——"这年头，为何高血压追着3亿的中国人跑？"与会者没有一个人应答。祝总骧侃侃而谈，他说，根据不完全数据统计表明：我国有将近3亿人的高血压患者，且有很多患者对自己的病情并不知情。在众多患者中，仅仅有15.3%的患者血压控制良好。高血压真正的恐怖之处并不在于单纯的血压升高，而是由高血压引发的各种靶器官的伤害！长期升高的血压，可对心脏、大脑、肾脏等造成多方面损伤，促使动脉粥样硬化和血栓形成。临床上大部分的心梗、脑梗患者，都有多年高血压病史！近些年高血压不再是局限于中老年人的疾病，就连很多青中年人群，同样在饱受高血压疾病的困扰。

祝总骧谈到这里，冷不丁地反问台下的听众："谁能告诉我高血压是哪几个生活坏习惯造成的？"台下的听众皆面面相觑，不知所云，都把求知的目光聚焦在祝总骧的身上，希望能快一点得到答案。祝总骧见无人能够回答，就不慌不忙地给出了听众的答案，他说，这主要是和不良的生活习惯有关，特别是以下四个坏习惯，或成为高血压的突破口：

一是不健康的饮食习惯。引发高血压的不良饮食习惯有很多，包括了高盐分、高热量饮食。其中以高盐分饮食引发高血压的最为多见，比如喜欢吃加工肉类、腌制食物等，这些食物都含有超高的盐分。其中由于盐的主要成分就是"氯化钠"，在机体又会转化为氯离子和钠离子，当血液中钠离子严重超标后，就可引发血容量升高、血渗透压增高、水钠潴留等问题，最终发展为高血压。而长期保持高热量饮食，不仅会让肥胖找上自己，同时脂类物质还会增加血液黏稠度，导致血液流通速度减缓。只有在高压力下，才能让血液顺利循环，久而久之高血压同样会找上自己。

二是吸烟。吸烟有害健康的字眼就印在烟盒上，然而这仍然阻挡不了吸烟者的热情。长期吸烟不仅会伤害呼吸系统，增加肺癌、慢性呼吸道疾病出现的可能，同时吸烟还可刺激肾上腺素、去甲肾上腺素等激素分泌，导致血管处于紧张收缩状态，血压因此升高。有数据研究表明，吸烟量越大、烟龄越长的人，患高血压的可能也就会越大。

三是熬夜。熬夜是当代人的通病，或许是熬夜加班，又或者是熬夜看电子产品，看似仅仅是睡眠不足的问题，但却会打乱机体内分泌和免疫能力。在熬夜的过程中，中枢神经系统高度兴奋，会刺激肾上腺素的大量分泌，让血管反复性收缩。

这不仅会引发高血压问题，对长期患有高血压、动脉粥样硬化的人来说，熬夜还可诱发急性心脑血管病。

四是久坐不动。现代人的工作基本都是久坐状态，无论是操作电脑、仪器还是方向盘，只要坐在工作岗位上，就会长达 8 个小时，甚至是 12 小时。

然而，长时间久坐不仅会导致腹型肥胖，同时还会对血液循环造成影响，导致血流速减慢、血液黏稠度升高，这都为高血压埋下了祸根。以上四个坏习惯，都可成为高血压的突破口。特别是对于肥胖人群、有高血压家族史的人来说，长期保持不良的生活和饮食习惯，高血压也会随之找上门来。

与会的听众听了祝总骧的"养生经"，都感觉既通俗易懂，还有趣味性。当然他也不失时机地给大家开出了他独到的"处方"：对于预防高血压，大家需谨记：坚持锻炼"312"、科学饮食、规律运动、定期体检，如此才能让高血压无处遁形。

2006年9月9日在北京召开的"第三届环球健康列车大会"的会议主题是"312为什么能放在冠心病？"，2006年10月14日在北京召开的"第四届环球健康列车大会"会议主题是"312为什么能防治糖尿病？"。前四届的会由于每一次的会议主题不同，具有一定的针对性，特别能吸引这些病患的眼球，他们都迫不及待地参加会议，来寻找这一个个"为什么"。

2006年，祝总骧共计举办了五届环球健康列车大会，其中第五届产生的国内外社会影响很大，不仅上了北京炎黄经络研究中心2006年的大事记，而且还上了当年中国中医界的大事记，可想而知，其影响力有多大！这一年的会议主题是"'312'为什么能防治'三大杀手'，批驳'取消中医'"。

读者诸君想要了解一下祝总骧当初为什么要把"第五届环球健康列车大会"的主题确立为"'312'为什么能防治'三大杀手'，批驳'取消中医'"，这要从中南大学政治学与行政管理学院张功耀教授于2006年4月在《医学与哲学》杂志上发表了《告别中医中药》一文说起。

张功耀在《医学与哲学》杂志上发表了《告别中医中药》一文，提出"以文化进步的名义、以科学的名义、以维护生物多样性的名义、以人道的名义，我们有充分的理由告别中医中药"。10月6日，张功耀再次发出倡议，要求支持告别中医中药的人士进行签名，让中医药退出国家医疗体制，使其真正回归民间。文章一经发出，引发了社会各界的热议，支持者和质疑者更是掀起了一场网络"论战"。10月10日，卫生部发言人明确表示坚决反对取消中医言论和做法，并称支持"取消中医"的签名行为，是对历史的无知，也是对现实生活中中医药所发挥的重要作用的无知和抹杀。

国家中医药管理局新闻发言人在记者采访时称，"实践和历史也将证明，这次签名活动和历史上否定中医药的事件一样，只是一场不得人心的闹剧"。

2006年10月7日，《就告别中医中药而至国家发改委公开信签名的公告》在一家国内网站上一经发表就引起了众多网友的关注。此公告称：当前，国家发改委正在征集民众对新医改的建议，为配合中央政府做好这项工作，敦促中央政府及其所属各部门深刻反思中医中药，重新认识和评价中医中药的作用，集中使用我国有限的医疗卫生资源和科学研究资源，发展现代（西医）医学科学，使我国的临床医学和基础医学尽快地、全面地和国际接轨，特公开提出修改宪法、让中医在5年内全面退出国家医疗体制等建议。公告是由中南大学科学技术与社会发展研究所张功耀教授和美国纽约的康复科医生王澄起草的。

文章作者之一张功耀，作为专攻科学史的学者，在2000年以前，医学并不在他的研究范围之内。不过，那一年网络上关于中医优劣、存留的讨论引起了他的兴趣，并开始关注。"没有实质的探讨内容，但确实是一个实质的问题。"他遂起了以科学匡正的念头。《告别中医中药》《再论告别中医中药》《"中医科学化"失败的原因分析》等让他成为抨击中医中药的带头人，征集签名，以期政府能够"深刻洞察民意"彻底停止中医中药的研究。这个公告被国内众多网站进行转载之后，几乎是一瞬间，中医突然成了热门话题。

该公告建议修改《中华人民共和国宪法》第21条有关中医的内容，并声称，中医中药研究违背科学原理、缺乏科学精神、没有安全保障，应该使其退出国家医疗体制改革。

中医中药一直被海内外华人当作中国的国粹来看待，如今，竟然有人敢为取消中医中药来签名，这个举动被很多网友认为是疯狂之举。

中医中药在中国的文明发展史上留有很重要的一笔，即使在西医主导的今天，仍有很多中国人对传统而又神秘的中医顶礼膜拜，这样的公告招来非议自然不让人感到意外。

在张功耀看来，中医脱胎于古老的中国巫术，而西医则是产生于自然科学之中，中医不是一种经验医学，而是故弄玄虚，这种所谓的医学在崇尚唯物主义的今天，应该到了淘汰的时候了。

张功耀认为，中医算不上科学，因为具有非科学特征。他的理由是中医尚不能够建立起明确的因果关系，也不能够还原成经验事实。"比如药性的'五味'和'四气'在经验世界里就找不到任何解析。"他还举了《黄帝内经》中关于水肿病的论述，认为"平治于权衡，去菀陈莝"的原则只是一种表面判断，没有任何深入的趣味，而"开鬼门，洁净府，精以时服，五阳已布，疏涤五脏"的医疗措施，更是一种故弄玄虚的表现。而正是这种表现，才会出现类如胡万林式的江湖游医，他们包治百病，无病不医。

张功耀在《告别中医中药》中还列举了中医的三大罪状：一是装腔作势，欺骗患者；二是推行异物、污物、毒物入"药"，坑害患者；三是以严格的"奇方"追求"奇效"，为难患者，并为医生的无效施治开脱责任。

对此他呼吁道："今天，应该是我们彻底揭露'仁术'真相的时候了！"

张功耀的言论受到讨伐自然是少不了的。支持者认为他敢于揭露顽疾大快人心，反对者则认为他不明中医纯粹是胡说八道，更有甚者，有的网友对张进行了人身攻击。

卫生部肝胆肠研究中心曾昭武，是一名很有影响的专家，他看了张功耀的《告别中医中药》一文后，不由得义愤填膺！他是非常反对这篇文章的观点的，他曾经致信给张功耀，就这个问题多次讨论。曾昭武称对张功耀的看法不敢苟同，并反驳了张功耀诸如人参不是药材，充其量是一种"安全的食品"等观点。

对此，张功耀回答了曾昭武，并对曾昭武提出的问题提出了反驳。不过这样的辩论是有建设性的。张功耀说："对于我们深入讨论问题很有益处。我不是职业医生。但对于概念、思想和行为的分析来说，我们有我们的学科优势。"

一个是中医方面的专家，一个是科技史方面的学者，一个人在某一方面对于另外一个人来讲，自己的优势就是对方的劣势，尽管经过三轮的辩论，这样的辩论自然也不会有什么结果。

其实，反对张功耀观点的并不止一位中医界的专家。徐承本教授，《医学与哲学》杂志编辑，研究方向是中医学。他认为现在不能告别中医中药，并认为张功耀的观点是以偏概全。卫生部中医司原司长吕炳奎也发出了"挽救中医，刻不容缓"的呼吁。

2006年10月17日18时，在新浪网关于"你如何看待中医"的调查中，认为中医应该大力保护的有30033人，支持取消的有3611人，认为中医没有优势的为7038人。但是在看病选择上，有57.34%人选择了看西医。

2006年10月10日，在卫生部举行的新闻发布会上，针对记者提问"关于中医，在网上有人征集取消中医的签名，已经达到了上万人，而且主要都是卫生领域的人，主要意见是要采取相关措施，让中医在5年内全部退出国家医疗体制，回归民间，使西医成为国家唯一的医疗技术。不知道您怎么看待？"，卫生部新闻发言人、卫生部办公厅副主任毛群安明确表示，中医药既是我们的国粹，同时也是目前我国医药卫生领域中不可分割的重要组成部分，这是我们国家的优势和特色。在历史上，中医药为中华民族的繁衍生息和健康做出了不可磨灭的贡献。至今在现实生活中仍是我们解除病痛的一个重要选择。

毛群安称："如果有这样的签名行为，那是对历史的无知，也是对现实生活中中医药所发挥的重要作用的无知和抹杀，我们坚决反对这样的言论和做法。"毛群安的表态，被认为是卫生部对"告别中医"言论及行为的官方立场。然而，张功耀并没有因为卫生部的反对而宣告取消自己的"告别中医论"言论，作为回应，张在他的个人博客上发表了《对卫生部新闻发言人表态的表态》一文。文中说，"这是预料之中的事情……卫生部新闻发言人的表态，不影响继续我们的民意表达……我们必须坚持把这个人命关天的问题讨论下去，并将继续向政府有关部门明确表达我们的意见"。

相对于张功耀的执着，有观察者发现，国家中医药管理局在其官方网站上相继转载了《卫生部坚决反对"取消中医签名活动"》《就近期发生的"取消中医"网络签名一事国家中医药管理局发言人答中国中医药报记者问》两篇报道。在第二篇报道中，国家中医药管理局新闻发言人称，"我们非常赞同卫生部发言人宣示的立场……发起这种网络签名活动，是对历史的无知，也是对中医药历史功勋、现实作用和科学内涵的肆意否定和抹杀。中医药经历了几千年的实践验证，深得广大人民群众的喜爱和信赖。实践和历史也将证明，这次签名活动和历史上否定中医药的事件一样，只是一场不得人心的闹剧"。

祝总骧认为"取消中医论"是数典忘祖、罔顾事实的卑鄙无耻的不当言论,应该给予强有力的驳斥和批判。他除了在会上发动中医界人士用无可辩驳的事实,对社会上热议的"取消中医论"进行批判,还联合徐瑞民、段向群、梁山、赵春枝在《经络与健康》报上发表了题为"以和谐治理不和谐——反中医经络者戒"的文章——

许多人相信中医,许多人不相信中医,甚至极少数人坚决反对中医,从而使中医生死焦点论题成为牵动亿万人神经或中医经络实质存在与否的反中医势力不和谐的口头时尚。中医主张"内和脏腑、外谐百骸",以养生调治"天人合一"的思想,齐天下、治天下、顺应天下,成为中国文明社会一盏治病救人的不灭航灯,引领中医药学呵护五千多年东方人类文明,迄今仍以和而谐之的调治原则,处百病、决生死,达到阴平阳秘的健康机体的作用。

根据祖国医学异病同治,内外双修,左病右取的缪治法治则规律,调理人体。经络系统是人体精气神物质循行的传输载体,是人体气血循行起到导引调和谐治作用的决定性传输器官,能够起到延长生命,抗衰老的医疗和谐作用。

在当今社会,一些反中医势力,抱有不同的跟风目的,或咒骂中医是糟粕,或诽谤中医无科学根据,甚或竭尽污蔑向中医中药告别等等,这种污蔑与诬陷中医文明的不和谐声音,其险恶用心是以反中医的所谓"科研"红卫兵行径,向我们伟大民族、伟大历史、伟大中医文明撒泼打诨,企图浑水摸鱼,向海外反中华文明、反中华民族、反中医文明势力邀功请赏,丢尽了中国人的脸面。面对这种近似癫狂的不和谐反动声音,我们北京炎黄经络研究中心全体中医经络科研人员,不禁义愤填膺甚感切肤之痛!

对于中医事业科研实验,我们经络研究中心1973年响应敬爱的周恩来总理伟大号召"把经络实质抓上去，为社会主义服务"，在由邓小平、胡锦涛、温家宝、吴仪等党和国家领导人亲切关怀下，我们共获得20余项国家科技成果，获得海外16项荣誉奖，先后对中医经络物质实质科研工作，做了大量的基础研究。

作为中国科技工作者、经络学家，我们可以严肃地向整个人类宣布，中医学、中医经络学、中医药学是严谨正确的，可重复的实验医学，这门不朽的颠扑不破的医学真理学科，绝不容许一小撮不和谐的反中医的、反民族文明的暗势力扼杀与抹杀。我们强烈呼吁要拿起热爱民族、热爱文明、热爱中医文明的和谐诊疗武器，向不热爱民族、不热爱文明、不尊重中医文明的不和谐势力进行调理与根治，以和谐召唤和谐，用和谐寻回和谐。《黄帝内经》曰"经络者决生死、处百病。"以胡锦涛同志提倡：和谐者，利天下、得民心，是焉。

在"取消中医论"大讨论中，祝总骧旗帜鲜明地站在真理的一边，发出自己最强有力的声音，很快一些叫嚣"取消中医论"的人们如同在两军对垒的古战场，面对真理的一方人强马壮，不由得偃旗息鼓，被打得丢盔卸甲、落荒而逃。其实最给"取消中医论"的人们打脸的是2015年10月荣膺诺贝尔生理学或医学奖的中国科学家屠呦呦，其获奖理由是她发现了青蒿素，该药品可以有效降低疟疾患者的死亡率。

从2006年6月6日，祝总骧在北京举办"第一届312国际环球健康列车会"开始，他连续3年多举办了18届"312国际环球列车大会"。就是这么一位科学老人，他希望全世界人民都能登上健康快车，怀着让全世界人民都能通过锻炼"312"，实现百岁健康的大爱无疆的精神，像一棵永不熄灭的火把，照耀着人们、影响着人们、改变着人们……

5.5 世界"312"长寿医学大会

可以这样说，祝总骧不完全是整日浸淫在实验室、书斋里只知道埋头做学问的科学家，他的头脑总是在不停地思索，其发散思维纵横捭阖，超乎人们的想象。凡是他认准的事情，会一如既往地不畏惧千辛万苦地做好。他在心中有个执着的信念，就是希望自己在有生之年让更多的人来锻炼他的"312"，从而走上健康之路。他不愿意做一位成天忙碌在实验室和书斋里的科学家，他要把自己中医经络的理想以及"312"为全人类谋求百岁健康的大爱无疆的情怀传播到世界每个角落。如果说连续三年多举办18届"312国际环球列车大会"是祝总骧以大会这个平台为载体，把他的理念、精神以及为全人类谋求健康长寿福祉的福音，进行国际间传播，那么连续举办五届世界"312长寿医学大会"，就是向全世界发出一个振聋发聩的动员令，从而去实现让全世界人民健康长寿的宏伟理想！

"第一届世界312长寿医学大会"在匈牙利召开，这是祝总骧深思熟虑的结果。这一年，他88岁，恰逢"米寿"。"米寿"是中国传统的寿称之一，也是88岁的雅称。因"米"字拆开，其上下各是八，中间是十，可读作八十八，故名。祝总骧以88岁的高龄，不辞劳苦地组织"世界312长寿医学大会"，每一届会上，他总会自信满满地说："我肯定能活过一百岁！"他说过这话后，每次会场上至少有30秒的静默，然而30秒过去后，回回赢得雷鸣般的掌声。祝总骧说完，似乎意犹未尽，发出："20年后，我们再相见！"很多年过去了，当年有幸在会场亲耳聆听祝总骧这些话的老人们，都得到莫大的鼓舞，他们说祝总骧这一振聋发聩的长寿宣言，不啻为催征的战鼓，是如此的斗志昂扬、壮怀激烈！

在匈牙利，他有一位挚友叫埃利·艾扬道克，是匈牙利很有名的医学博士。祝总骧和埃利·艾扬道克是一对相识很多年的挚友，共同的理想和志趣把不同国籍、不同肤色、不同信仰的异国友人紧密地联系在一起。埃利·艾扬道克获悉祝总骧要在匈牙利举办"第一届世界312长寿医学大会"之时，他既高兴，也感到友人对他的高度信任，自然为大会如期的召开不惜余力地出钱出力。

在2011年9月6日，也就是"第一届世界312长寿医学大会"召开之前的前十天，祝总骧给法国总统萨科齐写了一封公开信，他希望借助这封公开信，为这次大会的顺利召开，宣传造势，同时也希望得到法国的官方支持。这封公开信是这样写的：

尊敬的法国总统萨科齐总统阁下：

我将受邀于2011年9月16日至18日在匈牙利首都布达佩斯参加由欧洲联盟组织的世界长寿大会。

我荣幸地借此机会向阁下献上我们中心（作者注：北京炎黄经络研究中心）最好的礼物——"科学证实经络存在的方法"和"能使人类健康长寿100岁的312经络锻炼法"，这是我中心30年来对人类最重要的贡献！我认为这确实是一个划时代的事件，将引起一场当代医学革命！

经络是2500年前中国医学最伟大的发现，根据中国古代的医学经典《黄帝内经》描述，经络是人体总控制系统，实际上是人类健康长寿的一个秘密武器，专门有预防和治疗疾病的作用。然而，到目前为止，当代西方医学否认经络的存在，因为它是看不见、摸不着的。

我作为一个西方医学的教授，通过20多年的努力，我用三种生物物理学的方法证实了经络的存在，此外，根据经络学说，我提出了一种锻炼经络防病治病的方法：即"312经络锻炼法"（简称"312"）。每天只要需要锻炼25分钟，在3~4周内就能治疗多种慢性疾病（如高血压、糖尿病等），并使人类变得更年轻、更有活力，从而达到长寿的目的。经过20年的推广，"312"造福了不计其数的外国和中国人（特别是在匈牙利 Cser 博士领导下在欧盟国家得到普及）。

我相信，如果"312 经络锻炼法"被阁下接受，将促进实现和平、和谐和 100 岁健康世界的 21 世纪。

最后祝愿阁下和你人民幸福长寿！

你忠实的中国科学院生物物理研究所祝总骧教授（89 岁）

2011 年 9 月 6 日

2011 年 9 月 15 日，祝总骧率朱篷第以及湖南省攸县老科学技术工作者协会副会长李道春飞往匈牙利布达佩斯。"第一届世界 312 长寿医学大会"于当年的 9 月 16 日如期召开，欧盟 27 个成员国（奥地利、比利时、保加利亚、塞浦路斯、捷克、克罗地亚、丹麦、爱沙尼亚、芬兰、法国、德国、希腊、匈牙利、爱尔兰、意大利、拉脱维亚、罗马尼亚、立陶宛、卢森堡、马耳他、荷兰、波兰、葡萄牙、斯洛伐克、斯洛文尼亚、西班牙、瑞典）工会医务工作者 500 多人出席会议。"第一届世界 312 长寿医学大会"出席的国家代表团之多、规格之高，让祝总骧感到非常的欣慰。当然这次大会的主角无疑是他，他在大会上做主题科学报告。欧盟 27 个成员国的工会医务工作者在台下听了祝总骧有关经络和"312"的科学报告时，都为中医的无穷智慧深深折服，会场里响起了雷鸣一般的掌声。而祝总骧的夫人朱篷第教授、丹麦的包迪阳和匈牙利的埃利·艾扬道克等国家专家分别向大会做的有关高血压、癌症和长寿基因的科学报告，也得到了与会各国专家的好评。尤其值得一说的是祝总骧特邀湖南省攸县老科学技术工作者协会副会长李道春随他一起参加大会，显示出他对攸县多年来组织全县人民群众锻炼"312"的褒奖和重视。按照祝总骧的考虑，李道春完全可以代表中国 9 亿农民的形象。李道春在接到祝总骧的电话邀请他远赴匈牙利参加"第一届世界 312 长寿医学大会"时，心情也是格外激动，激动之余还是心怀忐忑，让他在大会上面向欧盟 27 个成员国的专家发言，他心里没有谱，担心自己不能胜任，打起了退堂鼓。祝总骧在电话中对他说："您就大胆地去吧！有我在，您还有什么可担心的？""那我写个发言的初稿，请祝教授给把把关！"李道春在电话的那一端说。李道春花了好几天写了一篇题为"中国攸县是怎样创造百岁健康县的？"，发给祝总骧审阅，祝总骧仔细看了看，做了 2 次修改，对李道春起的发言标题也是大加赞赏，认为很具有代表性。

李道春的这篇《中国攸县是怎样创造百岁健康县的？》是这样写的：

当前中国广大农村仍然缺医少药，一人"中风"，全家不"小康"。怎么解决？我们攸县的经验是，只有"312"才能救农民、保小康。

2005 年，攸县老科学技术工作者协会得到一张"312"光盘，通过学习，如获至宝！县领导决定，派两批村干部到北京炎黄经络研究中心学习"312 经络锻炼法"，我是带队的一员。回家后，这些人都变了样，病好了，精气神足了，年轻了。消息传开，全县 75 万人民积极行动起来，尤其是 65 岁以上的老人争先恐后地学练"312"，不到一年，全县三分之一的老人都练上了"312"，截止到 2010 年，全县至少有 10 万多人练上了"312"，结果人民健康水平普遍得到提高，看病人显著减少。

情况上报到湖南省老科学技术工作者协会，熊清泉会长亲自题词，要求全省 7000 万人民都学会"312"，创建第一个百岁健康省，结果到 2010 年为国家节省 4000 万医疗保健费。攸县是怎么干的？

一、领导重视干部带头

县委和县政府作出决定，县老科学技术工作者协会干部全体出动办班学习"312"。

二、层层办班典型引路

攸县老科学技术工作者协会干部学成后再组织基层干部办班学习。

基层干部学成后再下到农村为广大农民群众办班学习"312"。

在各级干部学习过程中,一旦发现典型病例(即有特殊医疗效果的病例)立即开大会介绍典型的经验,从而引起广大群众的高度重视,人人锻炼"312"。

三、农民动员政府支持

农民被动员起来了,政府把广大农民群众组织起来(或提供资金,或提供场地)。"312"的普及推广,因无需药品和仪器设备,故所需无几。由于县政府看到"312"可以节约大量医疗保健费(2008年节约200多万),所以主动拨款给县老科学技术工作者协会每年5万元经费。

总之,"312经络锻炼法"在攸县实现了全民普及,看病难现象已经解决,只要坚持下去就能达到百岁健康县,为全中国农村做出榜样!

大会主持人Cser博士在会上作了世界卫生组织关于运用传统医学防治疾病,尤其是传统中医和"北京宣言(2008年)"的报告,得到了与会的各国专家的纷纷赞扬。祝总骧在大会上作了总结发言,其大意是:一是"312"已经在全世界开花结果,在全世界普及的态势业已形成。二是"312"能解决好贫困的老百姓缺医少药的保健问题。三是"312"将创造一个和谐的百岁健康世界。

2012年4月13日,"世界312长寿医学大会"召开。

从 2011 年开始，祝总骧在 2012 年、2013 年、2014 年连续 4 年举办"世界 312 长寿医学大会"。如此高规格的国际性大会，对推动"312 经络锻炼法"起到推波助澜的作用。祝总骧身体力行地举办 4 届"世界 312 长寿医学大会"，其初衷就是通过大会来传递这么一个福音：让全世界的人民都能通过坚持锻炼"312 经络锻炼法"，走上健康快车，也让人类活到百岁健康不再是梦想。

5.6 哈莉玛·雅各布议长接见祝总骧

祝总骧到过许多国家讲学，唯独新加坡给他留下最深刻的印象。那是 2013 年 11 月 20 日至 25 日，以祝总骧担任领队，朱篷第、夏中杰和作者作为队员的中国健康代表团应新加坡武基巴督民众俱乐部的邀请，远赴新加坡从事"312 经络锻炼法"交流活动。罗健明和丈夫林国俊同为"312 经络锻炼法"国际培训班的学员，他们夫妻二人负责祝总骧一行人在新加坡期间所有活动的对接工作，当然也包括食宿、车辆等事务性安排。

罗健明和林国俊第一天就安排祝总骧到武吉巴督民众俱乐部接受时

2013 年 11 月，祝总骧（左二）、朱篷第（右二）、作者（左一）、夏中杰（右一），在新加坡讲学。

2013 年 11 月，祝总骧（左）率队赴新加坡讲学，在武吉巴督民众俱乐部和新加坡国会议长（后担任新加坡历史上首位女总统）哈莉玛·雅各布（右）会谈后合影。

105

任新加坡国会议长哈莉玛·雅各布的接见。罗健明早早地安排车辆到宾馆接上祝总骧一行人到武吉巴督民众俱乐部。

当载着祝总骧一行的车驶到武吉巴督民众俱乐部时，武吉巴督民众俱乐部主席吴彼得早早地在门口迎候。吴彼得趁着茶歇等待新加坡国会议长哈莉玛·雅各布接见祝总骧的空隙，绘声绘色地给祝总骧讲述武吉巴督的地名来历，这引起祝总骧的浓厚兴趣。吴彼得说："新加坡的很多地名起得很有意思，大多和新加坡的地理环境有很大关联，比如说武吉巴督。"

武吉巴督（BukitBatok），源自山石爆裂的声音。而在马来语"bukit"指的是"山"，马来语"batok"指的是咳嗽。这里曾经是采石场，据当地人说，炸裂山石的声音跟咳嗽声相近，因此将这里称为"咳嗽山"。不过，也有人认为这个山区因为空气较冷，容易引起咳嗽感冒而得名。除了以上这两种说法，也有人认为"batok"其实应该是"batu"（石头），因为这个山丘有坚固的花岗岩。不过，"batu"却被误称为"bato"，最后成了"batok"。

另外还有一种说法，就是相传一名爪哇籍的村长曾说这一带长有椰子树，而"batok"其实是爪哇语，指的是椰子。景色宜人的小桂林就是由一个废弃的花岗石矿场改建成的"市镇公园"。

吴彼得讲完武吉巴督的地名来历，祝总骧微笑地说："新加坡政府把俱乐部安排在风景旖旎的武吉巴督，让民众在景色宜人的环境下休闲、锻炼，体现出政府对民众身心健康的关心。"

当祝总骧和吴彼得交谈甚欢之时，罗健明和林国俊笑容可掬地走到祝总骧面前说："祝教授，我们的国会议长哈莉玛·雅各布来了，您做好被她接见的准备！"祝总骧和吴彼得交谈戛然而止，祝总骧连忙起身，还不忘理理系在脖子上的红领带，用手理一理上身的西服。

哈莉玛·雅各布出身贫寒，父亲是印度裔新加坡人，以守门谋生。母亲是马来裔新加坡人。父亲在她8岁那年去世，留下哈莉玛和她母亲及四个哥哥姐姐。她母亲通过卖马来饭菜谋生，拉扯5个孩子长大。看着母亲每天从凌晨4点忙到晚上10点，哈莉玛从10岁开始便给母亲打下手。她一边在学校学习，一边擦桌子洗盘子。尽管如此，还是常常付不出学费，后来，哈莉玛靠奖学金进入新加坡大学攻读法律。她担任狱警的哥哥也拿工资给她补贴，剩下的学费则靠她利用假期在图书馆打工赚取，顺利完成学业后便入职新加坡全国职工总会，她给工人讲解劳工法，并为工友解决了许多实际问题，被誉为"行走的劳工法辞典"。她当过全国职工总会副秘书长，还担任过国际劳工组织标准委员会副主席，之后担任新加坡国会议长。（作者注：2017年9月14日，哈莉玛·雅各布在新加坡总统府宣誓就职，成为新加坡历史上首位女总统，也是继首任总统尤索夫·依萨之后的第二位马来族总统。她在当选感言中说道："我身怀谦卑之心为你们服务，希望能与你们并肩工作。"）

哈莉玛·雅各布在三位秘书、司机模样的人陪伴下，春风满面地走

2013年11月，祝总骧率队到新加坡讲学，得到新加坡武吉巴督东民众俱乐部的机场迎接。

2013年11月，祝总骧到新加坡指导，图为新加坡民众集体锻炼"312经络锻炼法"情景。

进俱乐部的会客室，祝总骧出于礼貌还上前迎了几步，两双手紧紧地握在一起。哈莉玛·雅各布坐定后，微笑地冲着祝总骧，用不太流利的中文说："你们好！你们来自北京？""是的！哈莉玛女士！"祝总骧也微笑地回应。之后哈莉玛·雅各布和祝总骧各自使用英文愉快地在一起交谈。哈莉玛·雅各布在接见祝总骧时会谈的大意是，首先我代表新加坡政府对来自中国北京的祝总骧教授一行人来新加坡访问表示最诚挚的欢迎，你以耄耋之年不远万里来新加坡，传播中国中医经络文化，并给我们新加坡人民传授有利于健康长寿的"312经络锻炼法"，让我感到特别的感动！我要代表新加坡政府真诚地对你说一声谢谢！

祝总骧（右）到台湾讲学，为国民党元老陈立夫先生（左）测试经络后，两人互赠礼物。

1987年，郝金凯和同行交流中医学。

其实祝总骧是第三次来到新加坡，也就是这第三次访新，给他的印象最为深刻，这份印象深刻基于国会议长哈莉玛·雅各布的接见。他总结出16个字：政府支持、群众自发、社会参与、媒体配合。所谓政府支持，新加坡国会议长哈莉玛·雅各布女士代表新加坡政府五次出席"312"的活动，表明了新加坡政府对"312"事业的高度重视和支持。所谓群众自发，在新加坡有多支"312"锻炼队伍，他们能在政府的支持之下带领民众坚持不懈地锻炼，使得锻炼的队伍不断递增。所谓社会参与，以新加坡武吉巴督民众俱乐部为例，这一社会组织，是为民众娱乐健身服务的，"312"和俱乐部这一社会组织的宗旨和发展方向基本上是一致的，凭借这一社会组织在当地的影响力和公信力，才使得"312"在新加坡得到发展壮大。再如光明山普觉禅寺主持广声法师代表新加坡佛教界支持"312"，佛教的教义本身就是普度众生，这也与祝总骧"312"的宗旨：百岁康、百万家是高度吻合的。所谓媒体支持，新加坡创意圈出版社总监兼总编辑方桂香博士、新加坡958城市频道主播现场采访祝总骧，发挥了媒体的社会影响力和社会公信力的传播作用，这对于新加坡全面普及"312"产生了推波助澜的作用。

祝总骧回国后，还亲笔给哈莉玛·雅各布女士写了一封信，通过罗健明代为转达，信是这样写的：

尊敬的哈莉玛夫人：

我在新加坡逗留期间，至少四次接受阁下的拜访，特别是有您参加的千人晚宴，我深受感动，您全程参与，不辞辛苦地为每张桌子分发蛋糕、红鸡蛋，您是我见过的最好的人民公仆。您对人民健康的关爱将深深地印在你们人民的心中，并将永远铭记在我的心中，我将在今后的生活中向您学习。我相信，在阁下的领导下，"312"会更快普及，新加坡人民会更健康，更强大，更繁荣。我也相信，在新加坡学习的经验，将成为世界普及"312"的榜样，从而在21世纪实现一个健康、和平、和谐的世界。

向阁下、您的家人和您的人民致以最美好的祝愿！

真诚的祝总骧（91岁）教授，朱篷第（89岁）教授

2013年11月26日

第六章　创编"312经络锻炼法"与构建"共产主义大课堂"

　　他想到了《黄帝内经》中记载了这句话"上医治未病，中医治欲病，下医治已病"。一句"上医治未病"给了他了很大的启示，他想到了既然经络能调理人体的自身机能活力的话，那么可不可以使得人的寿命得以延长呢？祝总骧自此开始了经络研究的第三步，也可以说是经络学说的最深入的一步，科学普及的一步，让高深莫测的犹如象牙塔一般的经络学说走下神坛，回到大众面前。祝总骧凭借着手中的小锤儿再现了东方的智慧与传统——能够"决生死，处百病"的经络，而经络就是能使人类健康长寿的重要因素。

> 1：30000000，这是一个最简单的数学公式。他创编的"312经络锻炼法"让国内外 30000000 万人受益。祝总骧创编"312"的宗旨是"百病除、百岁康、百万家"，并让这一福祉，广泛地传给所有热爱生命、热爱和平与友谊的世界人民。

6.1 创编"312 经络锻炼法"

摆脱生老病死的苦难，是人类万年的期盼，盗取生命的天火，是人类永久的梦幻。秦始皇为了追求长生不老，委派徐福出海四处寻找长生不老之药，汉武帝心怀虔诚之心去泰山封禅，只是希望把自己的丰功伟绩告诉给冥冥中的上天，祈求感动上天，获得羽化成仙的机会。在医学、科学技术快速发展的 21 世纪，很多疾病通过较高的临床医学手段和方法得到痊愈。然而人们对渴望健康长寿的梦想依然没有停下他们不断探索的脚步，比如"人体冷冻计划""基因改造计划"等等。

在国内外众多的寻找人类健康长寿之谜的科学家里，祝总骧是最接地气的人，他虽然运用三种方法证明了经络的客观存在，一举破译出千古经络之谜，但是他没有浅尝辄止，他继续科学探索。他想到了《黄帝内经》中记载了这句话"上医治未病，中医治欲病，下医治已病"。一句"上医治未病"给了他了很大的启示，他想到了既然经络能调理人体的自身机能活力的话，那么可不可以使得人的寿命得以延长呢？祝总骧自此开始了经络研究的第三步，也可以说是经络学说的最深入的一步，科学普及的一步，让高深莫测的犹如象牙塔一般的经络学说走下神坛，回到大众面前。祝总骧凭借着手中的小锤儿再现了东方的智慧与传统——能够"决生死，处百病"的经络，而经络就是能使人类健康长寿的重要因素。

祝总骧和郝金凯合著的《针灸经络生物物理学——中国第一大发明的科学验证》一书中，记载了祝总骧1990年独立创编的"312经络锻炼法"的初衷："健康长寿当然是人类普遍的愿望，但是如何才能达到人人百岁健康？健康长寿的奥秘何在？现在的科学还没有一个确切的答案。其实早在2500年前，中国的先哲们就已经发现了健康长寿的奥秘，指出有一种调节人体的一切功能、防病治病、保证健康的重要系统隐藏在人体之中，这就是经络系统。《黄帝内经》明确指出经络具有'行血气、营阴阳''决生死、处百病'的重大作用。也就是说人体的一切功能都是在经络系统的控制下进行的；一切疾病形成的根本原因是经络系统在某些环节的失去控制；一切疾病的康复或痊愈则是经络恢复其调控的结果。或者说经络既是人体的总调控系统，又是防病治病的医疗保健系统。"

祝总骧在证明经络客观存在的基础上，越深入研究，越兴奋不已，犹如哥伦布发现新大陆一般。他在多次研读《黄帝内经》之时，对《黄帝内经》中说："经脉者，所以行气血、营阴阳、决死生、处百病，调虚实、不可不通……"，他从中找出这么一个结论，生命是否存在决定于经络，疾病之所以发生是由于经络出了问题，疾病之所以能够治疗，也是由于经络的调控作用。对于"行气血"，祝总骧这样解释：在经络这条线里边有气和血运行，这就是行气血。"营阴阳"说白了就是给你治病，使你全身的各个功能，各个系统的功能都达到平衡不紊乱，咱们现在一直在讲和谐，实际上是经络系统使你全身的各个系统和谐起来。"决死生"也就是说经络在你的身体里面决定你的生命到底存在不存在。"处百病"这和我们养生保健是密切相关的，也就是说真正要想你的身体好，能够健康，能够快乐要靠经络系统或者说治疗疾病要靠经络系统。"行血气、营阴阳""决死生、处百病"4句话，12个字，实际上这12个字就概括了经络在人体里面的作用，咱们现在说白了就是全管。

作者记得和祝总骧相处18年的日子里，和他谈得话很多、很多，其关键词，不会脱离这两个：经络和"312"。他在和作者交谈过程中，也不时蹦出这些有关经络和"312"的金句来，譬如"锻炼经络，人人百岁健康"；譬如"'312经络锻炼法'是人类打开健康、长寿和幸福之门的'金钥匙'"；譬如"百病除、百岁康、百万家"；再譬如"经络病、经络防、经络治"。

1990年，祝总骧就这样对"312经络锻炼法"做出这样的预言："我们预见，如果有一天人人都认识到就在你自己身上存在一个医疗保健系统，正是这个系统在正常情况下，时时刻刻地负责调控、监督和保证你的健康；又认识到一个人得了病就是由于经络系统失控；再进一步认识到不是医生、药物或其他方法，而是最终由于您的经络恢复了正常的控制作用才使疾病得到根治，从此人人开始自觉地注意自己的经络，锻炼自己的经络，人类健康的水平必将发生一个新的飞跃。人生必将青春常葆，精力充沛，老当益壮，生活在幸福美满之中。很多疑难病和老年病将要得到预防和控制，一些常见病完全可以通过自己的经络锻炼而缓解，其结果人人都理所当然地生活和工作到百岁以上而保持健康。"

时任北京炎黄经络研究中心临床研究室主任段向群还为祝总骧创编的"312经络锻炼法"写了一首《经络三字歌诀》：

天三宝日月星

地三宝雨雪冰

人三宝精气神

第六章 创编"312经络锻炼法"与构建"共产主义大课堂"

体三宝属经络
活血脉通脏腑
四肢利百骸行
人经络十四脉
分手足有阴阳
添任督主神明
处百病决生死
调阴阳经络通
百脉调经络闭
百病生经络者
气血行气则行
血不停血则行
气畅通百脉和
百痛停百骸灵
百寿存经络功
古有法五禽戏
今有法三一二
锻内脏调外腑
治陈积除垢污
利五窍通二溲
熄肝风和脾胃
开肺窍节心率
补肾机抑痰喘
克痛风平椎体
均糖血消脂血

清内毒除浮肿
三一二经络功
生命线健康行
应民生得民心
康民体慧民意
亲民行造民福
避民难解民忧
长寿增需此功
生命宝锻筋骨
通经络百病除
百事顺百脉和
百媚娇百岁盈
百姓欢百家睦
和社会谐民心
功当代福千秋
功德者经络焉

6.2 关于"312经络锻炼法"的对话

作者：您一生中最值得欣慰的是什么？

祝总骧：我从事医学教学研究和普及工作已经有60多年了，最值得欣慰的是我总结提出了"312经络锻炼法"。

作者：能展开来说一说"312经络锻炼法"吗？

祝总骧："312经络锻炼法"，依据经络理论，并结合吸纳了中、外保健长寿的实践和经验。首先来看看林林总总的民间办法，实际上都离不开经络的调控。除了针灸，广泛流行于国内外的推拿、按摩、导引、刮痧、点穴疗法等，已普遍应用于各种疾病的治疗及中老年人的养生保健，这些方法的根本原理也是通过按压、揉摩等机械刺激，直接作用到经络系统，然后通过经络联系控制调整各个脏腑器官，达到治疗和保健目的。例如肢体及内脏的疼痛，可以通过按压激发相关的经络而得到缓解，甚至达到不用药麻而实施手术的水平，称为推拿麻醉。中国北方常用的捏脊疗法，不但对小儿消化营养不良及发热惊风有疗效，而且对成人的失眠、肠胃病和妇女病亦有相当的疗效。还有自我推拿按摩、点穴、拔火罐、捏人中、刮痧、贴膏药、挑治、割治、埋线等民间疗法。这些疗法的原理都是应用机械、热和化学刺激人体各部，尤其是背部经脉。现时流行的小剂量穴位注射，足部按摩，经络导平，经络收放，激光、频谱治疗仪，以及远红外、磁脉冲等组成的利德治疗仪，西方流行的按摩、经皮电刺激疗法等，可能不下百种，按照我们的分析，实质上无一不属于经络疗法。可是，人们没注意到其真实内涵、理论基础和肌理作用。现在经络的证实和测定，也会影响和改进这些民间疗法，而我们提出的经络锻炼方法，是在注意到了这些民间疗法的实际收效，并总结其经验基础上产生的。

另外，最不自觉的经络锻炼要属日常生活中的许多操作动作了，人们在不自觉地刺激经络而达到保健养生的作用。例如梳头，由于所有的阳经都在头部汇合，因此每天的梳头过程中，你就不知不觉地进行经络锻炼了。如果你能自觉地增加梳头次数和强度，这便是一种保健法。1992年11月我应邀到挪威讲学，参观了一个研究所的心理生理实验室，这个实验室负责人乔治贵博士用专门的仪器测量皮肤电反射及用激光多普勒流量计测量皮肤微循环，作为估价人体交感神经活动的指标。我们一起做了些实验，发现梳头刺激所引起皮肤电导的增加及血流变化，其程度可以与剧烈运动二十分钟而引起的变动相比拟。

另外，洗脸当然也有锻炼经络的作用，如果经常用双手按摩面部，即所谓"干洗脸"，不但可以美容，还有保健长寿作用。因为人脸上遍布着多条重要经络线，并与全身的经络线相连。依此类推，晚间的洗脚、日常的洗浴拍打、运动等，都是在不知不觉中用机械和热的刺激来锻炼经络。1992年我在台湾讲学时遇到93岁的陈立夫先生，谈到他平日"淋浴——按摩的养生之道"：利用每天晨间以温水淋浴，并用双手从头到脚按摩全身，借以活跃体内经脉，所以身体状况比同龄人健康。他是在自觉地锻炼经络，因而效果也就更好。

作者：体育运动、气功修炼和经络锻炼这三者有何必然的联系？

祝总骧：现在谈到运动，运动是什么？大家都知道体育运动是保健长寿的重要环节，所谓"生命在于运动"，这一点不错。体育运动可以促进身体新陈代谢，增强体质，减少疾病。经常参加体育锻炼的人，心跳减慢，有统计说要比一般人多活7.2岁，他们心脏跳动一次输出血液量达80～100毫升，不锻炼的人仅为60～70毫升。这是大家都接受的说法：体育运动使人的血液循环、神经和肌肉骨骼系统等都得到锻炼。可是未能知晓运动对人体保健起重要作用的还是经络。因为任何一个动作，都在对人体某个部位的经络给以刺激。而我们认为：散步、跑步、游泳、体操、打球、田径运动、练剑等各种体育运动项目，以及我国传统的武术、太极拳和舞蹈，华佗的五禽戏、八段锦、易筋经以及"六字诀"、回春保健操等，无一不与锻炼经络相联系，又无一不是通过活跃经络，从而协调脏器及生理系统之间的平衡而确保人们健康的。

从这种观点来看待气功修炼对其强身祛病的功效也就比较容易理解了，气功无非是以轻微的活动和通过意念达到锻炼经络的目的。一般来说，气功利用深呼吸和思想集中来练功，深呼吸能使心跳减慢，使不能休息的心肌减轻工作，深呼吸促使血液中的二氧化碳大量排出，并

第六章 创编"312经络锻炼法"与构建"共产主义大课堂"

纳入大量氧气，而许多病态细胞是厌氧的，气功强调"调身、调心、调息"。调身及调息不仅有利于吐故纳新和促进全身经络的畅通，又是调心的手段，使人的情绪稳定，神情安宁，促使大脑功能区的相互协调，心理安宁自然有益于生理健康。其实这些道理在《黄帝内经》的"上古天真篇"中早已概述："恬淡虚无，真气从之，精神内守，病安从来。"气功的意义也在于此。

气功修炼中的所谓"小周天""大周天"，实际上是通过意念和气血活跃而影响大脑皮层的十四条经脉投影，从而达到使任督脉贯通和十四经脉贯通，使体力得到恢复，精力更加旺盛，脏腑的协调得到保证。有种说法引用李时珍的一句话："内景隧道，惟返观者察照之。"说明练气功能使经脉出现良好通道，情况好似物理学的超导现象，只有在某种低温下电子才会整齐排列出通道。如果病邪集结，经络不畅通，以致病楚。练气功便可将病邪冲散，使关节畅通身体强壮，这也是强调了锻炼经络的重要性。在气功修炼过程中，大多数功法都强调腹式呼吸的锻炼，如唐山刘贵珍的内养功，就是有意识地调节腹肌运动，通过隔膜肌的起伏推动腹部作大幅度运动，从而使得循行于腹部的九条经脉（左右的肾、胃、脾、肝经及中央的任脉）激发，影响五脏六腑的气血畅通和功能的改善。这点许多气功大师也是不言而喻的，经过气功修炼，让气通过经脉流到全身，身体便会强壮起来，也就是承认其经络锻炼的实质。

作者： 许多人想了解"312经络锻炼法"的原理和操作，请您就这个问题详细地谈谈。

祝总骧： 前面已经介绍了针灸、推拿、按摩、日常活动、体育运动与气功都是在锻炼经络过程中，达到了祛病强身和健康长寿的目的。既然古典的十四条经脉运用现代科学方法能够得以证实和确定，我一直在想为什么不能在经络理论指导下提出一种人人可行的经络锻炼法呢？这就是我创编"312经络锻炼法"的初衷，在这里我结合经络学说原理一一介绍其锻炼方法、锻炼要领以及要注意的问题。先说一下"三一二"的具体含义：

"三"就是按摩合谷、内关和足三里三个穴位。一般人每天早晚两次，左右不拘，每次5分钟即可，按摩时一定要达到酸、麻、胀，有时还会有上下串的感觉，才算是有效的按摩。按压的频率约为每分钟30次。

"一"就是一个以腹式呼吸为主的基本的气功锻炼。每天早晚两次，每次5分钟。

"二"就是做一种以两条腿为主，而又力所能及、自觉性的体育锻炼。每天一次，每次5分钟。

也就是说对于一般人而言，除去日常工作生活中不自觉地进行锻炼经络外，每天只要能自觉地用25分钟时间，通过三种不同的方式，有意识地去激发经络系统，就可以精力充沛，防病治病，实现百岁健康。

1. 穴位按摩的方法和作用

(1) 合谷

合谷穴是手阳明大肠经的一个重要穴位，位于第一、二掌骨之间，在第二掌骨的中点，桡侧边缘处。也可以用另一只手的拇指第一个关节横纹正对虎口边，拇指屈曲按下，指尖所指处就是合谷穴。

按摩合谷穴有什么作用？根据《黄帝内经》的经络理论以及几千年来的实践证明，只要按摩合谷穴，就可以使合谷穴所属的大肠经脉循行之处的组织和器官的疾病减轻或消除，健康可以保证。古典的图谱和我们的三种方法都证实大肠经的体表循行从食指端的桡侧商阳穴开始，经过合谷，沿着前臂、上臂的外侧上肩，再经过颈部到面颊，止于鼻外侧迎香穴。也就是说这条经脉从手出发，沿着手臂外侧一直到头面部。现存中国的针灸书最早的是帛书，即马王堆汉墓出土的《阴阳十一脉灸经》，就把这条经脉叫作齿脉。意思就是凡牙齿有病，不管是牙龈炎或其他牙疼病，按摩合谷穴都有疗效。较长而强烈地按摩这个穴位甚至可以达到面部麻醉而进行拔牙术。经常注意按摩合谷穴，还能保护牙齿健康，减少口腔科疾病的发生。

由于大肠经从手走头，凡是头面上的病，像头痛、发热、口干、流鼻血、脖子肿、咽喉病以及其他五官疾病等都可防治，且效果相当好，所以古人有"面口合谷收"的说法。

除了头面外，大肠经循行部位所发生的疾病，都与这条经的气血运转不正常有关。像关节炎、肩周炎、网球肘等都可以通过按摩合谷，激发大肠经的气血，得到治疗。

正确按摩合谷穴的方法：如果是要按摩左手，最好是用自己的右手握住左手，右手的拇指屈曲垂直地按压在合谷穴上，作一紧一松地上下按压，为保证效果还可旋转揉一揉。频率约每2秒一次，即每分钟30次左右。

重要的是按压必须有一定力度，使沿经穴出现酸、麻、胀感觉，如能串到食指端和肘部以上，产生"得气"现象更好。这样才能起到防病治病作用。轻描淡写、压穴不准不会起到很好作用。但是经络的敏感程度因人、因病而异，所以也要辨证论治，恰到好处，一般稍加练习和传授是不难达到的。另外要注意的是体质较差的病人，不宜给以较强刺激，孕妇一般不要按摩合谷穴。

(2) 内关

内关穴属心包经，位于腕横纹上两寸，在掌长肌腱和桡侧屈腕肌腱之间。就是从手腕横纹向后量三横指，在两筋之间取穴。

心包经起于胸中，向下通过膈肌和三焦联络，另一支脉从胸内部走向肋间体表，自腋部上肩沿上臂内侧向下，走在手臂的中央，通过手掌直达中指的指端。从这条循行路线可以看出，所有手臂内侧的病，像手心热、肘臂疼痛、拘挛、腋下肿等症，按摩内关穴都能得到治疗。又因这条经脉直接和胸腔肺脏和心脏相通，所以对心脏和肺脏的疾病有特效。

《黄帝内经·经脉》篇说："手心主之别，名曰内关，心系实则心痛。"所以古典的经络学说早就把心脏病和心包经的内关穴联系起来，千百年来无数的例证证明针刺和按摩心包经的内关可以治疗和预防心脏病的发生。我们经络研究中心多年来指导40例确诊为冠心病的患者按压此穴，主观症状几乎全部改善，心绞痛消失，近半数心电图有所好转。由于心包经起于胸中，所以针刺或按摩心包经的内关穴对呼吸系统的疾病，如哮喘、肺气肿、肺心病等疑难病，在延安地区医院郝金凯教授的首创下，针刺1毫米宽的心包经脉，配合吸氧有效率达90%以上，有70例久治不愈的哮喘病患者，获得新生。如41岁的男性干部李××经协和医院核素法确诊为冠心病。心绞痛经常发作，严重时每日发作4～5次，每次持续近半分钟，浑身冷汗，有恐惧感，长期服用各种冠心病药物，硝酸甘油只能暂时控制，上楼困难，无法工作。1991年经用实验经络针灸疗法配合"312"经络锻炼，一个月后心绞痛完全控制，骑车上班，有时偶然发作，按压内关穴即可止痛，一切药物均已停止。邱×小朋友从5岁始患过敏性哮喘，发作时大汗淋漓，口唇紫绀，不能平卧，痛苦万状，各种哮喘病药物不能根治，平时也不能参加体育课和卫生值日。1991年9月治疗一个月，用实验经络针灸疗法结合"312"经络锻炼法，哮喘完全控制，不再有大发作，恢复了体育课和卫生值日，1992年秋还爬上了香山，从此全家都开展"312经络锻炼法"。可见心包经这一个内关穴的按摩就可以解决胸腔两个重要脏器疾病的防治。

与按摩合谷穴一样，按摩内关穴也一定要"得气"才行。最好能使酸、麻、胀的感觉下串到中指，上串到肘部。所以我们建议，按压内关的方法是一只手的四个指头握住被按摩的前臂，使这只手的大指垂直按在内关穴，指甲的方向要竖向，和两筋平行，指甲要短，以指尖有节奏地按压并配合一些揉的动作，使这种传导性的串感维持不断，就会有很好的效果。

(3) 足三里

足三里属足阳明胃经，位于膝盖的髌骨下外侧凹陷的犊鼻穴下三寸，当胫骨嵴外一横指处，取穴法可以用除大拇指外的四指横放在犊鼻穴下，另一手的大指横放在胫骨嵴的外侧，大指与小指的交点处就是此穴。

由于足三里循胃经直通胃脏，胃经与脾经互为表里，凡脾胃失调、运化失职的病，也就是消化系统的疾病，按摩或针灸足三里都有显效，因此针灸学主张"肚腹三里留"。

胃经起于鼻之两侧，下行环绕口唇，再沿面颊上行到额前。胃经下行支脉的体表循行线从颈部大迎向下，经锁骨（内行线从此进入腹腔胃脏）过乳头，向下在脐旁二寸到腹股沟，再下行经过大腿的伏兔和小腿的足三里直达第二趾的外侧。另一支脉从足三里别出到中趾的外侧。

由于足阳明胃经从头一直走到脚，所以除了对消化系统疾病有特效外，所有五脏六腑和从头到脚的病，如头痛、牙痛、精神失常、发热、疟疾、自汗、鼻炎、鼻出血、口眼㖞斜、口唇生疮、颈肿、喉痹、胸满、哮喘、心悸、高血压、腹胀、黄疸、肠痈以及泌尿生殖系统、下肢和全身的关节痛等，也就是说胃经所经过之处诸病，针刺或按摩足三里都有效。中医认为脾胃为后天之本。人出生以后，成长和健康的维持与脾胃的消化营养功能密切相关，而胃经又属于多气多血的经脉，这条经脉受到激发，气血旺盛，势将影响五脏六腑与全身各器官的功能，从而达到保健长寿的效果，因此历来足三里穴被认为是一个医疗和保健的重要穴位。古典有关足三里经络理论已被大量现代科学研究所证实，实验证明足三里有对大脑皮层机能的调节作用，对心血管功能、对胃肠蠕动和分泌功能及人体的免疫功能都有促进作用，所以我国和日本都有"若要安，三里常不干"的谚语。这里指的是灸法，灸法效果最好，但痛苦较大，故我们仍推荐按压法，只要能"得气"效果是一样的。

怎样按摩足三里才容易"得气"？这里我们推荐一种推拿按摩相结合的方法。如果按摩右侧足三里，就可以用左手的拇指放在足三里穴位上，其他四个手指握住胫骨，然后以拇指垂直下按，并增加揉的动作，频率和以上两穴相同，但力度要大，最好不仅出现酸、麻、胀，还有些串的感觉为好。

由于足三里下面肌肉较丰满，手力小的有时难以达到"得气"的效果，这时也不排除应用一些辅助器械和别人帮助按摩。

从以上的描述可见，我们推荐这三个穴位，一个（合谷）管上肢和头面，一个（内关）管胸腔，一个（足三里）管下肢和全身，以及五脏（心、肝、脾、肺、肾）六腑（小肠、胆、胃、大肠、膀胱、三焦）。结果使全身的气血通畅，自然有病治病，无病防病，从而给人体的医疗保健设下第一道防线。

2．腹式呼吸的方法和作用

腹式呼吸就是坚持一种最基本的气功锻炼，即内养功的顺式腹式呼吸，这种功法安全无副作用，可以在平卧，也可以在端坐、站立姿势下进行，只是要求全身尽量放松，意念集中在丹田（脐下三寸即四横指），每天早晚做两次，每次5分钟即可。做时要尽量消除杂念，保持胸部不动，使呼吸频率尽量放慢。开始练习可以达到每分钟10次，以后逐渐减到每分钟4～5次为好。吸气时用鼻，慢慢地吸，意想所吸之气自然地到达丹田，这时腹部肌肉尽量放松，小腹慢慢地膨大起来，稍停片刻，再从口把气慢慢地呼出去。呼气时，腹肌尽量收缩，小腹凹进去。呼、吸都要自然，不憋气，不紧张。开始时有时意念不易集中，但也无妨碍，只要坚持每天锻炼，自然逐步养成习惯。有时锻炼过程中自然入睡，也无妨碍。

前面已经说过，小腹部至少有九条经脉通过。它们分别是两侧对称的胃经、脾经、肾经、肝经和中央的任脉。肝经可以调节情志，和神经系统、精神状态有关。脾经和胃经是后天之本，主管消化、营养。肾经是先天之本，主管人的精气、大脑和内分泌等。任脉总督一身之阴气。我们做腹式呼吸随着腹肌的起伏，这九条经脉都受到激发，加强了气血的运行。先天和后天之气都得到加强，使人体各个系统都处于稳定平衡状态，也有助于大脑的调整和安静。所以做腹式呼吸，很容易达到松静自然的人体最佳状态，也是经络运行的最佳状态。至于意守丹田的理由，第一，只有意守脐下三寸这个部位才容易消除杂念，保持胸部不动，小腹自然地慢速呼吸。第二，中医认为丹田和人的肾气有密切关系，是储藏肾精的主要部位。肾精充实，人体自然健康。现代科学研究表明，丹田是人体磁场的中心，意守丹田可以抵抗太阳黑子爆炸对人体的危害。

腹式呼吸除了活跃小腹部的九条经络、充实先天后天之气外，也不能排除在腹式呼吸过程中局部循环，包括淋巴循环的加强，以及肺泡通气量的增加和直接对腹腔各个脏腑的自然按摩作用，从而促进这些脏器的经络气血的活动，增强这些脏器的功能。所以说腹式呼吸是锻炼经络的另一个重要手段，坚持锻炼能够为你的保健长寿设下了第二道防线。

3．以两条腿为主的体育锻炼

我们还建议，进入中老年后，人人采取一种以两条腿为主的适合于个人的体力与爱好的体育运动，以促使全身经络的活跃，从而对全身各个系统、器官进行一次全面调整，使人体维持健康平衡。打太极拳，各种健身武术，轻微的跑步、散步以及各种室内健身运动，如各种保健操等，都可以根据自己的体力和身体状况、爱好自由选择。适当的运动，时间不一定很长，每天有 5~10 分钟就可以了，但每天一定要坚持。练过之后，最好稍有些喘，脉搏不超过 120 次/分，而全身感到舒适才是最佳的运动量，并要养成习惯，成为每天不可缺少的一课。

什么形式的运动为好？应当因人因时因地制宜，尤其是要根据个人爱好自由选择，例如打球、踢毽、跳绳、散步、跑步、武术、太极拳、少林拳等。对于那些没有特殊爱好的老年或体弱多病者，我们仍然推荐以缓慢的跑步为好，因为这一运动不需要任何条件和练习，简单易行，又可因人而确定活动量。实在体力不能支持跑步的人，可以做一些下蹲动作或原地踏步，其活动量以下蹲或原地跑（踏）步的速度和次数来调整，总之要稍微感到喘和吃力为度，但天长日久要看到进步，也就是要逐渐增加速度和次数，长此以往自然逐渐体力增强，精力旺盛。

为什么要以两条腿为主的运动？这是因为人的两腿各有足三阴、三阳六条正经运行。这 12 条经脉，有的是人的后天之本，主管人的消化吸收和营养，即脾经和胃经；有的是从头到脚防御外邪入侵的膀胱经；有主管人体气血、精神、情志调节的肝经与胆经；还有人体先天之本，贮藏精气，主管人的工作精力和"生老病死"的肾经。如果加上奇经八脉，包括主管人体活动的阴跷和阳跷，主管阴阳平衡的阴维和阳维等。所以两条腿的活动，自然地激发了这近 20 条经脉的经气。另外腿部的肌肉运动，也必然通过神经的反射作用引起上肢躯干和全身运

第六章 创编"312 经络锻炼法"与构建"共产主义大课堂"

动,并刺激心血管呼吸中枢,增加回心血量、心脏的搏出量和肺的通气量,体温和血压上升等,使全身的经络和脏腑器官进行一次大调整。全身气血的畅通,脏腑的功能达到一种新的平衡。坚持长期进行运动锻炼,先天的精气充沛,后天水谷、大气之精微不断补充,足以保证人体长期处于健康的状态,这正是"生命在于运动"的根本原理。因此每天坚持必要的运动,就能为百岁健康创造条件。

"312"经络锻炼法是一套简单易行,行之有效,又是比较全面的经络锻炼法。为了达到医疗保健和长寿的目的,三种方法缺一不可。三个穴位的按摩是直接激活三条经,使循行的四肢、器官、相关的脏腑气血畅通,常有立即消除症状的效果,如止痛、解痉等。腹式呼吸通过静态的思想集中,调动全身经络,尤其是腹部经络的活动,调正五脏六腑的血气运行,达到阴阳平衡;长期运作能补充精力,保健长寿,防治疾病,对高血压、糖尿病和神经衰弱(失眠)等有着特好效果。体育运动则是一种动态的经络锻炼,目的是突然动员全身的经络,加快血气运行,使人体四肢、五官和五脏六腑的功能每天进行一次大调整。长期锻炼可以达到增强体力,阴阳平衡,防治百病,健康长寿的作用。因此,"312"的三种经络锻炼各有妙用,是一种动静结合、防治结合从整体上全面实现医疗保健的百岁健身之法。

我们预见,如果人人都认识到经络系统对于调控人体健康的关键作用,对于预防和治疗疾病的调整作用,从而自觉地通过"312"或其他途径去锻炼经络,则人类的健康水平必将出现一个新的飞跃——人类将青春常葆,精力充沛,生活在健康和幸福之中。毛主席说:"外因是变化的条件,内因是变化的根据,外因通过内因而起作用。"人体健康的内因就是经络。锻炼经络,则很多危害人类健康长寿的疾病,如心脑血管疾病和癌症等都可以得到预防和控制,一切常见病能够通过锻炼经络而自行缓解，其结果人类寿命不是偶然地，而是理所当然地达到或超过百岁，而且保证健康。世界卫生组织要求到2000年达到人人都得到医疗保健的目标靠医生和药物是很难达到的，但是通过普及经络常识，人人都懂得经络，锻炼经络，就能达到这一目标。

从1990年到2023年，祝总骧所在的北京炎黄经络研究中心已举办39期"312经络锻炼法"培训班，直接培训学员万余人，在向人民群众普及经络知识、推广健身方法的同时，同时也从群众、学员身上学到了许多书本上学不到的知识，不断加深和升华着经络理论和"312"的认识。

祝总骧最初创编"312经络锻炼法"的本意，是将这套简便、易学、易操作的健身方法教给群众，以便达到强身健体的作用。让他没有想到的是经过一段时间的实践，一些老年人惊喜地告诉他，"312经络锻炼法"使他们摆脱了困扰几十年的高血压、冠心病、头痛、失眠、腰腿痛等疾病。当这些消息反馈到祝总骧这里后，他着实感到惊讶和欣慰。他从中悟出："312经络锻炼法"不仅能强身健体，而且还能防病治病。这是他对"312经络锻炼法"在认识上的第一次飞跃。

有一段时间，祝总骧总有这样一个问题萦绕在耳畔，让他寝食难安。"312经络锻炼法"能否对所有的人都有疗效？为解决这个问题，祝总骧和他的同事们投入了大量的精力和时间进行认真、细致的探索。

在实践中，他看到一期培训班结束后，同样的一种疾病，有人锻炼后效果显著，甚至可以完全停药；有的人则无丝毫的变化。针对以上问题，他组织学员们召开讨论、介绍各自的锻炼情况，并从中领悟出：不同的病人，必须有不同的经络锻炼法，每个人在掌握了"312经络锻炼法"的基本理论和操作要领之后，再根据个人的情况，灵活机动地作一些调整，可适当增加1~2个穴位，操作的力度和时间也应因人而异，也就是说，要找到自己的"312"。这是他对"312经络锻炼法"在认识上的第二次飞跃。

祝总骧还认为，古今中外健身方法很多，任何一种健身方法都是通过具体的人去实现。人是复杂的个体，人有思维意识、七情六欲，人的各种情绪——喜、怒、忧、思、悲、恐、惊都会对经络产生一定的影响和制约。因此，进行经络锻炼时，还要学会调控好自己的情绪，讲究心理卫生，养成文明、科学、健康的生活方式和思维方式。只有保持轻松、愉快的情绪，才有利于气血运行，保持经络通畅，收到更为理想的锻炼效果。这是他对"312经络锻炼法"在认识上的第三次飞跃。

祝总骧告诉我："随着现代生物心理社会医学模式的转变，保健模式由过去的过分依赖医药型转变为自助型——自我医疗保健型，这是当今风靡世界的医疗保健模式——自然疗法，即非药物疗法。""312经络锻炼法"就是一种很好的自然疗法。

6.3 和死神赛跑

那是1995年的春天，祝总骧在开往内蒙古的首府呼和浩特的火车上，他要到那里出席医学会议。几十年了，祝总骧总有这么一个习惯：不管在哪里，他都要冷不丁地询问别人："你听说过'312'吗？"当别人听后一脸狐疑地望着他时，他这才意识到宣传推广"312经络锻炼法"的步伐是到了要快马加鞭的时候了。"不知道，不要紧，我来给您讲讲'312'究竟是怎么回事。"祝总骧微笑着眯着眼睛温和地直视着对方。因对方见这位老者虽然穿得简朴，但是洋溢着一派儒雅的学者风范，所以祝总骧仅凭这几句话，便一下子拉近了陌生人相见时的那种和谐、友爱的距离。他一边用科普的语言讲解"经络"、讲解"312经络锻炼法"，一边辅之以随手而带的小橡皮锤，轻轻敲击对方伸出的左手上的"合谷""内关"两个穴位，并用力地加以按摩，间询问对方是否有酸、麻、胀的感觉。当对方说有这些感觉时，祝总骧这才慢条斯理地说："这就对了！还要按摩足三里，还要做腹式呼吸、还要做两条腿下蹲动作……"同卧铺厢的其他三个人都把祝总骧的这一番演示当成排遣枯燥无味的旅途中的一种休闲，从内心里就压根儿不相信人体中有经络，还有什么"312经络锻炼法"。

正在这时，火车里传来广播员的声音："大家请注意！大家请注意！现在火车上有一位旅客因心脏病急性发作，病情非常危急，请乘坐本次列车的医务工作者能够发扬人道主义救死扶伤的精神，立即赶到6号车厢列车长室，帮助挽救这位心脏病患者。"

祝总骧停止讲解和演示，屏住气听过广播后想："列车上这么多旅客，这中间肯定有医生出来救治这位不幸的心脏病患者。"想到这里，他再环顾卧铺车厢里的其他三个人，不是各自躺在铺位上看书、看报，就是不着边际地大谈国际、国内政治形势，或者海阔天空般地各自炫耀着各地的旅途见闻，以便显示自己的见多识广。他们唯独不再搭理祝总骧，认为这位老头的言行举止不可思议。备受冷落的祝总骧却并不在意旅伴对自己的冷落，只是关注着那位患有心脏病的旅客生命的安危。每隔5分钟，播音员便广播一次。祝总骧心里掠过一个不祥的预感：难道列车上这么多人就没有一个医生出来吗？如果再不采取紧急挽救措施，病人生命难保呀！人命关天呀！他心想："我不是医院的医生，我有资格抢救病人吗？人家能相信我吗？"

祝总骧立马起身穿上外衣，径自按播音员所说的六号车厢走去。列车轰轰隆隆地向前奔驶，他的心亦如疾驶的列车一样蹦跳不已。步子迈快点，再迈快点，他趔趔趄趄地穿过一节又一节车厢，遇到有旅客挡住自己疾驶的"路"时，便着急似的说："快请您让开，我要去救一位犯有心脏病的旅客，晚了，他会有生命危险……"在狭窄的火车一节节车

第六章 创编"312经络锻炼法"与构建"共产主义大课堂"

厢通道上滞留的人们纷纷闪开身子,为他开辟了一个"绿色通道"。

当他气喘吁吁地赶到六号车厢时,乘务人员和一群旅客正着急不安地议论着什么,而那位心脏病患者躺在铺位上。祝总骧拨开人群,问:"哪位是列车长?"一位年轻的女列车长见到他,忙说:"您老是医生?""你甭管我是不是医生,救人生命要紧!"祝总骧烦躁不安地剋了女列车长一顿。"那您老既然不是医生,又怎么能够救病人的命呢?"女列车长大惑不解地说。

"噢!我忘了介绍自己了!我是中国科学院生物物理研究所的研究员,搞了20多年的经络研究,创编了'312经络锻炼法',我想试一下抢救这位病人,如果无效的话,您再另请高明,好吗?"祝总骧暂时平静了一下自己烦躁不安的情绪,温文尔雅地简单介绍一下自己。

他在征得女列车长的同意之后,俯着身来到病人面前,只见这个病人昏迷不醒,脸上泛起青紫的颜色。他拉着病人的手臂,试了一下脉搏,感觉病人脉搏很微弱,一分钟仅跳动20来下。他又扒开病人衣服,弯下身用耳朵倾听心脏,感觉病人心脏跳动也很微弱;再摸一下病人的四肢,四肢冰凉。

"老人家,这个人还有救吗?"列车长和病人家属焦急地问。

"哎呀!这不好说呀!"祝总骧说。接着他询问病人家属说:"他有冠心病史吗?"

"有,按医嘱,病人病情发作,都要服用随身带的'硝酸甘油',以防不测!"

"可是病人已经昏迷不醒了,又怎么能够吃下去药呢?"

"难道他就没救了吗?"病人家属说到这里已哽咽不已,泪雨滂沱了。

"我看您现在也别太着急,要冷静下来也不是没有救!"

病人家属蓦地停止哭泣,用衣袖擦了擦眼泪,似乎在落入万丈深渊

131

后又寻觅到一根救命稻草，平添一股力量。

"我可以用'312经络锻炼法'来试试！"

祝总骧说罢，抓起病人一只手，迅速找到"内关"穴位用力地按摩，大约5分钟左右奇迹出现了：心跳频率比原先加快了些，呼吸改善，脉搏跳动也有力了一些；再过5分钟，病人脸上显现出血色，身体也能微微动弹了。众人屏住呼吸，都把目光聚焦在祝总骧和病人的身上，企盼奇迹再现。火车依然向前呼啸地疾驶，如同这个生命垂危的病人在与死神赛跑似的，谁跑慢了，谁就会输。再看一下祝总骧，脸上直冒汗，气喘吁吁，毕竟已是七十开外的人了，过度紧张和焦急心态，再加上不停地作按摩，渐渐体力有了些不支。他再次按摩了5分钟，当病人家属大声地呼唤时，病人睁开眼睛，嘴里含糊不清地随声应和着。病人好转，极大地鼓舞了祝总骧，他舒心地向众人会意地笑了笑，接着又给病人按摩了15分钟。这时病人头脑清醒，已能简单的对话，并在家人搀扶下可以走路了。祝总骧连忙让病人静躺下来。为了巩固疗效，他手把手地教病人家属如何为病人按摩经络治病。

按照通常的临床知识，抢救心脏病患者，一般要靠西医手段，因为中医是个慢功夫，不是治这种病的强项。但是在这紧急关头，用"312经络锻炼法"，即按摩内关穴，竟然能让急性发作的心脏病患者起死回生，这不能不说是医学上的奇迹！

病人家属为感谢祝总骧的救命恩情，蓦地给他磕头致谢。祝总骧连忙拉起病人家属，拖着疲惫不堪的身体返回卧铺厢里休息去了。他快要走到自己的那节车厢时，喇叭里传来非常温馨，洋溢着人世间真情的《好人一生平安》的背景音乐。随着背景音乐缓缓地响起，喇叭里传来播音员声情并茂的声音："各位旅客请注意，刚才我们播报的本次列车上有位心脏病急性发作的旅客的事情，如今这位旅客已转危为安了！

救他的这个人就是来自首都北京的中国科学院生物物理研究所研究员祝总骧先生！祝教授不顾自己年迈的身体，用他创编的'312经络锻炼法'去挽救那位生命垂危的旅客。让我们向这位可亲、可爱的老教授致敬、鼓掌！"播音员说完，大家都鼓起掌来！

1995年12月7日，祝总骧（右）在广西南宁市。

祝总骧听着，心里如同喝了蜜一样的甜。当他来到卧铺车厢时，同车的三个人都异口同声地说："老教授，你真行！'312'真是法宝！""这下子，你们该相信我的话吧？我没有忽悠你们吧？"祝总骧不忘幽默一下。三位旅客开心地笑了起来。

6.4 疗效是最好的证明

曾任韦国清同志的秘书，河北省保定市警备区原政委、党委书记张亚南，对于练习"312经络锻炼法"有着独特的感受。他在一次"312"培训班上，以自己的亲身体会，发表了题为"312点燃了一家四代人熊熊的生命之火"的精彩演讲："《钢铁是怎样炼成的》的作者奥斯特洛夫斯基有一句震撼人心的名言，他说：'一个人的一生可以燃烧，也可以冒烟，我要燃烧起来。'我们一家四代人，特别是退休下来的两代人，在接触'312'以前生活很平淡，没什么色彩，经常被疾病困扰，是'312'燃起了我们全家的生命之火，给我们带来了活力，带来了生气，带来了希望，带来了生命的第二个春天，带来了一个燃烧的人生。我岳母87岁，练'312'之前弯腰驼背，腿脚行动不便，要拄拐棍，患有40多年的浮肿病，生活不能自理。练'312'一年后，拐棍扔掉了，腰直起来了，浮肿病也好了，满脸的囊肉没有了，浑身由于脂肪堆积引起的虚胖消失了，红光满面，精力充沛，不仅不再要人照顾，还能做家务，帮助带顽皮的小重外孙，最惊人的变化是，满头的白发已经开始变黑，80大几的人看上去只有六十几岁；我老伴孙绍美教授，是中国医学科学院、中国协和医科大学药用植物研究所研究员，她年轻时身体就不太好，整天无精打采。她练'312'后有使不完的劲，简直就像个'铁人'。

"我练'312'之前也有严重的心脏病，经常心慌、心闷、心绞痛，严重时痛得满头大汗，在床上滚来滚去。我在301医院住院两个多月，检查出前降肢堵塞90%~95%，3厘米多长，放支架已经有困难，医生建议搭桥。搭桥手术要开胸，把心脏拿出体外，还要停跳几秒钟，我怕开膛破肚，没有去做心脏手术，采取了用药物控制的保守疗法。我的血压也比较高，高压有时高达180~190mmHg，低压高达110mmHg，医生强调不能停药(有些药要终身服用)、不能做剧烈运动、不能下蹲、不能爬山、上楼时不要太快，身体稍有不适马上坐下来吃药。练'312'后可以说出现了奇迹，5个月后我停了所有治心脏病和高血压的药，大约有十几种。停药后心脏病再没犯过，高血压症也好了，血压正常了。高压一直保持在110mmHg~120mmHg，低压一直保持在70mmHg~80mmHg，而且剧烈运动高压也没有超过140mmHg，低压没有超过90mmHg，运动停下来10分钟后血压就恢复正常了，医生说我现在的血压比20~30岁的人的血压还好。24期经络培训班组织了一次爬山活动，80多人参加，我因医生嘱咐不能爬山，所以开始有顾虑，特地带上治急性心脏病的特效药进口的硝酸甘油，还请一位医生跟在我身边做保护。没想到我越爬越有劲，最后竟取得了第一名，把后面的人甩开了 200 多米。

"我儿子在中央电视台做同声传译工作,减肥好几年,吃了多种减肥药,有的药根本不减肥,有的药虽然能减肥,但一停药就反弹,而且对身体有伤害。在联合国总部开会期间,接受他姥姥的建议,开始练习'312',每天早晚下蹲各一次,一次 200 个,一个月后减掉 8 斤,啤酒肚也下去了。我的小外孙也模仿着大人跳舞、下蹲,作腹式呼吸,由于坚持锻炼,他的发育和智商比同龄孩子都好,一岁时同龄孩子长 8 颗牙,他长了 16 颗;一岁多一点就会开空调、开电视,就会使用遥控器;两岁时他能把四五岁的孩子摔倒,很少得病,现在已经四岁多了,从来没有去过医院……"

北京大学妇女儿童医院名誉院长、91 岁高龄的严仁英教授是这样评价"312 经络锻炼法"的:"我属牛,看起来身体还不赖。人家问我健康长寿的秘诀,我说是能吃能睡,没心没肺,现在还得加上一条:就是我练习'312'。我是西医科班出身,学过一点中医,下乡时也用过一点针灸,对针灸经络有一点基础。当我接受了祝教授的'312'时,觉得可以练,因为很简单,不用求人。我是个老病号,有冠心病、高血压、糖尿病、肝囊肿。我练了近 1 年时间,3 周以后就感到自己的'心脏'没有了,因为我有心律不齐的毛病,心脏每跳 5~6 次就来一个'大'的(指期外收缩)。现在这种'感觉'没有了。我和祝教授联系,他说这就是'312'的作用。

"后来我又发现血糖也正常了,糖尿病也被控制了。但是后来血糖又有反复,只有规范操作'312',才能找到适合自己的'312'。我的体会是:首先要相信实践是检验真理的唯一标准。不要总认为中医不科学,要实践才能知道它的好处;其次是要坚持,因为我有时早上上班来不及,就不做腹式呼吸了,必须严格、要坚持。让咱们一起走向百岁健康。"

中医泰斗吕炳奎先生的夫人徐玉琴女士曾经这样评价"312经络锻炼法"："吕老通过几十年的实践认为'312经络锻炼法'可以为广大群众治病、健身，所以我祝你们大家生活愉快！我还要说祝老师通过几十年的磨炼，从我们祖先留下的《黄帝内经》中总结出'312经络锻炼法'，为广大人民群众的健康做出了伟大的贡献。我希望祝老师今后要更好地努力，为人类服务！通过研究，发扬光大，为人类的健康，做出贡献！吕老虽然几十年战斗在中医事业第一线，虽然抗战负伤，'文革'受迫害，但因为坚持做'312'，坚持练气功，快90岁了，耳不聋、眼不花，每天还能看几个病人。吕老实践证明'312'可以防病、治病，使大家身体健康。'312'是好东西，大家努力学习，天天锻炼！"

6.5 祝总骧的名利观

凡是认识祝总骧的人都说他太"迂腐"、一根筋，缺乏市场经济意识。也有人曾善意地劝他用"312经络锻炼法"的影响力，与商家强强联手，肯定能赚大钱。然而，老先生一旦听到谁在他耳边谈赚钱他就跟谁急，有好几次，一些生产保健食品、药品及保健医疗仪器的厂家想与他合作，在授课现场销售产品盈利分成，有的许诺给大笔的资金回报。老先生一听明白厂家这番用意，极为不悦地说："在我的课堂里绝对不能提卖保健食品、药品和保健医疗仪器这码子事儿，我不能让这些乱七八糟的东西玷污我的'共产主义大课堂'的纯洁性，请您还'312经络锻炼法'这一净土吧！"厂家只好乘兴而来，败兴而去。他们闹不明白在市场经济的大潮下，竟然还有这么一位嫌弃钱多咬手的人。

老先生这样不爱钱，有好多跟随他搞经络研究及搞"312经络锻炼法"宣传普及的工作人员纷纷离他而去。老先生也不生气，他以孔子的"道不同，不相为谋"来劝慰自己。好在他的身边还有一群热爱经络研究、热爱"312 经络锻炼法"宣传普及的人，比如徐瑞民、严科印、张亚南、夏中杰等人，老先生也就感到欣慰了。他还每年表彰一些热心宣传和推广"312"的人，为他们颁奖。

祝总骧自从从事经络研究及"312 经络锻炼法"科学普及工作以来，一直过着苦行僧式的生活。"教授是一个爱国主义者，在弘扬祖国传统中医事业中取得了卓越的成就。他一生都把工作放在第一位，一心扑在科研上，对生活、对赚钱都看得很淡薄。我之所以能和他结为夫妻，我看中的就是他的淡泊名利及刻苦钻研的精神。举个简单的例子，有一次他在单位加班备课，我给他买了 3 元钱的刀削面，他一顿饭仅吃四分之一，吃完饭就埋头工作……"这就是祝总骧老伴朱篷第心目中的丈夫。

举办"312 经络锻炼法"培训班时，祝总骧再三叮咛工作人员对于学员们每人仅收取 150 元，这时也有人建议可以涨到 300~500 元，这样可以略有盈余。老先生坚决不同意涨钱，他说："我搞经络研究及举办'312 经络锻炼法'并不是为了赚钱。我所倡导的是共产主义式大课堂，不管有钱、没钱，我的大课堂永远为人们敞开……"

有一年，祝总骧为了让更多的人了解"312"、锻炼"312"，到北京人民广播电台商谈宣传普及"312"的事，人家说如今已是市场经济，需要交费用，一年需交 10 万元。老先生与人家商谈能不能少交点，1 年 9 万元吧！这些钱对于他来说不啻是一个天文数字了。怎么办？他拿出自己多年来省吃俭用的积蓄，再加上老母亲给凑些，总算筹集到 9 万元，每个礼拜四可以去北京人民广播电台讲半小时的"312 经络锻炼法"。

祝总骧对自己抠门，但是只要有利于经络课题的研究，有利于"312"的传播的事，都在所不惜参加。2005 年 7 月，他应邀去美国夏威夷参加"国际整合医学和生物能学工程学术会"，当得知台湾的经络学专家崔久教授为了筹备国际学术会议，竟耗尽了自己所有的积蓄，迫不得已把房子都做了抵押。祝总骧深受感动，他在讲台上致辞时说："我这次来美国夏威夷出席国际学术会议，给大家带来了两份礼物：第一份礼物是健康，即锻炼'312'，人人能够达到百岁健康；第二份礼物是我要为来自台湾的崔久先生捐款10万元人民币……"祝总骧说罢，举座震惊！一时间在国际经络学界传为佳话。

有一个人被祝总骧执著追求经络科研事业精神深深感动，这个人就是上海绿谷集团总裁吕松涛。2004年4月5日，上海绿谷集团为了支持祝总骧创编的"312经络锻炼法"能够普及到国内外，为人类健康事业做出贡献，与他签订了一份为期3年的合作协议，协议中表明，上海绿谷集团每年向北京炎黄经络研究中心赞助60万元。

其合作宗旨是：继承发展中医经络理论，将祝老创造的"312经络锻炼法"进行推广，共同推进人类健康事业，让每一个人都从"312经络锻炼法"中获得自己百岁健康之路，让经络成为世界医学的核心组成部分。合作原则：1.倡导共产主义思想和济世利民的精神，它是"312"事业的核心理念，是我们的社会旗帜；2.在推广中以"全心全意为人民服务"的精神，对患者负责；3.要保持"312"不失真，以疗效为一切工作的指针，实实在在地解决广大人民群众的疾苦，造福社会，实现社会、经济效益双丰收。合作方式：在合作中，双方以点起步，循序渐进，分为初期及成熟期两个合作阶段，以实现祝老"312"传万家的伟大理念，共同推进人类健康事业。

有了上海绿谷公司的慷慨支持，进入耄耋之年的祝总骧把目光聚焦在农村。他把"312经络锻炼法"的主战场首先放在农村。

据新华网披露：2004年中国总人口为近13亿，农村总人口为7.5705亿，农村群众卫生保障令人担忧。要达到联合国卫生组织提出

第六章　创编"312 经络锻炼法"与构建"共产主义大课堂"

的"人人享有卫生保健"的目标，实现政府对人民群众与世界人民的庄严承诺任重道远。在这种情况下，祝总骧推广普及"312 经络锻炼法"，让"312"走进社区、下农村不失为一个简捷高效、切实易行的好办法。

这充分体现出祝总骧一生践行共产主义理想信念和全心全意地为人民服务的高尚情操，同时也体现出他作为一名老科学家把自己远大的理想和抱负融进"共产主义大课堂"中，这与当前国家要构建和谐社会的要求有机地融合进在一起。

河北省定州市翟城村是"312 经络锻炼法"的农村试点之一，全村 5000 多人中有近 3000 人学习了"312 经络锻炼法"，对增强体质、解决乡村的缺医少药起到了积极作用，深受人们的欢迎。

"312 经络锻炼法"自 1990 年向全社会推广以来，神州大地掀起了学习热潮。鉴于"312"的科学性和实用性，有关部门已将其选入全民健身工程——"121 计划"。

16 年来，祝总骧和他的同事们共举办了 39 期学习班，已有 1 万多名学员接受培训，总有效率达 95% 以上，国外已有多个国家和地区邀请祝总骧讲学，"312 经络锻炼法"这股熊熊燃烧的生命之火燃向世界每个角落。在新加坡、马来西亚等国家，"312"已广为传播、妇孺皆知。据统计，国内外至少有三千万人学习这种强身健体的锻炼方法。

祝总骧心里有这么一个心愿：在他的有生之年，将"312 经络锻炼法"，用 5 年时间普及全中国；用 10 年时间普及全世界。听着老人这样远大的理想，我们油然而生一种敬佩。张亚南写过一首《怀大志，毕生斗，为国筹》，是献给他心目中的经络学说的铁胆卫士祝总骧的：

"经络深埋数千秋，至今未出头。

莫道祝老艰难，成败在己谋。

怀大志，毕生斗，为国筹。

挑战生命，造福人类，青史永留。"

6.6 英雄本色

夏中杰是一位来自河南省固始县的农村青年，当他谈起与祝总骧的机缘时，颇有一番感慨。

小夏原在国家计生委科学技术研究所从事物业管理工作，与祝总骧的老伴朱篷第是同一个单位。朱篷第见他忠厚老实又勤劳，便推荐到北京炎黄经络研究中心担任办公室文员工作，由于与祝总骧教授接触多，感受深，向我们讲述了不少祝总骧鲜为人知的故事。

"我来到'中心'后，经过一段时间接触，祝教授给我留下最深的印象是他不爱金钱，治学严谨，对科研工作办事特别地认真。平时常常为文章中的一句话，甚至一个字都要斟酌半天；每一场报告，都要认真备课和试讲，报告时间要准确到几分几秒……"谈及祝总骧的工作和生活细节，夏中杰更是耳熟能详，感受最深。

2003年春节期间，夏中杰一个人来到地处北京魏公村的国家人口与计划生育管理委员会的家属楼去看望祝总骧。他还未按响门铃前，心里一个劲儿地提醒自己：过年了，前来看望祝教授的亲友一定很多，忙碌一年的教授也该暂时停下手中的工作，放松一下紧张的神经，和亲友、家人愉快地过个年了。当他按响门铃时，朱篷第给开了门。

"教授呢？"

"教授还在'中心'写他的论文呢！"

"现在不是过春节吗？"

"我和教授没有过春节的概念。"

"那年三十的饭菜准备好了吗？"

第六章 创编"312经络锻炼法"与构建"共产主义大课堂"

"还没有呢，等教授回家再做……"

从教授家里出来，年轻的夏中杰怎么也想不通，大年三十，哪家不欢聚一堂，置办丰盛的年夜饭，共享天伦之乐啊？让他匪夷所思的是祝教授家里冷冷清清，一点儿也找不到过大年应有的气氛。"难道说科学家不食人间烟火？难道说科学家与常人不一样，是另类人群？"小夏一个劲儿地反问自己。光阴荏苒，转眼又到了2004年的春节，小夏和妻子又来到祝教授的家里。令他再次想不通的是，祝教授依然不在家中，仍在"中心"搞他的经络课题。为了更好地悉心照顾祝总骧夫妇，夏中杰夫妇有八年的春节都在京陪伴他们，没有回河南固始县老家。

实际上，在平时的工作和生活中，让夏中杰想不通的事还有很多、很多，最典型的一件是2005年6月下旬，为出席维也纳举办的"国际传统医学大会"。

祝总骧为了准备到奥地利出席会议要做学术报告，愣是提前一个星期的时间准备好幻灯、用中英文各做一套，其他如U盘、录音机、换洗的衣服等等，都做到万事皆备。他深知这次国际医学会议，要到不少国际知名医学专家，生怕自己的学术报告有一丁点儿的差错，担心惹得国际医学专家的嘲笑。他认为个人受辱事小，毕竟他是代表中华人民共和国来出席国际医学会议的，国家大事，非同儿戏。于是在"中心"会议室召集大家充当听众，搞了一场"模拟国际医学会议"。

当大家手拿着笔和笔记本，端坐在椅子上时，祝总骧完全忘记了这次"会议"为"模拟国际医学会议"，全身心地进入了角色。他似乎来到音乐袅袅的世界音乐之都维也纳的国际医学讲坛，在不同的幻灯片指引下，绘声绘色地用流利的英语，引领世界上不同肤色和语言的医学专家走进神秘的经络世界。

"教授讲得真好！""中心"的工作人员发出由衷的赞叹。然而祝总骧却认为大家是在有意识地奉承他。夜里留下来陪伴祝总骧的夏中杰，看到教授煞有介事地一个人在办公室里给自己讲课，那副认真的劲头，让夏中杰忍俊不禁。

维也纳的会议主办单位在会议召开之前就要求祝总骧把他的学术报告压缩到30分钟，为了验证自己的学术报告质量和对时间的控制，他邀请了5个人听他的学术报告，这其中既有他的朋友，也有他的哥哥和姐姐。当他把学术报告讲完后，他虚心地请教大家，请大家一一批评和指正自己的不足之处，之后再改，再讲。第二次，他用英语做学术报告，大家认为他用英文表达很清楚，也形象生动，但是时间却过了5分钟。为了把这5分钟减下去，他一次又一次地演练，终于不多不少，整整30分钟，他这才把拧紧的眉头放松下来。

往常每逢做学术报告，他都要把夏中杰带上操作电脑。为节省出国经费，他不得不一个人只身前往。祝总骧不太熟悉电脑，这真是老专家遇到了新问题。夏中杰通过领队，找到一个年轻人，再三嘱托他，当祝教授上讲坛做报告时，要为他操作一下电脑，以确保报告质量和效果。

6月26日晚上，夏中杰和颜科印送祝总骧前往首都机场。祝总骧在机场候机室里休息，坐6月27日早上10点飞往奥地利的飞机。夏中杰和颜科印把他安顿好后，便回家了。夏中杰刚到家不久，祝总骧给他打来电话，流露出前往奥地利做学术报告的忧虑。夏中杰又一次致电与祝教授同机到奥地利出席国际会议的一位年轻人，请求他多多对祝教授关照。

在首都机场候机室里，祝总骧闲不住，索性给领队打了个招呼，说是给出席国际会议的中国代表团40人成员讲个课。

祝总骧无论做什么事情都很较真，甚至到了苛刻的地步。他几十年如一日地坚持写日记，大到国内外医疗现状及发展态势、经络课题的研究及经络学术报告，小到每天和谁见面，谈到什么内容，无不罗列其中。譬如说他在办公室里和谁见面，客人起身告辞后，便习惯性地歪着头看看手腕上的手表里几点几分，都要记录清楚。好多年的事，其他工作人员都忘得九霄云外，他常常找到日记本很随意地翻一翻，便能查个水落石出。他的日记本写了好多、好多。平时他写的手稿、看过的报纸、刊物都要在上面编上号，建立档案，分门别类地陈列在文件柜里。即便是针线包什么的，放在第几个柜子、什么位置，他都能在短时间里查得到。

老先生不爱钱是出了名的，每天他都骑着那辆破旧的自行车往返于魏公村和北池子大街之间。遇到阴雨天，才很奢侈地坐一回空调公交车，他认为这是一种难得的享受和惬意。"中心"的工作人员说："教授，您的贡献大，理应拿两三千的工资。"然而老先生根本不领大伙儿的情，振振有词道："我退休了，国家已经给我发退休工资了，我能为人类的生命健康做些贡献，是作为科学家应该做的事，我不要工资！"在大伙儿的再三坚持下，他才勉强每月从"中心"领185元的公交补贴费。

有一次，他家里缺一个插线板，恰好"中心"有一个剩余的，他就拿回家去用，就这还交给了夏中杰4.5元钱。

还有一次，他在去河北定州的火车上，与大家一块儿吃方便面。当夏中杰要把大伙儿吃剩的方便面盒扔到垃圾桶时，祝总骧严厉地批评他太不注重节约了，方便面盒用来喝水多好呀。平时"中心"的工作餐不外乎面条、粥和馒头，即便是从国外来客人，祝总骧都让他们和大伙儿一起用餐，还美其名曰"常吃经络饭，健康百岁不算完"。凡是去过"中心"的国内外朋友都领教过老先生亘古未有的抠门。有一段时间，夏中杰认为这个倔巴巴的老头真难伺候，萌发出辞职不想干的念头。当他看到国内外有那么多人练习"312",从中找到了开启健康长寿之门的钥匙,这才豁然开朗起来,为自己跟随教授做了一件功在当代、利在千秋的伟业而自豪。

祝总骧,作为一位名闻世界的经络学家和生理学家,并不是完人,他也有缺点,有时脾气急躁,还有时有点傲气等,"中心"总顾问张亚南常与他吵架,甚至有两次吵得不欢而散,发誓不在担任"中心"的总顾问了,但是不久又与祝总骧握手言和了。

张亚南是一位部队正师职退休干部。因受益于"312",写下一篇饱含感情的文章——《人类健康史上一场亘古未有的伟大革命》,被祝总骧看中,称他是对经络有见解和认识的一个人。常邀请他作为嘉宾免费听课,二人还成了忘年之交。当祝总骧欲聘任张亚南担任"中心"的总顾问时,张亚南推辞道:"我只是部队里的政工干部,没有学过医,你的顾问里面多是中将、部长级人物,我一个大校不够格呀!""我就看你担当此任,就这么定了吧!"祝总骧用一副不容商量的口气说。

张亚南走马上任后,对"中心"的组织建设、培训工作以及今后的发展方向都提出了不少好的建议。

张亚南和祝总骧发生第一次矛盾是这样的:张亚南写的那篇《人类健康史上一场亘古未有的革命》在"中心"的内部小报《经络与健康》发表后,引起了广西一位90岁高龄老人马清和的不满,马清和老人写给祝总骧的信中说了对张文的一些不同的看法,认为对祝总骧评价过高,另外对张亚南在文末介绍自己时罗列了一连串的头衔。祝总骧便将信转交给张亚南,让其给马清和老人写个回信。张亚南表示将这封信在《经络与健康》小报上发表,祝认为低调处理为宜,不宜四处张扬。张亚南说:"把这封信刊发在小报上,能把'312'掀起一个高潮!"祝总骧没有商量余地说:"说不发!就不发!"张亚南气得脸红脖子粗,犟

第六章 创编"312经络锻炼法"与构建"共产主义大课堂"

脾气也上来了,气呼呼地说:"今天,我把这稿子放在这里,你就看着办吧!"说完拂袖而去。

还有一次,祝总骧经人建议,"312"要想走向世界,要与2008年奥运会联系在一起,是一大契机。祝总骧认为这个主意有创意,便让"中心"的工作人员花了4万多元刻录了题为"奥林匹克312"的VCD光碟,并让人撰写了有关"前言",并请来新华社记者来"中心"采访,期望在社会上报道这一"新生事物"。新华社记者倒是来了,但是认为此冠名不妥,也不宜在社会上报道。祝总骧让颜科印去到奥运会组委会打听一下有关"312"冠名"2008年奥运"的事宜,然而组委会说,绝对不能冠名!

在"中心"智囊团成员商量这桩事能否可行时,一向疾恶如仇、刚正不阿的张亚南在会上大泼冷水道:"法学教授说奥林匹克有它的特定概念,是竞技运动,而百岁健康则是一个循序渐进的从不间断的健身运动,两者风马牛不相及,硬拉在一起逻辑上很混乱,同时违反了奥林匹克有关冠名的规定……"

祝总骧听了张亚南这番话,立马打断了他的话,很烦躁地说:"行了!行了!你就别说了,如果你认为我们中心庙小,你现在可以走人……"

张亚南每次与祝总骧吵完架,都说:"我来'中心'担任总顾问,不是冲着你祝总骧来的,如果冲你这个怪脾气,我一天也不能和你共事。我冲的是咱们的老祖宗留下来的经络学说,冲的是你创编的'312经络锻炼法'旨在为全人类谋求健康的伟大事业。士为知己死,我宁愿把自己粉身碎骨,做个铺路石,我也心甘情愿……"

张亚南和祝总骧诸如此类的摩擦还有多次,好在祝总骧这个人不记仇,吵完后,第二天就能忘个一干二净,照样与你和平共处。

张亚南虽然对祝总骧这个倔强坏脾气的"怪老头"颇有微词,但是他在题为"人类健康史上一场亘古未有的伟大革命"一文中这样公正、客观地评价祝总骧及其创编的"312经络锻炼法"："……我们深信当全人类理解经络学说之时，正是全人类百岁健康得到全面推广、全面落实、全面开花结果之日。到那个时候，百岁健康老人就不再是十个百个，而是成千上亿；那个时候，人类自我保健意识将会有一个史无前例的飞跃；到那个时候，人类将会迎来一个生命的春天；到那个时候'312经络锻炼法'将会在全世界独占鳌头成为全人类的共同法宝；到那个时候，祝总骧教授经络学泰斗的大名将会载入人类史册，成为全人类的共同财富；到那个时候，中华民族将会再现她世界上最古老最聪明最能干的民族的辉煌……"

说起祝总骧的另类人生，还有许多、许多，最典型的例子是他和他的老伴朱篷第教授的婚姻生活。他说他之所以能和朱篷第结合在一起，并不是很理想的结合，只能这样说，男的到了年龄应该结婚，女的到了年龄应该出嫁。

他和朱篷第刚到了谈婚论嫁的时候，双方在一起见面时，祝总骧就曾对朱篷第说，我们互相把世界观、人生观、理想、信念什么的都说说。朱篷第便说了对以上话题的理解与认识。

在两人交谈过程中，祝总骧认为朱篷第与自己的世界观、人生观不一样，祝总骧很讨厌朱篷第的"一把刀主义"，说："你愿意跟我好，不解决这个问题咱们就分道扬镳！""我可以慢慢地树立自己正确的世界观和人生观！"朱篷第笑着说。

"你既然要我这个人，那么您就把自己的全部存款都捐出去，把你捐出去后的收据拿给我看看，再考虑我们之间的婚事！"祝总骧说。

后来朱篷第果真把自己的钱都捐献出去了。

江山易改，禀性难移。至今祝总骧常有一些与世俗格格不入的言

第六章　创编"312经络锻炼法"与构建"共产主义大课堂"

论。诸如，他认为作为一名知识分子、政府官员或者是普通群众，按劳分配的制度都是错误的，继而，他又认为所有的公务员都应该拿低工资，不要说拿高工资是劳动所得，没有理由去保留你的私有资金或财产，要一心为公，不为私，有多余的钱全部捐献出来给社会，甭打算为个人赚钱。

6.7 "经络歌"与"经络舞"

我们随祝总骧教授到马来西亚和印度尼西亚见证"312"活动和出席国际学术会议，留下许多深刻印象，听"经络歌"、看"经络舞"便是其中之一。这事隔了不少时光后，耳畔恍若仍有上千名华人小学生《前进！"312"工程》的童稚歌声。伴随《前进！"312"工程》的旋律，几十名身着鹅黄色T恤衫的小学生在舞台上翩翩起舞，给所有观看的人美轮美奂的视觉盛宴。

那是我们抵达马来西亚马六甲州的第二天，会议主办方——大马炎黄312经络锻炼中心邀请祝总骧为马六甲文化小学作《破译千古之谜，经络学走进学校》的学术报告。祝总骧还未开讲前，马来西亚的华人小学生就专门为来自中国的祝总骧表演了"经络歌"与"经络舞"。

"'312'工程是法宝，百岁健康人人需要。自己能给自己治病，简单易行少用医药。前进！"312"，前进"312"。前进！前进！为人类献出伟大的爱。弘扬中国经络科学，提高人类生存条件，延年益寿多做贡献，加快各项事业发展。前进！"312"，前进"312"，为人类献出伟大的爱。伟大的爱。伟大的爱。"

我们静静地倾听着，听着、听着，眼眶湿润，心中颇为感慨，真没有想到祖国的传统经络文化竟然在海外普及得这么好！

"一定要找到《前进！"312"工程》的词曲作者及'经络舞'的

编舞者！这两个人了不起，竟然使自己的作品走出国门，在海外广为流传起来。"

2005年10月24日，于北京电教馆举办的"'312'走向世界形势报告会"上。见到了词曲作者杨怀宇女士。杨女士因创作《前进！"312"工程》词曲荣获"经络中心"颁发的"312经络锻炼宣传推广奖"。

年已六旬的杨怀宇手捧奖牌，激动地说："我也没有想到自己创作的歌曲竟然插上翅膀飞出国门、飞到海外！"杨怀宇女士在一篇题为"感慨和激情来自312这一炎黄瑰宝"中谈了她的创作体会："人们很想了解我10年前创作此歌的初衷是什么？这首先由于我认识到祝教授是一位精益求精的科学家，又是一位热心于博爱的献身者；其次是他身处艰苦的环境不辞劳苦地工作使我深受感动；不过更重要的是他推陈出新地创编了'312经络锻炼法'，这一方法是他严格被科学证实经络的科学性和真实性后编创的。他所创新地创编的'312经络锻炼法'易学、易懂、易炼，同时又省时、有疗效。

"他还科学地指出每个人身上都有个医生，它就是您的经络，它可以及时给您治病，您只要保护好这个'经络医生'，您就不会有病。这正如《黄帝内经》中记载的那样，经络有'行气血，营阴阳，决死生，处百病'的作用。'312'为人们找到了科学、高效的健康之路。

"我发现祝教授创编'312'的初衷是为人类献出伟大的爱。我也是在他这种无私奉献伟大爱的激励下，迸发出创作的灵感。在创作这首歌曲时，我已意识到'312'不是一般的运动锻炼方法，而是可以广泛普及、行之有效的科学健身疗法，它的作用是任何庞大的医疗机构所不能代替的。我那时就相信'312'的科学光芒和福祉照到之处，必然会引起一场医疗的大革命！

"为此我在歌词中最后颂扬了'312工程'是'为人类献出伟大的

爱'从而表达了我至真至诚的赞颂。现在有外国人称誉总骧教授是位圣人，我也认为这个称号赠予他，可说当之无愧！"

由杨怀宇女士创作的词曲《前进！"312"工程》一歌目前已成为广大"312"练习者必唱之歌，与这首歌一样流传广泛的还有一首题为"老年的朋友来相会"，这首歌，由词作家魏淑欣作词、著名曲作家谷建芬谱曲。这首歌是这样写的：

老年的朋友们

我们来相会

大家共同来学习三一二

按内关摩合谷敲打足三里

腹式呼吸能使你心慰

啊！亲爱的朋友们

百岁健康要靠谁

要靠我

要靠你

要靠我们坚持锻炼的有心人

再过二十年

我们再相会

虽然鬓发白

精神很充沛

你也跳我也跳

脸上增光辉

欢歌笑语绕着晚霞飞

啊！亲爱的朋友们

百岁健康属于谁

属于我

属于你

属于我们经络锻炼的新一辈

但愿到那时

我们再相会

举杯唱赞歌

健康有多美

研经络育新人

春光更明媚

为人类健康长寿做奉献

啊！亲爱的朋友们

我们坚持三一二

研经络

为人类

光荣属于我们经络的攀登人！

正如这首歌唱的那样——"光荣属于我们经络的攀登人"，祝总骧如同摘取世界难题、哥德巴赫猜想一样，摘取经络学的一颗明珠。他摘取"明珠"，不是为一己私利和贪图个人享乐，而是要像《前进！"312"工程》词曲中说的"为人类献出伟大的爱"。

有人说，音乐是时间的艺术，可以用音律激发欣赏者丰富的想象和联想，唤起人们感情的强烈共鸣。它是一门表达人们思想感情的听觉艺术。可以说，音乐的演变、发展就是人类文明的发展历史。

诚哉斯言！在音乐的殿堂里，我们聆听聂耳的《义勇军进行曲》。我敢说不管在世界的任何角落，只要听到铿锵有力的国歌——《义勇军进行曲》，每一位炎黄子孙都会从内心深处迸发出骄傲和自豪，因为它是中华儿女的心声,也是祖国母亲的化身;我们听冼星海的《黄河大合唱》,便会感受到中华民族如同黄河一般的广阔胸怀和坚贞不屈的民族精神。在歌曲里我们看到黄河船夫与暴风雨搏战时暴起的肌腱,我们可以听到中华民族在屈辱中狂暴的吼叫。

《前进!"312"工程》及《老年朋友来相会》这两首歌如同两只吉祥的鸟儿,飞向世界每个角落,把祝总骧创编的"312经络锻炼法"这一旨在"百病除、百岁康、百万家"的福祉,传给所有热爱生命、热爱和平与友谊的世界人民。

6.8 吴仪副总理的批示

三十多年来,地处北京东城区北池子大街2号的宣仁庙和北京故宫博物院的角楼很近,几乎每天都有人络绎不绝地进出宣仁庙的门,他们到宣仁庙并不是为了旅游观光,也不是进庙烧香拜佛,而是来聆听祝总骧的"养生经"。当然祝总骧也曾经在这里接待过许多名人,这些名人来到如此简陋的办公、科研场所,都是冲着祝总骧远大的理想、大爱无疆的胸怀,还有他的犹如夸父追日一般的执着追求精神。

他的这番执着感动了曾经执掌中国体坛帅印的伍绍祖。祝总骧原来并不认识伍绍祖,只闻其名却从未谋面。徐瑞民有一位朋友认识国家计委局长严谷良,严谷良对经络很感兴趣,认为"312经络锻炼法"是一种有益人民群众身体健康的锻炼方法,国家应该拨款支持经络研究和"312"的科普推广工作。由于种种原因,严谷良没有把批款的事办成。

事隔10多年,业已退休的严谷良从"天地生人"学术讲座上看到宣传"312"的《世界华人报》,很想进一步了解有关情况,便给祝总骧打电话,询问经络科研进展及"312经络锻炼法"的推广情况。末了,他在电话中表示要与全国政协常委伍绍祖沟通一下。

2006年1月5日15时，严谷良陪同伍绍祖同志来到北京炎黄经络研究中心那极为简陋的办公室。伍绍祖的到来，让时年83岁的祝总骧感动不已。30多年了，他一直在简陋的宣仁庙小院中低矮的房间里如醉如痴地沉浸在他的经络王国，正如孔子所说的那样"发愤忘食，乐以忘忧，不知老之将至"。伍绍祖是为数不多地走进宣仁庙里的部级领导。

原国家人事部常务副部长、中国老科学技术工作者协会会长程连昌（中）会见祝总骧（左一）和夏中杰（右一）。

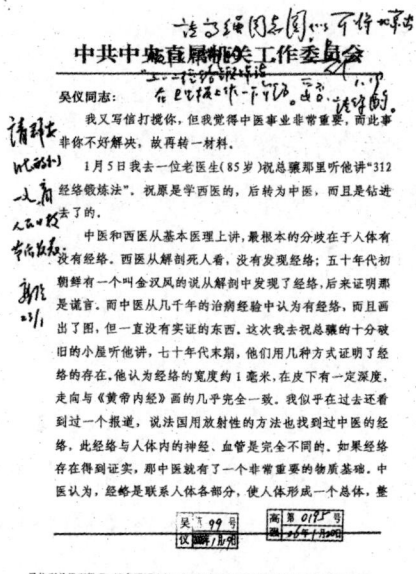

伍绍祖，湖南耒阳人，1939年4月出生，童年在延安度过。1964年清华大学毕业，考入该校工程物理系研究生。1965年他担任了全国青联第四届常委，历任全国学联第十八、十九届主席，后调部队担任国防科工委政委、党委书记，1988年被授予少将军衔。还曾执掌中国体坛帅印，担任过国家体育总局局长。他还出任过中国核学会第二届副理事长，中华全国体育总会主席，中国奥林匹克委员会主席等职，当选过中央第十二至第十五届委员，现任全国政协常委。

多位领导对"312经络锻炼法"的批示。

第六章 创编"312 经络锻炼法"与构建"共产主义大课堂"

祝总骧为伍绍祖一行人专门作了经络报告。伍绍祖听完报告后说，他是 2005 年离开领导岗位的，以前在国家体育总局担任局长时，就非常重视经络学说。他认为中医的理论层次比西医高一大块，但是中医有个缺点，即技术层次不够高；而西医的如抽血、X 光、B 超、CT，以至于搞 DNA 等，愈搞愈细；然而西医缺点恰恰重视人体个别的部位，中医的理论层次不仅重视人体部位，而且不管什么病都能治。他认为中医的理论有 8 条：一是中医在于把人当成整体来治，不是头疼医头，脚疼医脚，它有的时候头疼医脚；二是中医和顽病相结合，第一个是总理论，第二个叫天人合一，第三个它不是固定的春夏秋冬、子丑寅卯，10 天，不同的子午流注，随着时间和季节而变化；三是中医讲细化，金木水火土、五脏六腑等；四是中医讲究辨症论治，讲虚实，讲阴阳；五是讲像神论；六是中医既解剖死人，也解剖活人；七是讲究"本""源""流"。如《黄帝内经》，"本"是好的，而"源"有点问题，综合所述，中医和西医存着本质的差别，即中医把人当成活人来治，西医把人当成死人来治。

伍绍祖接着说，他担任国家体育总局局长及国际武联主席时，就曾经强调指出，武术是与气功、医学、文化和哲学等东方古代文明缠绕在一起的东西，既讲究经络、血脉、"精气神"，也讲究忍耐、维和及修身养性。但对于武术的这种精髓，大多外国人是难以理解的。

伍绍祖与祝总骧临别时说："我希望祝教授给我一些有关经络及'312'方面的书籍和 VCD 光碟，我可以购买。过几天我和吴仪同志说说，吴仪同志是很重视中医的。祝教授呀，等'312'真正在全世界普及了，你就做了一件功德无量的大事呀！"两双手紧紧地握在一起。祝总骧认真听着伍绍祖的话，他感觉伍绍祖的话像一股暖暖的春风吹拂在身上。

伍绍祖作别祝总骧后的第九天，即 2006 年 1 月 13 日亲笔给国务委员吴仪同志写了这么一封信：

吴仪同志：

我又写信打搅你，但我觉得中医事业非常重要，而此事非你不好解决，故再转一材料。

1 月 5 日我去一位老医生（83 岁）祝总骧那里听他讲"312 经络锻炼法"。祝原是学西医的，后转为中医，而且是钻进去了的。

中医和西医从基本医理上讲，最根本的分歧在于人体有没有经络。西医从解剖死人看，没有发现经络；五十年代初朝鲜有一个叫金汉凤的说从解剖中发现了经络，后来证明那是谎言。而中医从几千年的治病经验中认为有经络，而且画出了图，但一直没有证实的东西。这次我去祝总骧的十分破旧的小屋听他讲，七十年代末期，他们用几种方式证明了经络的存在。他认为经络的宽度约 1 毫米，在皮下有一定深度，走向与《黄帝内经》画的几乎完全一致。我似乎在过去还看到过一个报道，说法国用放射性的方法也找到过中医的经络，此经络与人体内的神经、血管是完全不同的。如果经络存在得到证实，那中医就有了一个非常重要的物质基础。中医认为，经络是联系人体各部分，使人体形成一个总体，整个中医的治疗方法就由此展开。上次我说中医的理论层次高，就是从此而言的。当然理论次高，并不等于就完全正确。中医着眼于总体、系统、辨证这是它高明之处，但怎么去"总体、系统、辨证"，还是可以进一步深入研究的。祝总骧的"312"锻炼方法，就是经络锻炼，已坚持了 16 年，在他那里进行锻炼的，他说有一万人，效果极好，而且现在马来西亚、印度尼西亚、新加坡也在搞。对此我没有去调查，但如果是真的，那对我国的医疗事业则大有好处，特别是对广大农民会带来直接利益：可以大大提高人的健康水平，可以大量节约医疗费，而且有中国特色、中西医结合的医疗格局就会形成。

为此,我请祝教授给我写了一个介绍"312"方法的材料,今天他托人送来了,我特转给你一个,供你参考。我还给九三学社的韩启德主席寄去一份,因为祝教授是九三学社的成员。

此致

敬礼

伍绍祖

2006年1月13日

吴仪副总理对伍绍祖的亲笔信极为重视,看过后立刻转卫生部领导,并在信中批示:"请高强同志阅,似可将北京出版社出版的312经络锻炼法在卫生报(作者注:是《健康报》)上作一下介绍。妥否?请你酌。"卫生部部长高强接到吴仪副总理的批示后,于1月23日也做出批示:"请群安同志酌拟一文,商《人民日报》节后发表。"

没过几天,人民日报社记者白剑峰一行三人专程来到北京炎黄经络研究中心采访了祝总骧。2月16日,《人民日报》在其"科教周刊·医药卫生"栏目全文刊登了祝总骧的经络科普文章《依据中医理论简便易学祛病健身"312经络锻炼法"不妨一试》并加了以下编者按:"'312'经络锻炼法由祝总骧教授所创,他先后在北京医科大学、中国协和医科大学、中国科学院生物物理所从事教学科研工作,曾用两种生物物理学方法,证实了人体经络的客观存在和它对人体的医疗保健作用。他根据中医学经络理论和长期积累起来的中医实践及气功、武术等经验,提出并向社会推荐这一人人可行、行之有效、自我防病治病的经络锻炼方法。今天,本报刊登这一锻炼方法,有兴趣者不妨一试。"

"312锻炼法"得到国家的重视,祝总骧引为平生一大乐事,他于2006年3月6日在北京东城区图书馆礼堂召开的"2006年312经络锻炼法国际交流大会"上说，今天在这里召开这个会议，是借三个"东风"，第一个"东风"是"312"近来得到国家的重视；第二个"东风"是"312"在东南亚国家，如马来西亚、印度尼西亚、新加坡发展势头迅猛，并且能够家喻户晓、妇孺皆知；第三个"东风"是来自匈牙利的埃利医学博士率16人代表团来华进修"312"。应该这么说，这三个"东风"让我感到特别的欣慰，是我用30多年的时间研究经络学的最大的回报……

第七章　那年春天

在"非典"的日子里，作为经络学家的祝总骧教授心急如焚，他怎么能让"非典"这个恶魔来威胁人们的生命健康呢？他提笔写下了题为"战胜'非典'——致全国同胞的一封信"。犹如古战场上两军对垒、厮杀时的一声响遏行云的呐喊；这封信犹如一面猎猎飞舞的旗帜鼓舞人民群众战胜"非典"恶魔的信心和决心……

> 许许多多锻炼"312"且受益的人们给祝教授写信，说是要感谢他，祝总骧总是说："甭感谢我！要感谢就感谢你自己，是你们自己找到了自己的'312'，自己给自己治病、防病；如果非要感谢的话，你就感谢老祖宗吧！感谢古代先人们的伟大而又无穷的智慧……"

7.1 为国分忧

2003年春天，一场突如其来的"非典"疫情，席卷着中国大地，一时间人人"谈非色变"。那年春天对于所有的中国人来说绝对是个梦魇般的日子。首都北京为"非典"疫情重灾区，城里的人们脸上捂着一只大口罩，却掩盖不住眼睛里闪耀着的那种恐慌和无奈。昔日校园里传来的琅琅读书声和操场上学生们运动时的欢声笑语声不见了，因为"非常时期"，所以被迫停课；机关、工厂因为"非常时期"，也大都暂时被按下暂停键；门庭若市的餐馆、酒楼因"非常时期"，只有"关门大吉"。那段时间，电视机里每天都在发布"非典"疫情的最新播报。那个时期的人们深受"非典"疫情的困扰……

时任中共中央总书记、国家主席胡锦涛在接受央视记者访谈时皱起眉头说："对于突如其来的'非典'疫情，威胁人民群众的生命与健康，我们都揪着心呀……"

在"非典"的日子里，作为经络学家的祝总骧教授心急如焚，他怎么能让"非典"这个恶魔来威胁人们的生命健康呢？他提笔写下了题为"战胜'非典'——致全国同胞的一封信"。犹如古战场上两军对垒、厮杀时的一声响遏行云的呐喊；这封信犹如一面猎猎飞舞的旗帜鼓舞人民群众战胜"非典"恶魔的信心和决心……

信上这样写道：

"同胞们、同志们：

今天我们国家面临'非典'灾难，党中央号召全国人民动员起来，群策群力，打一场抗击'非典'的人民战争。我们坚决响应党的号召，坚信'非典'是可防、可治、可以战胜的。理由是：第一，现在国家采取的切断传染途径，如早发现、早报告、早隔离、早治疗、少外出、少集会、勤消毒、勤通风、勤洗手、勤锻炼、不随地吐痰、戴口罩等无疑都是正确的。实践已经证明，发病率正在下降。切断传染途径是从'外因'控制'非典'。

第二，为了进一步降低发病率，提高治愈率，我们建议人人(尤其是接触患者的医护人员)要学会一种简单易行、有益无害的、提高自身免疫力以增强抗击'非典'的'内因'的方法，这就是'312'经络锻炼法。此种锻炼方法是根据2500年前中国祖先在《黄帝内经》中发现的人体的经络具有'行血气、营阴阳''决死生、处百病'的重大作用的理论，经我国著名经络学家祝总骧教授20多年潜心钻研、艰苦攻关创造出来的一种科学健身法，已被国家体育总局确认并向全国推广，现又经国家中医局防非典组专家论证载于'中医药在线'。外因的控制，内因的作用，必然会降低发病率，提高治愈率，增强抵抗力。所以我们认为'非典'是可防、可治、可控，可以战胜的！

第三，广大的'312'受益者、爱好者、学员们、会员们要立即主动行动起来加强'312'锻炼，保护自己，深入群众，宣传群众，服务群众，示范群众。用一颗红心，点燃'312'生命之火，和全国人民一道彻底根治消灭'非典'再立新功。

北京炎黄经络研究中心
2003年5月21日"

出于一位老科学家为人类谋求生命健康的使命感，祝教授还把这封信写给了胡锦涛、温家宝等党和国家领导人，写给卫生部、国家中医药管理局等部门。国家中医药管理局接到这封信后相当重视，陈梦生给祝教授电话答复。2003年5月22日，陈梦生给祝教授打来电话说："中医药科教司说，给贺国强部长的信已传到吴部长（国务委员吴仪，在"非典"期间，被中央任命为卫生部部长，后升任国务院副总理，作者注）处，5月15日转到国家中医药管理局。经专家研究认为，您提出的'312'抗'非典'简单易行、有益无害，决定在《中国中医药报》刊登……"

7.2 接受《中国中医药报》记者访谈

2003年6月6日，《中国中医药报》在显著的位置，刊登了祝总骧的《锻炼经络防治非典》的文章，同时接受该报记者访谈时就锻炼经络防治"非典"的秘诀这个话题说：日前流行的"非典"疫情，资料显示，感染"非典"病毒后，患者多属于体质衰弱长期有病，缺少运动，免疫功能低下的人群，正如《黄帝内经》所说"邪之所凑，其气必虚"，根据中医经络学说和千百年临床实践如针灸、推拿、按摩、气功，中药临床实践表明，这些方法都是由于激发了经络，使人体气血畅通，提高了人体的免疫功能，使正气上升就能抵抗外来的"非典"病邪的侵害，达到预防和治疗"非典"的效果，也正如《黄帝内经》中所说的"正气存在，邪不可干"。

为什么按摩"合谷""内关""足三里"三个穴位，能防治"非典"？"合谷穴"属大肠经，大肠经从手走头。按摩"合谷"得气后能打通大肠经气血，防治从头到手，即上肢和头部的疾病。大肠经能提高脑的血流量，恢复大脑的调控功能，达到退烧的目的。大肠经和肺经相表里，所以也有保护肺脏的功能。"内关穴"属心包经，心包经从胸走手，按摩内关可以打通胸腔气血保护心脏通调肺气，预防和治疗肺部感染。"足三里"属胃经，胃经从头经过胸腹直达下肢，对五脏六腑和全身血气都有激活作用，也有保护肺脏的作用。因此通过三个穴位，三条经脉的按摩，就可以打通全身和局部（肺部）的气血，提高免疫功能防治"非典"。

腹式呼吸为何有助于防治"非典"？腹式呼吸要求胸部绝对不动，思想集中在小腹（丹田），在安静的状态下，通过腹部肌肉的起（吸气）和伏（呼气）作缓慢的深呼吸，以活跃腹部的9条经脉。腹部9条经脉活跃，气血畅通，尤其是肾经的活跃能够提高人体免疫功能，充实精力，扶持正气，预防"非典"和加速"非典"患者的康复。

为何两条腿为主的体育锻炼也利于防治"非典"？我们的科学实验发现，经脉在体表的宽度为1毫米，然而其下面是一种复杂的、多种形态、多种功能的立体结构。从表皮到肌层都有经脉的成分。所以在运动时（我们强调最好以下蹲动作为主）通过全身肌肉运动，带动全身的经络活动，使气血畅通，是一种最好的提高人体免疫功能的方法，有利于预防和治疗"非典"。

总之防治"非典"，锻炼经络的三种方法各有妙用，缺一不可。由于"非典"主要侵犯肺部，所以经常按摩"内关穴"位效果更好。"312"最根本的特点是一种主动的，靠人人自己动手，自己防治"非典"的简学易行，行之有效而又无任何副作用的医疗保健法。由于防治"非典"主要是靠内因，即提高人体免疫功能，人的正气、免疫功能强了自然就免受"非典"的侵害，已受侵害的人也可以迅速康复。"312"的作用不仅是一般的免疫功能提升，几乎是对各种疾病，症状都有预防和治疗作用，长期锻炼可以使人人百岁健康。

对于已经受"非典"感染甚至危重病人，祝总骧认为对高烧，虚弱甚至衰竭的"非典"患者，应当用郝金凯教授创建的"实验经络针灸疗法"加以抢救，即靠中医理论、经络辨证，测准宽度一毫米的实验经脉线，通过针刺结合吸氧，每次15分钟，每天最少两次，危重病人要延长时间。

最后，祝总骧教授还告诉《中国中医药报》记者说："自从'非典'疫情袭来后，从分布在全国各地的'312'经络锻炼学习班的学员们反馈来的信息表明，他们之中，无一人患'非典'。更充分证明了只要人们长期坚持'312'经络锻炼法，不仅能够防治'非典'，还能够健康长寿，长命百岁。"

在"非典"期间，许多"312"的练习者纷纷以现身说法给祝教授写信，言及通过锻炼"312"，不仅身强体壮，而且没有感染上"非典"的故事。这里摘录一位学员刊登在《经络与健康》小报上的一篇文章——

312战士打胜抗击"非典"这场人民战争

北京康寿保健按摩师培训中心"312"辅导站，在祝教授的多年关爱下，培训了3000多名"312"学员，为人民健康长寿贡献力量，成千上万人受了益，得到人民群众的信赖。

在这场抗击"非典"的没有硝烟的战争中，党中央、国务院号召"万众一心、团结一致、众志成城、战胜'非典'，打赢这场人民战争"。

"312"战士坚决响应党中央号召，服从市、县防"非典"指挥部统一领导，切断传染途径，并拿起"312"这个武器，各自为战，全家为战，以村、社区为阵地，当好战斗员、宣传员、保卫自己防治别人，广泛推广"312"经络锻炼法，为取得这场抗击"非典"的全面胜利而奋斗！以培训中心主任王克明为组长，向几千名"312"学员发信100多封，电话动员100多次，每个"312"战士既负责自己、家人、亲友、邻居、周围群众练好"312经络锻炼法"，保证提高自身免疫力，保证不得"非典"，还到街道、公园教练"312"。我们先后两次到河南敬老院组织老人、职工学练"312"，请到中心义务讲解"312"，约计 1000 多人次，散发"312 经络锻炼法"为什么能防治"非典"的科普文章 500 张。

我们向大家这样宣传防治"非典"：消除恐惧、紧张，保持心态平衡；饮食卫生，作息规律，讲究卫生；除掉陋习，盐水洗脚，疏通气血，提高自身免疫力；平衡阴阳，通调肺气，增强体质，"非典"远离。密云是北京郊区，由于县委重视，千方百计，村自为战，防御方法得当，坚定不移,43 万人口，"非典"无一例。"312"战士经过"战争"洗礼，对生命更珍惜，百岁健康没有问题。

北京炎黄经络研究中心密云辅导站　王克明

7.3 有没有效果群众说了算

作者记得 2003 年的那个非同寻常的春天，一场突如其来的"非典"疫情席卷着中华大地，以北京为例，昔日的北京大小餐馆人来人往，那时候都关门歇业；地铁、马路上过去是摩肩接踵、人头攒动，在那个时候几乎见不到人。即便行走在大街上的人们，也都是脸上捂着面纱口罩，每个人的双眼里流出焦躁不安的情绪。

当祝总骧在"非典"时期，通过报刊发表自己对付"非典"的看法之时，人们如获至宝，人们相信他这位已到耄耋之年的老教授。中国科学院生物物理研究所研究员林桂京，曾经是祝总骧的同事，也是一位科技工作者，在"非典"时期站起来为祝总骧的"312 经络锻炼法"发声。林研究员在《经络与健康》上发表了题为"'312'防治感冒也能防治非典"的文章——

我在没有参加"312"学习班之前，每年患感冒多次，每次都特别严重，一旦感冒就是半个多月才能好转。

我自从 2000 年参加"312"学习班，学会了"312 经络锻炼法"，每天坚持做两次"312"经络锻炼，按摩合谷、内关、足三里及腹式呼吸，再加上自己的"312"做法和我每天早上在室外活动（打太极拳和太极剑）一个小时，经过这几年的锻炼，使我的体质明显增强了，极少感冒，就是感冒了也很快就痊愈了。这就说明我每天坚持做"312 经络锻炼法"，确实收到了很好的效果。使我增加了对疾病的免疫力，尤其是按摩内关、合谷能通调肺气，能打通全身血气，使免疫功能大大增加，有助于预防"非典"。

总之我认为"312 经络锻炼法"，能做到防病、治病、提高免疫力，是达到健康也是战胜"非典"的有效办法。关键是要有信心，一定要每天坚持锻炼，必能实现百岁健康。

让我们全国人民，万众一心，众志成城，科学防治，学会"312"，战胜非典，为国争光，为民造福！

第 28 期"312 经络锻炼法"学员龚丽珍也在《经络与健康》上发表了题为"三一二防治癌症，也防'非典'"的文章——

"312 经络锻炼法"是集经络、气功和体育运动合一的有氧锻炼，通过按摩三个穴位（合谷、内关和足三里）、一个腹式呼吸及两条腿下蹲动作，从而达到全身经络活跃，打通全身气血，增强肺活量，天长日久增强体力，从而达到精力充沛，提高自身的免疫系统，抑制、消灭来自体内外的病邪对人体的危害。据全国五千名坚持"312 经络锻炼法"锻炼的学员证实，他们不但不得感冒，就连传染性强的"非典"也不敢靠近。我们患了癌症的体弱群体，隔离不能外出的人既要防癌又要抗击非典，可在家里随时随地锻炼"312"，每次仅用半小时，是多么简单易行呀！

我是第 28 期"312 经络锻炼法"的学员，作为乳腺癌根治手术 14

第七章 那年春天

年的患者，自从得到祝教授的真传后，至今自觉地坚持锻炼，持之以恒，效果甚佳。我平时虽然也服少量的保健品，但是自我感觉良好，精力充沛，我的街坊邻居都说我有精神。在"非典"时期，我不但加强"312"的经络锻炼的力度，而且每日以步代车，或者是步车结合去散步两个小时。另外，要保持充足的睡眠，平衡饮食，注意天气变化增减衣服，保持乐观心态，生活规律，就会生命之树常青，战胜"非典"，达到、甚至超过百岁。

实际上，通过这场人类与"非典"的较量，人类最终战胜了"非典"。这是一场没有硝烟的战争，是一场科学与邪恶的战争。

许许多多锻炼"312"且受益的人们给祝教授写信，说是要感谢他，祝总骧总是说："甭感谢我！要感谢就感谢你自己，是你们自己找到了自己的'312'，自己给自己治病、防病；如果非要感谢的话，你就感谢老祖宗吧！感谢古代先人们的伟大而又无穷的智慧……"

第八章　风靡东南亚的"312 经络锻炼法"

祝总骧马、印之行回国后,有好长一段时间陷入了深沉的思索。他常常一个人在斗室里欣赏在 2005 年 10 月份到马来西亚、印度尼西亚拍摄的 VCD 光碟。画面里,无论是在学校、礼堂,还是寺庙,许多热爱生命、热爱和平的人们都在静静地听着他的学术报告,任他这位来自中国的经络学家把他们引领进奥妙无穷的经络王国。

> "312经络锻炼法"这股旨在"百病除、百岁康、百万家"的熊熊燃烧的生命之火，迅速燃向东南亚，在新加坡、马来西亚、印度尼西亚，上至部长、市长，下至普通市民都在锻炼"312"，并从中受益。被祝总骧誉为"开路先锋"的黄玉成功不可没。

8.1 有这么一群开路先锋

祝总骧创编的"312经络锻炼法"自1990年向全社会推广以来，国内外至少有三千万人学习这种锻炼方法。祝总骧的讲座以及所著的《针灸经络生物物理学——中国第一大发明的科学验证》《祝总骧三一二经络锻炼法》《健康312经络锻炼法》《三一二经络锻炼法——中老年百岁健康之路》等图书、VCD光碟俏销大江南北。祝总骧和他创编的"312经络锻炼法"一直是国内外媒体关注的焦点。打开电视，祝总骧在中央电视台《健康之路》栏目，为广大观众讲解"312"，数以万计的人们用"百度""搜狐"点击，可以很方便地搜寻到有关"312经络锻炼法"的科普内容。

"312经络锻炼法"这股旨在"百病除、百岁康、百万家"的生命之火，迅速燃向东南亚，在新加坡、马来西亚、印度尼西亚，上至部长、市长，下至普通的老百姓，都知道从中国传来了这种健身方法，不少人练习受益。为何在这么短的时间"312"会风靡东南亚？东南亚人为何热衷于练习"312"？所有关注自己生命健康及"312"发展态势的人们，都会在本篇章里找到答案。

第一个主人公是开路先锋黄玉成。

黄玉成，作为一位商人，他既不是官位显赫的政治家，也不是八面

第八章 风靡东南亚的"312经络锻炼法"

玲珑、左右逢源的社会活动家,他是怎样把我国的"312经络锻炼法"用仅仅半年多的时间就传遍了马来西亚和新加坡?个中原因,可从他那极不平凡的人生经历中窥知一二。

黄玉成,祖籍福建省永春县,自祖辈经商移居马来西亚,到他这已是第三代的南洋华商。少年时代,他的父亲被一场大火烧成残疾,家庭遭遇了巨大变故,一家人为此悲恸欲绝!为了生活,其母亲常给别人家洗衣服、做杂工挣些微薄的工资勉强维持一家人的生计。那时候,这对贫困交加的夫妇共生育了9个孩子,而长子则是黄玉成。为养家糊口,黄玉成刚满8岁,便一边读书,一边帮别人做些杂活贴补家用,到了中学时中途辍学,担负起全家生活的重担。苦难的人生经历,造就了黄玉成独立自主、坚韧不拔、奋发向上的性格。他早年曾从事土特产经销,并一度发展成为马来西亚的总批发商。正当事业初露锋芒,不料命运多舛,一场生意的失败,给了他一个很大的打击。那是1987年,他从印度一个商人手中,购买了4个集装箱的马铃薯,他万万没有想到的是这批货一到马来西亚便已腐烂发芽,造成他100万令吉(折合人民币200多万元)的巨大损失。钱是他从银行贷款来的,为了还清贷款,他把房子、车子都卖掉,最后口袋里只剩下1000令吉。黄玉成不甘心面对这一悲惨的现实,他要重整旗鼓、东山再起。他想到日本去寻求一方发展事业的崭新天地,然而却因买不起一张飞往日本的机票,只得先到了邻国新加坡。到新加坡后,他举目无亲,用一脸茫然无助的表情望望天、望望地,他不知道自己将面对怎样的命运。当时,新加坡正兴建机场,需要大量的劳工,黄玉成便进了这批劳工队伍中。他从昔日的百万富翁,沦落为为8元钱而折腰的劳工。巨大的人生落差,他并没有气馁,苦难的人生经历,教会了他身处逆境而坚韧不拔。他靠着顽强拼搏的精神,很快在新加坡站稳了脚跟,于1988年成为新加坡永久居民,并拥有了资产上千万元的电子产业。

黄玉成虽然在事业上取得了成功，但是由于长期的身体透支，身体每况愈下。他自1989年开始，先后患上了尿管结石高尿酸症及痛风症。这些病使他疼痛难忍，不得不一边服药，一边坚持工作。2000年，黄玉成一次便后出血，住进了医院，医生诊断因长期口服止痛药导致胃部受损而出血，他的体质变得极为虚弱。2002年，他到医院再次接受检查，检验报告中这样说："患者白血球过高，免疫系统出现问题，并有患上血癌的可能性。"病魔每时每刻缠绕着他，让他痛苦不堪。朋友见他这样糟糕的身体状况不无忧虑地说："我看你活不过50岁了……"

2004年5月，黄玉成的父亲因病不幸撒手人寰，这给他的人生又一次沉重打击。按照华人的殡葬习俗，作为长子的他理应携弟、妹们在亡父的灵柩前行跪拜之礼，然而因关节疼痛，无法跪拜，他只能坐在椅子上。前来参加葬礼的亲友们见黄玉成这般"敢冒大下之大不韪"，纷纷斥责他是个不孝之子，挣了一些臭钱，就这样不近人情。

身痛加心痛，让黄玉成深刻地领悟到健康是那样的弥足珍贵，没有健康的身体，再多的金钱、再多的名誉、地位，亦如同过眼烟云。为此，他询问身边的朋友们，朋友们告诉他应该多运动，既能增强人的体质，也能治病。就这样，他在新加坡柔佛海峡边，随人学练"太极拳"及"外丹功"；同时还查阅了大量的保健类书刊，从中融会贯通地学习各种保健祛病知识。过了两个月，身体状况起色甚微。他有些心灰意冷，这时一位"外丹功"师兄送给他一盘"新312经络锻炼法"VCD光碟。他一遍又一遍地观看，感觉理论很好，不用药物就能把病治好，就这样照光碟所演示练习起来。两个星期后，发觉脚不再像过去那么痛了，人也精神了许多。一个月后他主动减去药量，再继续做了两个月后，索性把所有的药物都停掉了。从2004年7月到9月这段时间里，黄玉成由于坚持不懈地练习"312"，身体比以前显得健壮，也使他对"312"深信不疑，认为是独树一帜的健康法宝。在他的带动下，"外丹功"的练习者们纷纷改练"312"。然而"外丹功"的大师兄，认为"312"是旁门左道，劝诫大家莫要误入歧途。有道是"上有政策，下有对策"。黄玉成打了个时间差："外丹功"的学员们是每天早晨7点开始集体操练，他和热爱"312"的学员们每天早晨6点钟便集中起来练习。"外丹功"的大师兄见黄玉成等人这样的"执迷不悟"，便大为恼火，而黄玉成却依然是我行我素，带领大家照练不误。嗣后，黄玉成在新加坡大力宣传和推广"312"，把"312"的影响扩大到议会和部长阶层，其中有84岁的李光耀总统的原政治秘书，他因学习"312"治愈了膝关节病，并亲自担任辅导班大组长。数月之内"312"便在新加坡500万人民群众中被传播开来，一些华人社区甚至几乎做到了家喻户晓、妇孺皆知。

"312"在新加坡普及后，黄玉成便决定走出国门，把这个健康法宝在东南亚各国推广开来，使更多人受益，首选目标是马来西亚，第一个城市则是马六甲。黄玉成1988年移居新加坡，由于他的太太的娘家在马来西亚的马六甲州，因此，他每年都会陪同太太回马六甲度假。度假期间，他都按照在新加坡的生活习惯，每天早上6点半到7点，带着小收录机，在风光旖旎的马六甲海边练习"312"。他在练习"312经络锻炼法"时，吸引了一些正在晨练的人们，人们纷纷上前与他搭讪："你练的是什么功呀？"黄玉成说："是中国北京著名经络学家祝总骧教授创编的'312经络锻炼法'。"人们半信半疑。黄玉成便向大家散发了一些有关"312"的资料。

刚开始只有7个人向他请教"312"的锻炼方法，感到身体有一些反应、比较舒畅后，再将这种方法告诉给亲友，锻炼人数增加到十多人。黄玉成在马来西亚度假4天，回新加坡的前一天，就将介绍"312"的

VCD光碟留了下来，并承诺每个星期五的傍晚驾车来马六甲，利用星期六和星期日的早上带领大家练习。这样的练习方式持续了两个多月，成员增加到60人。每当黄玉成听人们说"我身体好多了""腰骨不痛了""血压降低了"等，他感到格外的开心，体悟到人活在这个世界上，原来还有一种东西叫使命……

为进一步学习博大精深的经络学，掌握"312经络锻炼法"的理论与实践要领，同时名正言顺地推广"312经络锻炼法"，黄玉成于2005年1月25日飞赴中国北京，得到了祝总骧的耳提面命，受益匪浅。他永远记得，当他见到祝总骧的第一眼就感到特别的亲切，特别是祝总骧那和颜悦色、温文尔雅的学者风范，还有那一双温和、慈祥的眼睛，能让人在瞬间感受到父亲一般的慈爱！他有一肚子的话想跟祝总骧去一一诉说，包括他父亲的不幸去世、曾经做生意的失败、得了多种疾病以及希望早日康复的焦灼的期待……祝总骧很耐心地倾听着，一边听，一边安慰他道："黄先生，您不要灰心丧气！您只要锻炼好'312'，您身上的多种疾病就会远远地离开您！"黄玉成还能说些什么呢，他只有如饥似渴地去学习，来回报祝总骧这份在他看来弥足珍贵的爱。

在北京炎黄经络研究中心举办的"312"国际培训班结束时，黄玉成崭露头角，祝总骧为他颁发了《委任状》，委托他在东南亚推广"312经络锻炼法"。

黄玉成回到马来西亚后，在政府、企业和社会贤达的支持、赞助下，积极联络新加坡、马来西亚各地的人们，注册成立了"大马炎黄312经络锻炼中心"，相继在马来西亚的砂拉越等州建立了"312"锻炼中心，会员达8000多名，全马至少有5万多人在练习"312"，同时，他还培养了一大批健康指导员，通过华侨华人社团、宗教会所和报刊、电视台的广泛宣传，把"312"以网络形式推广到马来西亚的八个州。黄

第八章　风靡东南亚的"312 经络锻炼法"

玉成作为一位商人和"312"受益者，对于"312 经络锻炼法"，在继承和发扬光大上，迈出了可喜的一步。他通过集思广益，大胆地对"312"进行创新，把经络锻炼与拍打健身、按摩保健和吐纳养生等融会贯通起来，形成了以经络锻炼为主旨的包括热身操、穴位按摩、丹田呼吸和两条腿下蹲等在内的一种全新健身养生运动，形成了南洋华人"自己的 312"。当我在吉隆坡机场采访黄玉成时，请他谈一谈宣传推广"312"的体会和今后打算。他说："推广'312'一靠科学；二靠爱心；发展'312'一要社会化；二要企业化，这样才能使'312'走向世界……"

在马来西亚各个州推广和发展"312"过程中，涌现出一批无私奉献者，其中既有企业家、社会贤达，也有退休教师和普通市民。如担任"大马炎黄 312 经络锻炼中心"副会长的张忠信先生，他是一位经销汽车的经理，因练习"312"使眼病得已康复，便将一颗炽热的爱心奉献给社会，无条件地将位于马六甲阿逸礼礼公司楼上装修一新的办公室，连同一套办公设备无偿提供给中心使用。准拿督黄树党、退休校长吴金智及商人陈诗球等等都为"大马炎黄 312 经络锻炼中心"的创办和发展做出了不可磨灭的贡献。

8.2　独占鳌头

2005 年 10 月 2 日，由大马炎黄 312 经络锻炼中心主办的"第一届国际经络针灸和整体医学研讨会"在马来西亚马六甲州城市海湾大酒店隆重举行。来自中国、马来西亚、印度、匈牙利、日本、新加坡、印度尼西亚、中国香港的经络学者约 300 人，本着"学习、交流、发展"的宗旨，共同研讨和交流有关中华经络学及临床应用问题。

早在此会召开之前，与会的各国针灸及整体医学界同行已熟知了祝总骧教授运用生物化学、生物物理学和形态学等多种学科的检测手段，准确地揭示了人体14条经脉线的分布，从而证实了古典经络图谱的科学性。在以后的研究中，他又提出了"经络是多层次、多功能、多形态立体网络结构的调控系统"，并将这一研究成果与针灸按摩等相结合，广泛应用于临床，取得了显著效果。因此获得国家科委（今为国家科技部）颁发的首届"星火杯"创造发明特别奖，以及多项国内、国际学术科研成就奖。祝总骧教授在此科研基础上，创编了集穴位按摩、腹式呼吸和体育运动为一体的"312经络锻炼法"。自1990年向国内外推广以来，世界上至少有三千万人学习这种强身健体的锻炼方法。

此次国际医学会议在马来西亚召开，引起了该国高层领导的重视。马来西亚卫生部部长、拿督蔡细历委派马六甲州青年及体育委员会行政议员、拿督拉卡文为代表出席了会议，拉卡文代表蔡细历在会上宣读了献词。他说，"312经络锻炼法"今年初由黄玉成老师传入马六甲后，迅速传开至我国各州，练习者达数千人，不分男女老少，无论清早或晚上兴起一股学习的风气。他还特别强调："我国政府非常重视国民的健康，人民有了健康的体魄，才能全神投入工作，强民富国，政府便可节省数以千万的庞大医药开销……任何有益身心的运动，包括经络锻炼法等传统运动，肯定能被政府接受与推广。"他在结束语中慷慨激昂地说："炎黄'312经络锻炼法'，易学易懂，更能强身健体，深获我国人民热心学习，迅速深入民心，足见其功效。希望大家勤奋练习，身强体壮，继续为国家做贡献！"

马来西亚人力资源部部长及马华副总会长、拿督威拉冯镇安博士在献词中说："我要热烈祝贺马六甲炎黄312经络锻炼中心成功把这项活动组织起来，让这项有益身心的活动能更有秩序地发展下去，让更多的人能参与这项运动。终身学习是马华正大力推动的学习文化，'312经络锻炼法'应该是能被许多人接纳，成为他们终身学习课程表里头的一项活动。我希望更多人能参与这种类似的活动，为自己、为亲爱的人、为朋友、为社群，培养健康的体魄，建立健康的社会。最后，我也要在这里特别感谢炎黄'312经络锻炼法'的发起人祝总骧教授不辞劳苦地到访马来西亚并主持一系列讲座，这种交流除了加深马中人民的友谊，也将协助发扬光大一项优良的中华文化。"

学术研讨会上，祝总骧教授作了《经络的科学证实和人类百岁健康——'312'经络锻炼法》的主题报告。他在报告中总结了30年来用三种生物物理学方法，证实中国古代发现的14条经脉的具有科学性后，重点用高屋建瓴的理论依据和良好疗效，指出了"312经络锻炼法"15年大力向国内外推广以来，学员中如患有高血压、心脏病、糖尿病、关节炎等病，经过学习"312"，自我锻炼，都获得了良好的疗效，有效率达到95%。实践的有力证明，"312经络锻炼法"确时具有"简、便、廉、验"的特点，又无任何副作用，利己利国，应当大力普及推广，为中华传统医学争光，从而造福于全人类。

匈牙利、日本、印度、中国香港等国家和地区的经络学专家分别作了《按摩穴位改善儿童视力》《街头无家可归者的保健：中西医结合》《耳垂斜线皱褶可做为冠脉疾病的一项有用的临床征象可否经由"312"锻炼逆转？》《中医学整体医疗在日本的趋势和实效》等报告赢得了与会者的阵阵掌声。北京炎黄经络研究中心培训部主任颜科印作了题为"三一二经络锻炼法在中国大地"的报告，他的报告引用了北京炎黄经络研究中心总顾问张亚南科学总结出的祝总骧对人类的"三大贡献"。报告指出："祝总骧教授对人类百岁健康事业或者说对人类的生存和发展有三大贡献：第一，他用现代科技手段证实了2500年前咱们的老祖宗发现的，确保人类健康长寿的经络学说是客观存在的，是科学的真理；在当今世界仍然是人类医学顶尖的理论和实践，提出这种论断的，在当今世界祝总骧教授堪称第一人，这是第一个世界第一；第二，他把2500年前中医学的奠基之作、中国的第一部中医学大典《黄帝内经》中提出的人能活百岁的理论，作为一个运动推向全世界并全力以赴地付诸实施，这在当今世界也是第一人，这是第二个世界第一；第三，他不仅把老祖宗提出的人能活百岁的理念，变成了在全中国乃至全世界普及百岁健康的运动，而且创造了如何才能闯过百岁大关的办法，他从人体354个穴位中找出合谷、内关和足三里3个能贯通全身经络的穴位，通过对3个穴位的按摩，以及腹式呼吸和以两条腿为主的体育运动，创造了'312经络百岁健身法'，把人类健康的理念推向了一个前所未有的水平和档次，这是第三个世界第一。"颜科印的报告，把会议推向了一个高潮。

当报告文学《中国经络学界的巨子——祝总骧》经过《世界华人》《今日科苑》《健身科学》等杂志、报纸报道后，在国内外产生了良好的影响，对于祝总骧教授不平凡的科学人生，让马来西亚的华人看了特别的深受感动。认为祝教授一生致力于经络学研究，不为名、不为利，为全人类健康长寿造福，做了一件功在当代、利在千秋的伟业，遂决定为他颁发一个"黄帝内经奖"。上海绿谷集团吕松涛董事长慧眼识真珠，大力支持祝总骧教授的"312"事业，给予了一定的资助，堪称伯乐，遂决定颁发给吕松涛一个"伯乐奖"。

祝教授一行六人每天的活动日程排得满满的，除了出席"第一届国际经络针灸与整体医学研讨会"，还到马六甲文化小学为小学生们举办了一场《破译千古之谜，经络学走进学校》的报告等。国际医学会议落幕后，祝教授作为"312经络锻炼法国际巡回交流大会"的主要报告人，先后赴砂拉越、印度尼西亚，把"312"这把开启百岁健康大门的金钥匙，传递给东南亚所有热爱生命、热爱和平和友谊的人们。

祝教授一行人在东南亚所到之处，使得当地社会尤其在华人社区推起一个又一个学习"312"的热潮。从刚下飞机直到飞赴北京不断有媒体采访报道。在主办单位的精心组织下，都安排电视台、报刊、广播电台记者给祝教授做了专访，如吉隆坡 TV8 和 IFM 电视台及电台、印度尼西亚的美者电视台都对祝教授进行了专访并作了现场直播。东马、西马和印度尼西亚的华文报纸，如《南洋商报》《星洲日报》《中国报》《诗华日报》《国际时报》、印度尼西亚的《世界日报》《国际日报》等以大量的图片和文字连篇累牍地报道"312"的相关内容。那种盛况，可以用一个字来概括，那就是"火"！

8.3 历史的见证

疗效就是最好的证明。在马来西亚砂拉越古晋南市市政府议政厅举办的"312经络锻炼法国际巡回交流大会"上，砂拉越古晋南市市长田承凯在会上发表了声情并茂的献词："经络与穴道，通过中医针灸学，人们早已认识。但是，对简单又易学，而且疗效卓著的'312经络锻炼法'却甚感新鲜。由中国北京炎黄经络研究中心祝总骧教授创编的'312经络锻炼法'，推广到西马和古晋，在短时间内迅速掀起学习热潮。我也是其中的一分子。我经过锻炼证明，确实对疾病有一定的疗效。我相信，只要有耐心锻炼，肯定能达到有效治病，无病强身的效果……"

田承凯不仅有先天性高血压家族遗传，而且还患有糖尿病、心脏病。他曾经坦然地告诉我他曾二度中风。作为市长的他每天有处理不完的政务，无暇顾及自身的健康。一次他到国外考察，突然感觉到半边肢体神经麻木，连路都不能走。当他回到酒店休息时，却无法从床上爬起来。那时他有个念头：一定要回到马来西亚去医治。就这样他在病发的第三天飞往马来西亚寻求治疗自己中风病的良医。

其实他那一次中风，还是属于第二次中风，与较早时的第一次轻微中风，只是相隔一个星期的时间。第一次中风，他只是感觉到半边身很麻痹。田承凯第二次中风之后，除了吃药之外，还需要做物理治疗来协助身体迅速恢复健康。他心里明白要使这类病康复，一点都不能急，因此中风后第一年物理治疗，都是在医院进行。一年过后，他才改为在家进行。他在家设跑步机，每天在跑步机上跑步。做了这些运动一年多之后，一位朋友给他送来了祝总骧教授创编的"312经络锻炼法"VCD光碟，这片光碟深深吸引着他，促使他按照光碟里的指示来练习"312"。练习的第一个月，他发现那遗传性的血压度数，竟然破天荒地降低下来，当时他心里以为纯粹只是一种巧合，于是他就继续练习，在第二个月检查血压时，他发现血压一样是处于被降低下来的度数。

一来二去他加深了练功的信心，从此他便将这种功法融入他的生活，除了每天早上醒来后，很认真地练习这类功法之外，在开会或应酬宴会上，他都不断地练习。

他喜欢"312"，因为他第一次练习时，便按揉穴位，发现"312"的妙用，即可以在自己的按揉下，取得保健的效用，根本不用依赖任何运动器材，而且随时随地可以练习。

被医生打入人生另册的马来西亚砂拉越商人林清江讲述了他与"312经络锻炼法"的不同寻常的机缘。他通过勤于锻炼扼住了命运的咽喉，与癌症做不屈不挠的抗争，至今仍健康、快乐地活着。

林清江由于一直在商海中打拼，常常饮食不及时，最后于2004年4月积劳成疾，不幸患上了胃癌。经过医院做胃镜检查，他已患有第二期的胃癌。为预防肿瘤再度在体内恶化，医生为他切除了三分之二的胃。

林清江手术后，医生为了让其体内的癌细胞不再复发，让他接受6个化疗，同时还让营养师为其搭配营养餐，但是这些治疗措施，还不能让他的身体恢复到过去的状态。

林清江曾经练过无数种功法，如气功、太极等，然而令他心灰意冷的是这些功法却未能给自己的身体带来一定的帮助。"难道我就甘愿屈从于命运的安排，让自己的生命在不到 60 岁的年龄上就戛然而止吗？"林清江常常在夜深人静的夜晚，向着缥缈的夜空发出悲凄的天问。"被切过胃的人，无法活过 5 年！"那位医生的断言，犹如魔咒一般地萦绕在林清江的耳畔，让他心里平添许多烦恼和悲观的情绪。

2005 年 2 月，林清江从朋友处看到"312"VCD 光碟后，又重新树立起生活的勇气。他每天凌晨上 4 点起来，吃些早餐，凌晨 4 点半开始晨练，凌晨 5 点练习"312"。他这样坚持不懈地锻炼到 8 月份化疗时，体重不但未减少，而且增加了 2 公斤，同时化疗后也没有产生副作用。"312"使他恢复了正常工作和生活。马来西亚一位医生说："林清江在接受 6 次化疗后，没有像一般癌症病人留下手术后的后遗症，他能很快康复，在当今医学界看来，不能不说是一个奇迹，成为医学界探讨的课题……"而在林清江看来，是经过练习"312 经络锻炼法"他才能从死神的魔爪里逃离出来，他说他要特别感谢祝教授，特别感谢"312"。

马来西亚的《健康报》以一篇题为"手足情唤醒脑死哥哥"的文章，生动记述了"312 经络锻炼法"在辅助挽救脑死病人方面的神奇疗效。

马来西亚砂拉越炎黄 312 经络锻炼中心副主席刘俊成的哥哥因脑死、双肾坏死而生命垂危。刘俊成面对只剩下一口气的哥哥不离不弃，在哥哥昏死期间，坚持把哥哥送到医院洗肾，一洗洗了四个小时，结果又发现哥哥患高血糖疾病。站在医院的立场，救治这个多病缠身又脑死亡的人，即使救活了也不是一个健康的人。可是刘俊成却表示：我愿意、也付得起所有的手术费。他想到，哥哥自小和父亲从中国漂泊到南洋来，一生都在劳劳碌碌，虽已年过半百，但从没有享半点福,他不想哥哥从此倒下去,他要看到哥哥站起来。可是他的哥哥在做了种种手术后,虽然心脏还能跳动,双眼依然紧闭,整个人依然昏迷不醒。医生作了最大的努力,只好劝刘俊成放弃对患者的治疗,带回家准备后事。

刘俊成却依然不愿就此放弃,他要坚持到底,恳求医生能给他三日时间,看能否让哥哥苏醒过来。在这三日里,他不停地抽拉哥哥的腿,替他做运动;他也叫人替哥哥做脚底按摩;甚至依照医生的建议,在哥哥耳边大声叫他的名字,讲述哥哥平时爱听的话题。三天期限过去了,哥哥依然双目紧闭,面色苍白,没有半点苏醒的迹象。刘俊成依然不愿放弃,他要求医生再给他一些时间,于是期限由三天拖到四天、五天、六天,一天天拖下去,不断地拖下去,院方屡劝他放弃,他始终不肯,结果一拖便拖了整整三个星期。在这三个星期内,院方任由刘俊成对他哥哥进行任何的施救方法,因此刘俊成请来了很多各地的名医、按摩师和具有特异功能的奇人异士,请他们替哥哥施功治病,他甚至还请了道士和尚前来念经。为了救治哥哥,他可以独自一个人飞到印度、缅甸、泰国、意大利以及其他各国去寻访名医。

皇天不负有心人!终于有一天,哥哥苏醒,轰动了整个医院,很多医生都感到非常惊讶,认为是一个奇迹。刘俊成当然最开心,开心的是脑死的哥哥终于被唤醒了,更令刘俊成欣慰的是,哥哥还没有丧失记忆,认得身边的每一位亲人。大家都喜极而泣。

五年了,刘俊成对哥哥的关怀和付出一直不改初衷,为了要找到能够医好哥哥肾病的名医,他一再托人到中国北京去,因而他接触到了祝总骧教授所创编的"312经络锻炼法"。

他决定自己先练,觉得练后双脚走路非常有力,于是便试图央求祝教授救治他的哥哥。几经辗转,最后他获得祝教授的开路先锋黄玉成先生的指导：在哥哥洗肾血压经常跑到 170mmHg 或 180mmHg 时，用力按压他的"合谷""内关"和"足三里"三个穴位，果然哥哥的血压明显地降低了。虽然"312"没有直接医好他哥哥的病，但是刘俊成却因此而认识到"312"对人体健康的特别疗效，因而成了"312"在砂拉越的积极推广者。刘俊成以切身体会，见证了"312 经络锻炼法"是一把开启人类百岁健康之门的金钥匙，因而乐此不疲地投入到这一关系到人类健康长寿的伟大事业中。他还主动与地处日内瓦的世界卫生组织官员联系，期望引起世界卫生组织的重视，让"312 经络锻炼法"把有益于人类健康长寿的福音传遍全世界。如果这一天真的能够到来，那么祝总骧教授那"百病除、百岁康、百万家"的夙愿就能实现了。

8.4 "312"进入千岛之国

"312 经络锻炼法"传到素有"千岛之国"之称的印度尼西亚，是得力于印度尼西亚金乐喜大厦的电信业巨子陈炳昌先生，他是闻名雅加达的手机经销商。

正当他的事业如日中天之时，不料却经受了人生中一次痛苦打击，一次车祸中不幸左臂折断，之后又患了糖尿病、风湿和肩周炎，多种疾病缠身，常令他痛不欲生。陈炳昌仅五十来岁，这个年龄对于一个男人来说正是一个家庭的顶梁柱，他多么渴望自己拥有一个健康的身体呀。

"众里寻他千百度，蓦然回首，那人却在灯火阑珊处。"2005 年初，一次偶然的机会，他得知"312 经络锻炼法"可以治病强身。六月间他便抱着试试看的心情，来北京找到了祝总骧教授。经过两个月的补习班学习锻炼，他不仅获得了结业证书，而且糖尿病病情减轻，风湿和肩周炎消失。

为此，他激动不已，决心把"312经络锻炼法"传到印度尼西亚去，把健康的福祉和祝总骧祈愿天下人百岁健康的爱心，让千岛之国的人民共同分享。

陈炳昌把祝总骧赠给他的有关"312"书籍及VCD光碟，视作西天取回的真经，并以受益者和见证者的身份广泛介绍，请媒体连篇累牍地宣传。

陈炳昌回国后做的第一件事先制作了8万张"312"VCD光碟，无偿分送给国内外朋友。当他得知朋友们拿到光碟后并没有认真锻炼，便开始筹备建立一个印度尼西亚的"312经络锻炼法"中心，仅仅两个月，"印度尼西亚华夏312经络锻炼中心"（后改为"印度尼西亚炎黄312经络锻炼中心"）宣告成立，陈炳昌担任中心主席。

祝总骧一行六人早在2005年9月28日赴马来西亚马六甲州出席"第一届国际经络针灸和整体医学研讨会"时，陈炳昌就特别邀请祝总骧能够来到印度尼西亚雅加达为他所创办的印度尼西亚华夏312经络锻炼中心正式成立揭牌，并把"312"这一全人类健康长寿的法宝传给印度尼西亚的人民。祝总骧认为只要能够宣传推广"312"，把健康的福祉传给所有热爱生命和和平的人，他都会乐此不疲地支持。他在结束马来西亚砂拉越州的"国际巡回交流大会"后，于2005年10月6日率中国代表团6人及马来西亚代表团12人，飞赴印度尼西亚的首都雅加达。

在飞机上，中马代表团成员从《星岛日报》上便看到印度尼西亚一个名叫巴厘岛的岛屿发生数起恶性的"自杀式人体爆炸"案件，还有禽流感的信息，无疑给雅加达之旅蒙上了一层可怕的阴影。由于印度尼西亚"自杀式人体爆炸"案件在国际上被传得沸沸扬扬，使得这个国家旅游业经济效益急剧下跌，继而影响了印度尼西亚在国际社会的地位。

当祝总骧看着大家在看《星岛日报》上这条敏感新闻时，不无幽默地说："不管印度尼西亚发生什么事，纵使有千难万险，也不怕，为什么？我们底气十足！因为有我们老祖宗——《黄帝内经》及'312'撑腰！"

到达首都雅加达的第二天晚 6 时，金沙国际大酒楼隆重举行了"欢迎祝总骧教授及华夏经络锻炼中心成立典礼"，近 3000 人参加。出席典礼的有印度尼西亚体育与青年部长代表詹姆士医学博士（Dr.James Tankurang MA），国防部后勤部司令亚古拉尼中将及夫人，国防部特种部队朱瓦力准将及国防部海军哈力准将，以及苏约诺大校、科都大校及华人社团中的贤达商业教育媒体的代表人物等。印度尼西亚体育与青年部长代表詹姆士致辞，除向"印度尼西亚华夏 312 经络锻炼中心"的成立表示祝贺外，对"312"健身方法的科学性及有效性给予了肯定和好评，他希望这种锻炼方法能够在印度尼西亚更加群众化。

世界日报社社长张昆山致辞，对祝教授创编造福人类的经络锻炼方法，并在 82 岁高龄时不辞劳苦，千里迢迢来印度尼西亚传授健康良方表示最大敬意；对印度尼西亚"华夏 312 经络锻炼法"热心赞助推广，并在短短时间形成如此盛大场面表示钦佩。他强调说，人生短短几十年，什么最重要？金钱，还是健康？没了金钱还可以再赚，但若没了健康却是什么都没有了，看起来健康最重要。"312 经络锻炼法"就是让我们能够抓住健康，甚至重新找到健康，进而享受快乐的人生。他表示一定要学会这种通过锻炼获得健康的方法。

社国际日报社社董事长熊德龙代表美国、印度尼西亚《国际日报》《人民日报》（海外版）《文汇报》的致辞中强调指出，经络锻炼既是防病治病的方法，又是延年益寿的良方，传来印度尼西亚短短时间内已初见成效。他热切地希望通过此次祝教授一行的亲临指导和推介，让跨出国门的华夏瑰宝——"312 经络锻炼法"在印度尼西亚落地生根，开花结果，发扬光大，造福于社会。

陈炳昌发表热情洋溢的致辞后激动地说:"我很荣幸也很高兴在此向大家宣布:'印尼华夏312经络锻炼中心'今天终于成立了。生老病死是生命过程中的自然规律,随着科学的发展,医疗技术的不断提高,健康长寿已经成为人们梦寐以求的理想。'312'是追求健康长寿的一门学问,只要不断地练习,当可达到有病治病,无病强身的作用。

"我本人早些时候患有糖尿病及风湿,右手不能抬起,当我看到VCD光碟介绍'312经络锻炼法',能治多种顽疾,我就每天勤练,两个月后糖尿病数据下降,右手也能抬起来了,于是我的内心萌生出治病救人的意念,专程前往北京拜见了'312'师父祝总骧教授,学功医病。祝总骧教授很敦厚慈祥,接受了我的邀请到印度尼西亚来,亲自指导讲解经络锻炼,并在今晚'印尼华夏312经络锻炼中心'成立典礼仪式上参加剪彩,给我们增添了无限的荣幸,在此,我代表全体'312'成员及理事,向祝总骧教授致以最崇高的敬礼。

"我们'印尼华夏312经络锻炼中心'本着治病救人的精神,及一颗热忱的爱心,愿此爱心照亮印度尼西亚祖国千岛大地,以弘扬'312经络锻炼法',努力耕耘,认真对待,默默付出,惠泽万民,使人人身体健康。有了健康的体魄,才有健全的事业,齐心协力建设家园。来吧!我们大家万众一心,国家才能更加繁荣富强。"

祝总骧教授一行六人回国的当天,还在印度尼西亚多巴湖大丛山法净寺举办了一场"312经络锻炼法"演示说明会。此前,印度尼西亚僧伽联合会秘书长、世界华僧伽会副秘书长慧雄大和尚得知祝总骧教授一行六人从遥远的中国来印度尼西亚,特从美国打国际长途表示对贵客的热烈欢迎,寺庙管理特许借举办青年法会之际,推介"312经络锻炼方法"。10日上午,千余名佛教信众耐心地聆听了祝总骧教授对"312经络锻炼法"作用和要领的讲解。祝总骧教授说:"我的母亲虔诚信佛,尊

第八章　风靡东南亚的"312经络锻炼法"

2005年第6期（总第104期），祝总骧成为该期封面人物。

马来西亚的《大家健康》杂志以专辑报道祝总骧和他的"312经络锻炼法"。

2005年12月，作家陈家忠撰写的中篇报告文学《中国经络学界的巨子——祝总骧》被人民日报出版社收录在《世界华人英才传略大系》（第二卷）。

《今日科苑》杂志执行主编陈家忠撰写的短篇报告文学《中国经络学界的巨子》刊发在《今日科苑》杂志。

大马炎黄经络锻炼中心会长黄玉成（左一），为祝总骧（右二）颁发"黄帝内经奖。

中篇报告文学《中国经络学界的巨子——祝总骧》被收录在《世界华人传略大系》（第二卷）。

185

崇观世音的大慈大悲，使年幼的我深受影响。照我现在理解，大慈大悲就是要人人健康长寿，世界永久和平。我们推广'312 经络锻炼法'，也是在发扬大慈大悲精神，所以我们提出来了'百病除、百岁康、百万家'的目标。"接下来，通过播放光碟和示范指导，祝总骧教授与黄玉成先生相互配合，为相聚在这里的千余名青年信众讲解了"312 经络锻炼法"。法师和居士们耐心听介绍，并跟随演讲人的示范作了经络按摩的尝试。

《参考消息》驻雅加达记者赵金川刊登在 2005 年 12 月 13 日《参考消息》的题为"中国经络学进入千岛之国"的报道中，叙述了陈炳昌弘扬和推广祝总骧创编的"312 经络锻炼法"的情况：印度尼西亚炎黄经络锻炼中心是今年 10 月 7 日正式成立的。为弘扬和推广祖国传统中医药文化和简便易学、效果奇特的经络锻炼法，陈炳昌先生邀请了印度尼西亚各国近 2000 多人出席成立仪式，并专程邀请了北京炎黄经络研究中心、中国科学院生物物理研究所 82 岁高龄的祝总骧教授作现场指导。

中心成立后，陈炳昌先生在一座面积约 200 平方米的三层小楼里设立了锻炼和办公场院所。中心一开张，各界人士就络绎不绝地登门求教。为了提高锻炼效果和便于施教，中心规定，每周一至周六的上午 10 点到 12 点，下午 4 点到 5 点，统一授课，每个培训班 20～30 人，开始时由陈炳昌和中医师罗丰年、陈健荣轮流讲课。后来听课的人越来越多，包括工人、农民、商人和家庭妇女，甚至来远自爪哇岛、苏门答腊岛等地的居民。目前来听课的有一半是各地土生土长的印度尼西亚人，为此，中心专门培养成了 10 名印度尼西亚人作为讲师。陈炳昌先生说，他计划近期再培训 10 名印度尼西亚人。他要求接受培训的人回到自己的家乡或城市后，不仅自己要坚持锻炼，而且还要向更多的人传授经络锻炼法，以便使这一治病强身的医学方法尽快发扬光大。

第八章 风靡东南亚的"312 经络锻炼法"

除了络绎不绝的登门求教者外，从泗水、万隆等地打电话求教者不计其数。印度尼西亚政府对中心的活动也在大力支持。体育部长专门打电话，要求中心的人去体育部教授。陈炳昌先生说，目前，全印度尼西亚都知道"312 经络锻炼法"可治病强身，也有许多人想学习。因此，中心计划在雅加达体育馆举行大型讲座，以进一步扩大影响。然后去棉兰发展，举行讲座，设立中心。

陈炳昌说，他正把中文的《312 经络锻炼法一百问》翻译成印度尼西亚文，准备印制 5 万份，发放全印度尼西亚。他还亲自用印度尼西亚文录制讲座光盘，让无暇来中心学习的人进行自学。

我们在越洋电话采访中，陈炳昌告诉我们为了提高锻炼效果和省力，他专门研制了一种与手指大小相同的按摩棒，价格便宜，学员可以自愿购买。他用这些收入来支付中心工作人员的费用。陈炳昌说，中心经常会遇到一些问题无法向求教者解释，在这种情况下，就要打电话给祝总骧教授……

陈炳昌在成立大会上说，印度尼西亚华夏 312 经络锻炼中心的成立，标志华夏宝贵的医病强身之法已经跨出国门，传扬到印度尼西亚和马来西亚。他希望该中心在印度尼西亚落地生根，发扬光大。他表示，印尼华夏 312 经络锻炼中心将本着治病救人的精神，在千岛大地推广和弘扬"312 经络锻炼法"，努力耕耘，默默付出，以实现人人身体健康，齐心协力建设国家的愿望。

陈炳昌说到做到。他已把生意交给子女来做，自己全身心地投入"312"经络锻炼中心的工作中。据介绍，他在短短的几个月里已经为中心的建立和举办各种活动捐资 5 万多美元。他表示，为了使"312"精妙的中国医学惠及更多的人，他心甘情愿出资、出力、出人。

8.5 祝总骧的思考

祝总骧马、印之行回国后，有好长一段时间陷入了深沉的思索。他常常一个人在斗室里欣赏在 2005 年 10 月份到马来西亚、印度尼西亚拍摄的 VCD 光碟。画面里，无论是在学校、礼堂，还是寺庙，许多热爱生命、热爱和平的人们都在静静地听着他的学术报告。任他这位来自中国的经络学家把他们引领进奥妙无穷的经络王国。在这个经络王国里，人们怀着一种虔诚的心情。那千人大操练的场面，那一群活泼可爱的小学生和着欢快、祥和的音乐节拍，尽情地跳着美轮美奂的经络舞，唱着悦耳动听的《前进！"312"工程》……

让祝总骧感到无比欣慰的是在马来西亚、印度尼西亚、新加坡，掀起了一场如火如荼的"312"热潮。

当他关闭投影时，这些让他激动不已的画面远去了，心里犹如大海退潮般平静，他构思提笔写了一篇文章：

"312"为什么能在新、马、印度尼西亚迅速普及大发展？

"312 经络锻炼法"是科学，是健康的真理，是人类梦寐以求的百岁健康的方向。"312"必然要普及发展。可是为什么在不到一年的时间，"312"就在新加坡、马来西亚和印度尼西亚得到大普及、大发展呢？奥妙在哪里？根据我们中国代表团一行六人的马、印见闻，大体可以归纳为以下六个方面原因：

第一，有悟性高的带头人，组织起了得力的团队。

第一个带头宣传的黄玉成会长，是一位 50 岁的企业家，他 14 年前因患"高尿酸痛风症"失去健康，又因长期服药的副作用，令他屡遭痛苦和折磨，甚至失去了人生的信心。一个偶然的机会得到"312"光碟，经过两个月勤学苦练，疾病症状消失，尿酸正常。从此他为了解除人类的痛苦，发誓要改造现代的医学模式，现身说法组织群众学练。由于"312"效果好，学练人群由小到大，终于感动了大马各州的民众，在此基础上组成一个齐心合力的团队——大马炎黄312经络锻炼中心，形成一种举国上下的华人有钱出钱、有力出力齐献爱心的"312"热潮。

第二，保证"312"的科学性，坚持习练不懈怠。

"大马"中心始终以北京炎黄经络中心的"312"教材为核心，在理论上注意宣传《黄帝内经》的经络科学，晨练中由指导员率领，按点足时正确操作并注意吸取有利于强健身心的自然疗法，防止歪门邪教渗入，使广大"312"健身会员迅速找到自己的"312"，增强精力，信心，持之以恒，从而普遍提高了健康水平。

第三，把经络锻炼与献爱心相结合。

他们在组织习练"312"过程中，经常提醒大家锻炼经络不单是为了自己，也不是为了营利，而是为了广大的炎黄子孙，为全国乃至全世界人民的身心健康，鼓励并动员大家有力出力，有钱出钱，献爱心，做善事。在这种献爱心的思想鼓舞下，有人就把自己的办公室献出交由"312"使用，有的企业家赞助举办大规模的"312"集会、出版书刊和音像制品，奉献力量；许多会员为"312"活动健康发展，甘当义工和宣传员，以扩大"312"队伍为荣，从而形成以文化为背景，以亲情作韧带，共同打造身心健康的企业化运作模式。

第四，积极取得政府官员的支持。

马来西亚的"312"之所以长盛不衰，也因为得到了政界和官员们的支持。我们所到过的四个城市，在晨练和大型集会上都有政府官员参加，如在马六甲的颁授"黄帝内经"奖和"伯乐"奖的千人大会上，就有马来西亚文体部部长的代表到会致贺词；而在"第一届国际经络针灸和整体医学研讨会"上，就有卫生部部长的贺词和代表参加，他们的发言不仅宣传国家的卫生政策也旗帜鲜明地支持了群众的健身活动，甚至对源于中国的经络科学，也给予了恰当地评价和了解；砂拉越古晋南市田承凯市长在市政府会议大厦的千人大会上不仅亲切接待中国代表团，而且以他自己学练"312"，治疗中风和高血压的良好效果，现身说法，号召广大市民积极参与"312"运动，市政府还提供全市公园和场地为群众的晨练创造条件。

第五，媒体有力配合。

"312"传播半年以来，新闻媒体给予了有力配合，这对于许多群众说来不啻是一项动员令。马来西亚和印度尼西亚的几十家报纸、电视台和广播争先报道在全国各州市"312"开展的热烈情况。中国代表团的到访，更掀起了宣传热潮，中国的经络使者每到一地，事先媒体都有预报，开展的每项大型活动，随时上镜见报，读者并可与之互动，有些还通过出专刊、办专栏、搞专访等满足受众者的需求。媒体不仅报道集会场面，而且深入浅出宣传"312"防病治病的道理，和普及经络锻炼法的意义。"312"在小学的开展所引起的强烈反响，以及在寺庙中善男信女传播"312"光盘的动人情景，都与媒体的关注与配合分不开。

第六，生动而宽松的健身环境。

无论大马还是印度尼西亚，群众健身活动都开展得生动活泼，尤其早间的晨练，各种拳术、气功、健身操等，五花八门，争相斗艳，一些市政公园和大型停车场，都临时辟作了晨练场所，有专人负责组织管理。街上的海报不断有邀请国外老师，尤其来自中国的气功师，前来讲学传功（"法论功"被禁止）的信息。受过现代医学教育的马来西亚卫生部部长说："任何有益身心的运动，包括经络锻炼法的传统运动，肯定能被政府接受与推广。炎黄"312经络锻炼法"易学易精，更能强身健体，深获我国人民的热心学习，应当迅速推广。"由此不难猜想，马来西亚"312"的大发展，是与当地生动而宽松的健身氛围分不开的。

当然，还必须看到无论大马还是印度尼西亚的华人，都是靠奋力打拼才得以在海外立足，并在市场经济大潮中勇夺先机而发展起来的。他们十分珍惜身体健康，有一种强烈的掌握健康主动权的愿望，尤其从黄玉成、陈炳昌等人的经历中得到启发，普遍乐于从事任何形式的有利身心健康的活动，宁可遵从中华祖先"治未病"的遗训，以小的投入关爱自己，善待自己，也不要等到身染重病，再花更多钱去医院买健康。经验证明健康是买不来的。因而从某种意义上说，是否树立科学的健康理念，掌握自己健康的主动权，才是衡量"312"能否普及的一项关键指标，也是宣传推广"312"的"不二法门"。

此外，与学术自由相关的是充分尊重个人宗教信仰自由。"312"并非宗教，但是练习"312"的人有个人的宗教信仰，在东南亚地区推广"312"恰当处理并巧妙联结起华人中的宗教文化情怀，是一个成功范例。有好几位"312"组织者，就把宣传经络的材料送到佛堂、教会和禅寺中，不少华人正是从寺庙领回的结缘品中才知道了什么是"312"，并由信友间相互鼓励着加入到经络锻炼的人群中来，从而深受其益。祝总骧一行受邀赴马来西亚和印度尼西亚作见证时，主办方特地安排到佛寺参观，并在印度尼西亚雅加达市大丛山禅堂为近千名信众讲解了"312经络锻炼法"并得到很好反响。

当然，在一切健身场所禁止作政治宣传、不歧视或宣传任何宗教等，也使健身活动安全顺利进行，避免引起官方误会，对"312"健康发展也起到积极作用。

第九章 "312经络锻炼法"下农村进社区

  北京炎黄经络研究中心总顾问张亚南热情洋溢地写了一首题为"312种撒神州花似火"的小诗:"金鸡报晓天,春意盎然,'312'走出古城院。种撒神州花似火,农村最艳。攀生命峰巅,任重道远,万难千险只等闲。争夺长寿冠军国,光耀祖先。"

> "312"不是一个简单的数字组合，它是一种福音，一种文化现象，一种关乎人类生命健康的强烈的使命感，一种颠覆传统、牵动未来胎动的新世纪的号角。它站在一种高度，告诉世界：健康是人生的第一位；一个强盛的民族和国家，如果他的人民没有一个健康的体魄，又怎么能够去推动历史这一巨大车轮的前进？

9.1 召开"312经络锻炼法"下农村进社区誓师大会

祝总骧早于20世纪40年代在北京医科大学生理系从事教学和研究工作时，便一直关注着百姓们的生命健康。他认为不管是从事医学教学、研究，还是临床医疗，都应该把维护老百姓的生命健康当作头等大事，这才是作为一位医生的神圣的天职。

"非典"过后，《健康报》曾刊登一篇文章，引起了祝总骧的注意，他特地把在这篇文章中用红笔圈画出来。文章说："国务委员、卫生部部长吴仪说，改革开放以来，我国卫生事业费占财政支出的比重逐年下降，已由20世纪80年代的平均3.1%下降到2002年的1.7%，大大低于发达国家，也低于大多数发展中国家。2001年，在世界卫生组织191个成员国中，我国政府的人均卫生投入占卫生总费用的比重居第131位。1995年，全国疾病预防控制机构的支出中，财政拨款占75.2%；2002年，这一比重下降到41.7%。我国政府的卫生投入不适应公共卫生发展的需要。

"如美国对医疗卫生的投入占国民生产总值的15%；加拿大占9%；日本占7%，就连许多发展中国家都远远高于中国……"

祝总骧看罢篇文章后，还没有从触目惊心的一组数字锥刺心灵一般的疼痛中解脱出来，又随手翻开一张 2003 年 12 月 17 日的《参考消息》。这是一篇转载美国《时代周刊》的文章——《世界卫生组织官员认为中国公共卫生系统需要改革》："联合国 1998 年的调查发现，中国贫困线以下的人口中，不少人因为曾经生过一场大病致贫。全国 4000 个基层防疫中心要自己提供 5% 以上的预算，而在其他多数国家，类似机构都是由国家出资。"

"许多已经基本得到控制的传染病现在又重新抬头，肺结核、乙肝等传染病现在又开始扩散。现在中国有 5% 的人是乙肝病毒携带者，而在美国只有 1%。世界卫生组织 2000 年的一份报告显示，191 个成员国中，中国的医疗体系排第 144 位，落后于印度尼西亚和孟加拉。中国卫生部统计显示，1999 年中国有 81 万人感染了血吸虫病，几乎比 1988 年增加了一倍。"

祝总骧看了这两篇文章后，心里感到沉甸甸的。这两篇文章罗列的一组组数字，如同烙铁一样，烙在他的心头，也拷问着他作为一位从事医学研究老科学家的良知。

"医务工作者要有强烈的责任心和自豪感，要充分理解'神圣'二字的含义。"（著名医学专家罗慰慈教授语）祝总骧深知，我国是一个拥有 13 亿人口的农业大国，要达到世界卫生组织提出的"人人享有卫生保健"的目标，实现政府对国人与世界人民的承诺任重道远。推广普及"312 经络锻炼法"的目标，进社区、下农村不失为一个简捷廉效、切实易行的好办法。

祝总骧多次从"312"爱好者们的来信、来电中受到启发和感染。2004 年 4 月，来自山西临猗县阎家寒磴工贸区的张永发来信说，他曾患有多种老年性疾病，高血压、腰腿疼、气管炎、肩周炎，长年吃药，一到冷天，苦不堪言，自从买到一本《312 经络锻炼法》之后，如获至宝，随后便按书中介绍进行锻炼，5年下来，血压已完全正常，肩周炎好了，其他病的症状也大为减轻，一切药全都不用服了。现在一身轻松，基本上什么病也没有了。他说："这是我晚年的幸福，也是我们全家的欢乐。要不是碰到'312经络锻炼法'，像我这样的病，可能早已形成终生残废。《312经络锻炼法》是好书、是国宝，但印刷量太少，应让国人皆知，多多印刷。我是一个农民，经济条件受限，既不能添砖，也不能添瓦，只是出点微薄之力，捐款500元，望贵单位查收。广大农村缺医少药，看不起病，把'312'推广到广大农村去，这是我们广大农民的心愿。"

在北京炎黄经络研究中心一次工作会议上，祝总骧慷慨激昂地说："'312经络锻炼法'下农村、进社区势在必行！"

原来，祝总骧自从看了报纸上我国人民群众卫生状况令人担忧的现实及各界人士的来信、来电中，心灵得到一次又一次的震撼，并从中找到科学普及"312经络锻炼法"的突破口。

为此，在中国科技信息研究所、上海绿谷（集团）有限公司、中国老年学会等单位的大力支持下，于2004年8月31日在北京东城区图书馆礼堂隆重召开了"312经络锻炼法下农村进社区誓师大会"。出席这次会议的有应邀而来的来自匈牙利、罗马尼亚、克罗地亚、塞黑、德国在北京参加第5期国际"312经络锻炼法"的学习班全体成员，也有来自北京市各区、县和市区居委会代表、"312"健康会员代表，以及来自"312"试点村——河北省定州翟城村的农民代表。北京东城区图书馆礼堂座无虚席，600多人出席这次盛会，这对于北京炎黄经络研究中心推广和普及"312经络锻炼法"具有里程碑的意义。

大会首先由祝总骧向到会代表介绍"312经络锻炼法"科学原理，他指出：根据经络学说和科学实践证明，经络是人体健康的总控制系统，人体的一切功能都是在经络系统控制下进行的。根据经络学说创造的"312经络锻炼法",是一种激活人体经络,达到祛病健身的科学锻炼法,14年来共创办35期学习班,已有7千多学员经过临床实践,总有效率达到95%,现国内外已有500多万人在学习这种方法。在会上,"312"锻炼者代表现身说法,讲述原有高血压、心脏病、糖尿病和关节炎病的患者经过锻炼都恢复了健康。这充分说明,"312经络锻炼法"已臻于成熟,有口皆碑,为13亿中国人民群众健康服务的条件已经具备,这是解决13亿人民群众健康的根本途径。

到会代表一致认为,我们是一个人口众多的国家,60岁以上人口占10%,在13亿人口中有85%的人民群众无权享受国家公共卫生保障,其中90%是农民,他们的健康正困扰着国家和个人,国家无力负担起这巨额的医疗保险。因此我们这次誓师大会非常有意义,非常及时。"312经络锻炼法"给我国人民的医疗保健开辟了一个非常实际、非常简便的有效方法,是一次为国分忧、为民解难的一次誓师大会,这次誓师大会将挑战现有的医疗卫生保障体系。"312经络锻炼法"的普及是真正将全体中国人民作为服务对象,不仅可以使中国人民的健康素质大大推向前进,而且可以使国家的负担大幅度降低,因此,"312"是利国利民的大好事。

国家中医药管理局原副局长田景福在会上发表了重要讲话,他说:"今天我非常高兴地参加'312经络锻炼法'下农村进社区誓师大会。祝教授研究经络学说,走过了几十年艰辛历程,他是担负着国家经络本质的研究课题成员之一,几十年持之以恒。刚才他把经络学说研究做了简单的介绍。科技部、卫生部、国家中医药管理局都把经络作为国家重大研究课题攻关,分阶段成果累累,现在又用现代科技声、光电子对经络进行实质研究。

"经络学说起源于《黄帝内经》,这部著作是中医药学最经典的理论著作，详细描述人体内有经络，但西医解剖学找不到。根据2500多年中医经络医疗实践，都知道针灸经络治病的效果。这是一个基本经络理论。我们中医的经络学说、阴阳学说所记载的辨证论治的方法，在防治疾病中起了重要作用，是其他任何医疗手段不能替代的。如去年突如其来袭击中华大地的'非典'，用中医辨证施治的方法效果明显。世界卫生组织、我国卫生部共同做出了结论。如果中医早一点加入医治，死亡率肯定还要低，副作用还要小。"

"今天祝教授向大家介绍用经络学说进行防病治病，确实有效。所以，从经络理论上研究，联系到'312经络锻炼法'，我们在座的各位朋友，社区主任，农村书记亲自到这里来，这不是给祝教授戴红花来了，也不是给他提高身价来了，而是我们广大农村、居民生活水平提高了，但是疾病治疗仍困扰着大家，我们国家的医疗费用的投入还不能够解决保障13亿人民的健康，我们医疗费用的投入相当于美国的百分之一，人家一百美元，我们只有一美元，而我们现在已经进入老龄社会，人口的结构已经变了，60岁以上的老人已占10%，老年人多了，相对的带来的疾病就多了。靠一条腿走路，给国家带来的困难是受不了的。现在国家新的领导班子，关心老百姓，我们感受最深的就是'三个代表'，后来提出来的'以人为本'，处处为咱们老百姓考虑，一切从老百姓的利益出发，把老百姓的利益作为最根本的利益，这是我们的出发点也是我们大家的落脚点。"

"出席"312经络锻炼法"誓师大会的代表，特别是来自农民和市民的代表，他们迫切要求"312"为他们健康服务。河北定州翟城村党支部书记米金水的讲话，朴实无华，他说："我们村有近5000人口，是20世纪三十年代留美博士、1943年被评为世界最具有革命性贡献的十大伟人之一的晏阳初先生在中国搞的乡村建设人口基地。为了继承晏阳初博士的遗志，改变农村的面貌，去年在我村恢复了乡村建设学院，众多社会组织在我村恢复全面进行农村改革和建设的途径。

"为了提高农民的健康水平，解决农民的医疗保健，祝教授首先把'312经络锻炼法'带到我们村。2004年6月9日，80多岁高龄的祝教授，不顾夏日的炎热，驱车300多公里来到翟城村亲自为我村村民讲授了'312经络锻炼法'；七月上旬及八月上旬又两次来我村为农民诊病，众多村民纷纷前来寻医问病。八月六日晚，祝教授在我村的大戏台上再次为村民讲授'312经络锻炼法'，第二天又为二十余位高血压患者专门讲授如何通过经络的方法进行治疗。目前已有数百人参加了'312经络锻炼法'的学习。坚持锻炼的大多数村民有了效果，如刘慧琴的心脏病好转，腿脚走路方便了；王珍玲的失眠症好了，不再肚胀，胃病好了；肖义宗的心脏病好转，比以前有精神了；脑中风的患者四肢的活动比以前轻便了。

"疾病是农民致富的最大障碍，祝教授把这种不用打针、不用吃药、不用花钱的方法传到了我村无疑是我村村民的福音。

祝教授提出要把我村建成'百岁健康村'，并坚持每月到我村进行讲授辅导，对于我村村民治病防病，整体提高健康水平将起着巨大的作用。在这里我代表全体村民对于祝教授及所有经络研究中心的领导同志在医疗卫生方面为我村所做的工作表示感谢。我们将更好地组织村民进行'312'经络锻炼，我们有信心通过经络锻炼在我村减少疾病，提高村民健康水平，为把我村建成百岁健康村而努力，为解决广大农民医疗保健问题做出榜样。"

北京市宣武区科协一位副主席说，这次参加大会，我们来了8个街道干部，他们代表100多个社区。感谢祝教授到宣武区椿树园社区送健康、送书、送VCD光碟。我们是第一批"312经络锻炼法"的受益者，我们为了健康而学。她表示要在大会结束后，在广大居民中积极宣传推广"312"。

受祝总骧之邀的第五届"312"经络锻炼国际学习班代表团团长匈牙利埃利医学博士在大会上宣读了由他起草的宣言书：

"我代表匈牙利、罗马尼亚、塞黑、克罗地亚和德国，庆祝祝总骧教授及其同事们组织的第五届国际针灸经络312学习班和这次群众誓师大会。我们非常赞赏祝总骧教授及其同事们这种为中国人民和全世界人民服务的热情。我深信在我们人民群众中，都能证明经络这一中国的伟大发明，它确实比长城更伟大，因为它更长远地联系着世界各国人民。请接受我高度评价'312经络锻炼法'这本书，它已由我们当中的一位：Jakabistvan先生译成匈牙利文。

再次庆祝这次誓师大会的成功！多谢！

埃利·艾杨道克博士
2004年8月31日"

81岁高龄的祝总骧下农村进社区为人们送健康，引起了中央电视台《健康之路》《两岸万事通》及《夕阳红》栏目组的关注，派记者全程录制了这次大会的实况，通过电视台把"312经络锻炼法"宣传推广到人民群众中去。

此次誓师大会上，祝教授庄严承诺：对"312"试点地区无偿提供辅导服务，无偿提供"312"书籍及VCD光盘，80岁以上老人进学习班学习，免收费用。

北京炎黄经络研究中心总顾问张亚南热情洋溢地写了一首题为"312种撒神州花似火"的小诗：

金鸡报晓天，春意盎然，'312'走出古城院。种撒神州花似火，农村最艳。攀生命峰巅，任重道远，万难千险只等闲。争夺长寿冠军国，光耀祖先。

9.2 要把翟城村建成百岁健康村

祝总骧要把翟城村建成百岁健康村是2004年中国科技信息研究所与北京炎黄经络研究中心制定的"中医药战略研究课题第五子课题"计划。他带领中心工作人员曾经在2004年6月9日到这个村子开展"312经络锻炼法"的试点工作，在翟城村党支部书记米金水的支持下，晏阳初乡村建设学院和北京炎黄经络研究中心联合成立了"312"领导小组。7年来，村民们通过讲课、医疗、学习、实验、逐步认识到"312"是人类健康的法宝。目前全村5000人，知道和开始练习"312"的人有2100人，坚持练习的有300人，有效者达到94%。

河北定州翟城村是个特殊的一个村子，它是20世纪二三十年代，我国著名平民教育家与乡村建设倡导者晏阳初先生领导进行的乡建实验村。

晏阳初1890年出生于四川省巴中县的一个世代书香门第，从小受到儒家文化的熏陶，少年时代进入西学接受新学，学

祝总骧（前排左四）和夫人朱篷第（前排左三）到河北省定州市翟城村和锻炼"312经络锻炼法"的农民群众在一起。

习现代科学知识，并深受基督教文化的影响，后来他考入美国的耶鲁大学学习政治学。晏阳初有一次为国外的华工服务，便决定了他一生的命运，同时，使世界上上亿的贫苦民众的命运也由此改变了。

都说四川人是天下人的盐，是说在四川这片热土上曾诞生过许多曾为共和国这座大厦建功立业的国家领导人、元帅、著名作家，如中国改革的总设计师邓小平、开国元勋贺龙、人民作家巴金等等，而晏阳初则是四川人中的杰出的代表之一。深受"民为邦本，本固邦宁"的儒家民

本思想影响的晏阳初，从大学毕业回归祖国后，便组织了中华平民教育促进会总会，并担任总干事。

20世纪20年代中期，他将中华平民教育促进会总会迁到河北定县（今为定州市），与农民们同吃同住，开始了为期8年的"定县试验"。在此，他总结出用"文艺（文化）、生计（生产）、卫生、公民"四大连锁教育来解决中国的"愚、穷、弱、私"四大问题。

抗日战争爆发后，中华平民教育促进会总会辗转迁到湖南、四川、重庆等地，开展更大规模的平民教育和乡村建设运动，直到新中国的成立。晏阳初由于对平民教育的杰出贡献及其世界的影响力，20世纪40年代初，他与爱因斯坦、杜威等人同被美洲学界推选为"对人类发展做出革命性贡献的世界十大伟人"。1950年以后，晏阳初将平民教育思想方法推广到了世界上的其他国家，继续进行平民教育与乡村改造，他也因此被誉为"世界平民教育之父"。

回顾历史，面向未来，晏阳初等人的探索精神和实践方案，对于解决当代中国面临的"三农"问题，仍不失为一种有益的借鉴。晏阳初一生致力于平民教育和乡村建设，得到诸多国家政要和社会贤达的首肯与敬重。1938年6月，毛泽东对晏阳初"以宗教家的精神努力平(民)教(育)运动，深致敬佩"，并希望中国能"有几千几万的优秀干部去参加"。美国前总统里根感言说："在我任职期间，最大的报偿莫过于得知有像您这样一位全心全意为他人服务的贤达之士。"前总统布什则称："通过寻求给予那些处于困境中的人的帮助。而不是舍，您重申了人的尊严与价值。"著名作家埃德加·斯诺对平教会的领导说："我在定县发现很具戏剧性并且重要的生活改造工作，这是除苏俄以外，其他任何地方所未见过的。"

70年前中国农村存在的四大弊端，如今在不少地区仍然严重存

第九章 "312经络锻炼法"下农村进社区

在，由此引起从政府到社会各界的深切关注。在多家机构的联合努力下，于2003年7月，就在70多年前晏阳初先生及同人们付出过艰辛努力的定州市翟城村，建起一座新时期晏阳初乡村建设学院，聘请晏阳初长子晏振东先生为名誉院长，中国经济体制改革研究会副秘书长、荣获2003年CCTV中国经济十大年度人物的温铁军教授任院长。当乡村建设学院负责人和基层党政组织得知"312经络锻炼法"向农村普及后，便主动联系把它引进了翟城村。80岁高龄的祝总骧教授，不畏艰辛，从北京坐火车到定州再转乘汽车来到翟城村，免费为村民讲解经络知识，教授锻炼方法，目前全村5000人中已有近3000人学习了经络锻炼法，并吸引和带动周围村中的老年人参加锻炼。不到一年时间，祝教授一行已下乡12次。以下是村辅导站提供的一份阶段总结，及参加CCTV2《健康之路》拍摄者的现身说法：齐成立，男，67岁，因劳累过度于2004年9月17日患脑梗，经医院紧急救治花了近3000元，仍留下口歪眼斜和头晕的后遗症。他自从学会"312经络锻炼法"后，每日坚持锻炼不辍，从第二个月起，服药量开始减少，到第三个月，便停止了吃药，不仅一切后遗症消失，血压还由145mmHg/105mmHg，降至120mmHg/80mmHg。他激动地说："我初得病那会儿，医生认为我是'过不了'（意为活不长久）啦。现在我一个人种着四亩七分地，看我这样儿，若跟别人说曾经得过脑梗的病，几乎没人会相信；另外，我发现脑子比生病前还清楚，失眠也好了。"

李庆才，男，85岁，患前列腺炎多年，已严重到生殖器起泡、流水，影响走路；一侧腿上的皮肤病，因经常挠破结下厚厚的伤疤，需长年累月地涂药擦洗，并加口服。自从锻炼"312"，尤其重点按压足三里，每次三百余下，两周后症状见轻，用药停止。如今不仅病症消除，身子骨硬朗，走起路来，挺腰抬头，步履稳健，去6里开外的村子赶集，只需半拉小时。百姓们见他面色红润，说话底气儿足，且乐观助人，谈笑风生，生理和心理年龄不过60开外之人，受他影响已有多位亲友和乡邻先后加入到"312"经络锻炼队伍中来了。祝总骧说，他们经络中心的老师们，以前也未曾想到"312"还会对皮肤病有这样明显的效果。李老汉高兴地对我说："我要向祝教授学习，起码健健康康地再活十几年。"

米兰芬，女，60岁，曾患有先天性心脏病，心律不齐，不能劳动，影响到视力不佳，曾先后在省内几个医院治疗过，结婚39年来常年不断地用吃药维持着，每年的医药费至少也要千儿八百。自从她进行"312"经络锻炼以来，各种症状逐渐消失，逐渐恢复视力，能看到电视屏幕上的小字，停药后去东亭镇医院检查，一切正常。石家庄的女儿得知后高兴得不得了，要来宣传"312经络锻炼法"VCD的光碟在整个楼内播放，一位热心的孤老婆婆，高兴地让人刻录了15盘，作义务宣传。

张幸福，瓦工，由于患血栓病后半拉身子气血不畅，不但影响劳动，一到冬天便会手生冻疮，已有31年不能干活了，自从坚持"312"经络锻炼后，气血通畅，手热了，今年又可以外出打工挣钱了。

对于"312经络锻炼法"祛病强身的道理，农民们有自己的通俗解释，他们说："科学种田可以获得丰收，科学健身可以带来健康。经络穴位，如同我们给庄稼浇水挖的'岭沟儿'，'岭沟儿'受阻，流水不畅，庄稼吃不上水；疏通'岭沟儿'，培固沟沿，流水通畅，灌溉方便，庄稼受益。我们身体的经络穴位，就如同体内的'岭沟儿'，锻炼'312'，就是加固自个儿身体的"岭沟儿"，不要等'岭沟儿'不通或跑水后（生病），再去治理疏通，'312经络锻炼法'就是帮我们培固和疏通体内'岭沟儿'的好方法。"

9.3 "312"在厦门

"我有幸与'312'结缘，它改变了我一生。我誓将有限的生命，回报给'312'，毕生致力于'312'这一为全人类百岁健康的伟大事业宣传推广，把'312'的福祉带给更多的人……"说这番慷慨激昂之语的是福建厦门市的吴成金。

吴成金所供职的福州一家国有企业因宣告破产，他成为一名下岗职工。为了谋生，他从福州来到厦门自谋职业。1997年，他发现自己血压偏高，后来便呈愈来愈高的趋势，竟然高达210mmHg/120mmHg，还经常伴有偏头痛、颈项僵硬、头昏眼胀的感觉。病魔像驱不走的阴影，缠绕着他，像要把他整个人吞噬似的，着实让他痛不欲生。贫病交加，让他真切体悟到人生的艰难。吴成金辗转各大医院去治疗，然而各家医院专家的话如出一辙：高血压是终身疾病，要终身服药，治愈无望。

面对母亲因高血压、脑溢血病逝，使吴成金蓦然得知生命原来这样的脆弱，病魔是这样的恐怖无情。他渴望自己能够早日摆脱病魔的缠绕，健健康康地活着，活着就有希望。

吴成金说，他与"312"的机缘，纯属于偶然。他有一次在一家新开张的书店里，很随意地翻阅着陈列在书架上的各种书籍，蓦地看到一本《健康312经络锻炼法》，打开一看，得知一种名叫"312经络锻炼法"的强身健体的锻炼方法，能够防病治病，他冥冥中意识到这本书将要改变自己的命运，为此他毫不犹豫地买下了它。他把这本书当成一件宝贝似的，日夜翻读，并认真地按照书上的方法学着练。

2004年5月，吴成金为取回"真经"赴北京参加了第35期"312经络锻炼法"学习班，通过祝教授讲课和学员们的交流，对"312"认识提高了，锻炼也比较到位。学习班开课时，吴成金测试高压是178mmHg、低压是117mmHg，学习班结束时他又在前门同仁堂药房测试血压为 175mmHg/115mmHg，但他在学习班中看到许多学员的神奇疗效，坚定了他战胜高血压的信心。特别是一位老干部吃了 30 年的药，已停止服药了，他激动地把祝教授比作活佛。

一位湖南来的学员，自幼患气管炎哮喘病，后来又患糖尿病、高血压，他说："我有多大岁数就吃了多少年的药。吃了 60 年的药，只有'312'是真正治好我的病。"有位从山东来的学员患白血病，经过 5 个月的经络锻炼，不但控制了症状，而且各项指标已趋正常。他高兴地说："'312'，我感谢你！祝教授，我感谢您！是'312'给了我生命的第二个春天……"吴成金在京学习期间，学员们对"312"有说不完的事，道不尽的情，使他十分感动，他想："'312'不花钱治百病，是解救人间疾病的珍宝，也一定能治好我的高血压病，我下决心要毕生致力于'312'的宣传推广。"

回到厦门后，吴成金坚持"312"锻炼，特别是下蹲运动，运动量一直上不去，下蹲至 50 下/次时，就心跳气喘剧烈，手指尖发胀。他咬着牙每天两次不间断，两个月后，终于可顺利下蹲 120 下/次，血压也逐步降至正常，偏头痛，颈项僵硬症也迎刃而解。吴成金几年来没有享受这种轻松感，欣喜若狂地打电话给远在北京的炎黄经络研究中心的祝总骧教授和各位老师表示感谢！同时，他还积极呼应"中心"，投身于"312"下农村进社区传万家工程之中。

吴成金在厦门宣传推广"312"并非一帆风顺，遇到许多困难。为了提高"312"的知名度，想在厦门一家报纸上刊登广告，却因涉及医疗广告没有批文，为此广告刊登不了。他为了赶在 2004 年 6 月 22 日中央电视台《健康之路》栏目开播之前开班，自费印刷了 3 万张小广告，带领三位同事到各社区宣传，不料人们大多不接受免费服务，压根儿不相信什么"312"，还被小区的保安没收广告，驱赶出去。然而，吴

第九章 "312经络锻炼法"下农村进社区

成金没有灰心丧气，认为自己受点委屈没有什么，关键是把"312经络锻炼法"在厦门普及开来。于是他又带人起早，到公园晨练的中老人群中宣传。

2005年6月21日正式开班时，当天只来了两位学员，吴成金感觉人来得太少，人气儿不够，又硬拉3位朋友来捧场。为了聚人气，吴成金每天清早坚持到公园宣传"312"，免费教人学练。他还采取了"循环办班"的办法，即使来一个人也开班，随来随办。就这样经过两个月的努力，先后有50多名学员参加学习班。由于是免费，有的来听一听，看一看就走了；有的听了一次就不想再来参加学习；有的觉得这个方法太简单不可能治病，甚至怀疑是骗人的把戏。

吴成金2004年7月9日在写给祝总骧的信中说："尽管有许多艰辛和曲折，但'312'一定会在福建燃起熊熊烈火，照耀着人们的健康之路。传播'312'任重而道远，但是每当想起祝教授的话我又充满了信心。我先在厦门搞试点，若试验成功，就在省会福州推广，以省会为基地，可以向全省各地辐射，全面铺开。目前我是孤军作战，没有新闻媒体推动，速度很慢，但我会发奋努力。"

作为一位下岗职工的吴成金全身心地投入到"312"的宣传推广工作，亲友们对他这种如着魔似的行为，表示十二分的不理解，有的说："锻炼'312'能够治病，那还要医院干什么？"有的说："这都什么年代了，还从事公益活动，学雷锋，精神有毛病吧？"吴成金听后不以为然，依然我行我素，他坚定地认为"312"是百岁健康的法宝，推广"312"定是一项伟大的事业。

初期，举步维艰，困难重重，社会不了解，没有经济收入，既付不起房租费，也付不起员工的工资，员工们纷纷离他而去。留下来的人，争着做义工，跟随吴成金渡过一个又一个难关。他还成立了"312"顾问团、"312"健身理事会。众人拾柴火焰高。在厦门,"312"练习者们显示了团结的力量,他们不愿意"312"这股旨在百病除、百岁康、百万家的熊熊燃烧的生命之火在厦门熄灭。如"312"健康使者林松钦得知吴成金宣传推广"312"遇到经济困难时,慷慨地捐助1000元;吕岭社区的阮淑钰家里也不富裕,总是三百、五百地捐助;莲花三村的戴巧玲在练习"312"后,颈椎、胸椎、腰椎骨质增生得到有效控制后,出于对吴成金的感激之情,多次捐助资金达4000元;庄园忠老人是一位退休工人,家境困难,可他硬是把100元塞到吴成金手中,让他拿着去买东西吃,说身体要紧。

吴成金在开办一期"312"免费学习班后,短短的时间内,就产生了好的效果。厦门交通委员会离休干部江宗杨曾患高血压、糖尿病、前列腺病10多年,练习"312"后,仅十几天,各项指标达到正常,减量服药;厦门特运公司退休干部庄国忠的心脏病、糖尿病、颈椎病、桡骨坏死都得到有效控制停了药;吕岭社区学员张维玲女士的十几年的心脏病停了药;电子工业部物资公司高级工程师杨均民的高血压、失眠、腰痛、膝关炎明显地好转;吕岭社区学员漳州农机公司退休干部黄天佑的高血压,厦门市十一中工程师魏开泰的腰椎压缩性骨折后遗症、高血压、前列腺病都有显著疗效。学员中还有许多骨质增生、腰椎间盘突出、失眠、便秘、气管炎、慢性咽喉炎等病例症状均得到有效的控制和改善。尤其是江头社区80岁老人林瑞发先生患冠心病、脑梗,他刻苦锻炼"312",每天下蹲能达200多下,并每天在小区健身场做器械蹬脚运动500下,运动量之大突破了西医的心脏病人禁止下蹲运动的禁区。厦门南福房地产公司工程师、"312"健康使者73岁老人林松钦患肠胃病、膝关节炎、前列腺病,经"312"锻炼后治好了病,体力、精力增强,上下楼如平地疾走胜过年轻人,并参加2005年在厦门召开的国际马拉松比赛跑完规定全程21000米，荣获铜牌纪念奖。

为让"312"家喻户晓，吴成金和同事们先后为两个街道办事处，9个社区和慈善机构免费赠送"312"书籍60本，"312"VCD光碟120套，到各社区举办了"312"健康讲座8场，开办了各种形式"312"免费学习班16期。他还在厦门举办"312经络锻炼法"录像讲座，刻录了1000套有关"312"光碟供厦门市老年大学的学员学习，在很大程度上推动了厦门"312"的传播。在近两年不懈努力下，宣传面达数万人，学习"312"的学员2000多名，所有坚持"312"锻炼者的各种疾病都有显著效果。

我通过电话采访吴成金，问他宣传推广"312"最大的体会是什么时，吴成金在电话的那一端停顿了片刻说："我们在推广'312'过程中也提高了对'312'的认识，祝总骧教授创编了'312经络锻炼法'，传承、发展了经过2500多年实践而经久不衰的经络具有'行血气、营阴阳、决死生、处百病'的理论。治病防病造福人类，但又并非易事，因为它是人类医学史上的一场革命，人类将自己掌握自己的生命，这一观念的上变革是'312'推广成功与否的关键。健康理念不是一期学习班就能形成，疾病也不是一日之寒、'312'更不是一劳永逸。经过调查，许多学员都难以坚持'312'的长期锻炼，他们在学习班期间取得的效果也都丧失，为了使老百姓真正受益，防止单纯传授'312'操作方法走过场。因此，我们亲自带领学员进行集体操练，逐个地跟踪，使学员把理论和实践相结合学'312'，达到融会贯通，巩固学习班的基础，才能改变观念，引导学员由'312'学员转化为'312人'……"

因此，吴成金选择厦门市湖里区金山社区为试点，在社区党总支、居委会的领导下，成立了"312"金山社区健身队，不管刮风下雨，除夕春节，都带领人们不间断地操练。同时健身队每天坚持晨练，每天上一节课，并且辅导运用"312"方法解决一些常见病，如感冒、扭挫伤、落枕等。他根据经络理论，在方法上又充实了一些内容，丰富"312"，同时结合一些文娱活动，活跃了"312"健身活动，经过半年来的实践获得成功，"312"金山社区健身队队员个个神采奕奕，红光满面。

吴成金还组织百名厦门老人上书党中央、国务院，反映"312经络锻炼法"是一项利国利民的强身健体运动，他们用现身说法呼吁党中央、国务院要重视"312"、普及"312"，让这一有益于全人类百岁健康的福祉，有更多的人来分享。

"312"不是一个简单的数字组合，它是一种福音，一种文化现象，一种关乎人类生命健康的强烈的使命感，一种颠覆传统、牵动未来胎动的新世纪的号角。它站在一种高度，告诉世界：健康是人生的第一位；一个强盛的民族和国家，如果他的人民没有一个健康的体魄，又怎么能够去推动历史这一巨大车轮的前进？"312"下农村进社区是祝总骧的重要举措，从目前发展态势来看，成效显著。

第十章　把湖南建成第一个百岁健康省

郎艺珠回应道:"熊书记,您就把自己心里最想表达的话写出来就可以!"熊清泉沉吟一会儿,提笔在纸上写了这么几句话:"您想长寿吗?您想健康吗?您想快乐吗?赶快参加312经络锻炼,把湖南省建成第一个百岁健康省。熊清泉2007年11月19日"

> 在祝总骧的心目中，熊清泉是他"312"事业的知音。也正是有了熊清泉的支持，一场声势浩大的"312经络锻炼法"全民健身运动才在三湘大地如火如荼地兴起。

10.1 郎艺珠拜访祝总骧

2006年8月，我时任《今日科苑》杂志执行主编，曾经到湖南省老科学技术工作者协会采访。我在对时任常务副会长兼秘书长郎艺珠采访时，赠送给她我的长篇报告文学《经络巨子——祝总骧教授的科学人生》一书，并详细地向她介绍了祝总骧其人其事，重点介绍了祝总骧创编的"312经络锻炼法"，是一项具有"简、便、易、廉"显著特点的科学锻炼方法，郎艺珠一边饶有兴趣地听我的介绍，一边去翻开那本书。

2006年年底，郎艺珠从株洲市老科学技术工作者协会上报的2006年工作总结上，看到了隶属于株洲市的攸县老科学技术工作者协会推广和宣传"312"工作搞得风生水起，她再想到我赠送给她的《经络巨子——祝总骧教授的科学人生》一书，这着实引起了她的重视。长期从政的郎艺珠养成了雷厉风行的工作作风，她带领湖南省老科协自我保健中心的工作人员李平非等人专程从长沙来到北京调研。

郎艺珠，北京人，1983年任湖南省邵阳市委副书记、邵阳市人民政府副市长、市长；1986年3月邵阳地市合并任邵阳市市长、市委副书记；1988年8月后任湖南省化工厅厅长、石油化学工业厅厅长、省经贸委巡视员；2003年后任湖南省医药行业协会、湖南省酒业协会会长和湖南省老科学技术工作者协会常务副会长兼秘书长。九届湖南省政协常委。

当她来到位于北京东城区北池子大街2号的"经络研究中心"之

时，得到祝总骧的热情接待。时隔很多年了，郎艺珠依然记忆犹新，她忘不了在北京那个大庙里住着一位痴迷于经络研究的科学老人，他和颜悦色，他温文尔雅，他对经络事业的执着追求精神……祝总骧请郎艺珠到会议室，给她专门用深入浅出的科普形式讲了一堂"经络课"。郎艺珠记得，那堂课她听得很专注，还不时地在笔记本上做了笔录。课后，她还参观了"经络研究中心"，一边参观，一边啧啧称赞道："你们能在如此简陋的条件下，去从事这么高端的经络科学研究，真的不简单！"说着，她从包里取出500元现金递到祝总骧的手里："祝老，这是我个人的一点心意！请你一定要收下。"祝总骧哪里能拒绝这一番真情实意呀，他接下这笔捐赠款，连连道谢。郎艺珠临走，还郑重其事地对祝总骧说："祝老，我要把今天到经络研究中心考察的情况，向省老科协熊清泉会长做一个很完整的汇报！"祝总骧和经络研究中心的人们热情地目送着郎艺珠一行人，看着郎艺珠风风火火的模样，祝总骧预感到郎艺珠一行造访经络研究中心，将会使"312"在三湘大地产生非同寻常的影响！

10.2 "312"在攸县开花结果

早在2004年，一张"312"光盘被传到湖南省攸县人民医院一位姓罗的医生手中，由此引发了这里锻炼"312"的热潮。罗医生如获至宝，他把这张光盘赠送给攸县老科学技术工作者协会会长罗桂文和副会长李道春，他们通过观看这张光盘，按照光盘里的锻炼"312"的要点，反复学习，便认为"312"对老百姓的健康有很大帮助。

经过攸县人民政府同意，攸县老科学技术工作者协会派出副会长李道春等5位骨干于2005年9月来到北京炎黄经络研究中心，参加了第39期"312经络锻炼法"学习班。在学习班上，李道春等5位骨干得到了祝总骧的亲自授课，通过5天的集中学习，他们不仅了解到经络的科学证实，学习到"312经络锻炼法"的要领，更重要的是找到了一把开启健康长寿的钥匙。

李道春等5人结业后，祝总骧对攸县寄予厚望，希望他们学成回到攸县后，多多对"312经络锻炼法"宣传推广，让"312"在攸县开花结果，造福一方百姓。当祝总骧提出以攸县为"根据地"，成立湖南省"312经络锻炼法"推广站的想法之时，这让李道春等5位骨干受宠若惊。李道春回忆起这段往事说："我都没有想到祝教授对我们攸县去参加学习班的5个人如此器重，这么信任，我那时就想无论在推广'312'这条路上遇到多大的困难和险阻，我们都要咬着牙坚持，我们不能辜负祝教授那一双信任和期待的眼睛……"

李道春一行5人作别祝总骧回到攸县后，就把在京学习情况以及祝教授要在攸县建立湖南省"312经络锻炼法"推广站的事情向攸县老科学技术工作者协会领导做了详细的汇报，与会人员听了汇报，认为这是一件好事，办好了，能在湖南老科协系统起到引领作用。协会领导班子商量了一下，既然这个锻炼方法是李道春提议并引进到攸县的，那就由李道春主要负责筹建。他们做的第一件事就是开班办学，第一期培训学员20人，当举办到47期，已经培训学员3200人次，其中组织教员到其他市、州、县举办了9期，培训学员600人次。他们的办班形式，由过去的在县直单位的离退休干部和职工中传播到向农村推广；由县内向县外推广；由国内向国外推广。

利用自身的经络能够防治自身的疾病这一经络理论一旦被学员掌握，哪怕有再大的困难都阻挡不了学员锻炼"312"的热潮，涌现出了很多把不可能变为可能的传奇故事。

攸县财政局有位退休干部叫丛生，他自从退休后，可以说是浑身都是病，他曾患有"一高"——高血压（90mmHg/180mmHg）；"两增生"——腰椎增生、前列腺增生；"三不"——心率不齐早搏，脑供血不足动脉硬化，右侧半身不遂手脚冰凉；"五炎"——支气管炎、肩周炎、鼻炎、胰腺炎、坐骨神经炎。丛生这样糟糕的身体状况，着实让家人为他揪心不已。自从他锻炼"312"后，整个如同变个了人似的，高血压疾病也从过去的90mmHg/180mmHg，变为90mmHg/140mmHg，另外他的心脏早搏现象经过自测消失，至于说他的"五炎"也消失殆尽，浑身上下感觉有使不完的劲儿，走起路来脚步生风。熟悉他的亲友和邻居对他与过去的精神状态判若两人，都感觉不可思议。有的亲友说："老丛，你找哪个大医院的专家看的？怎么变化这么大？"有的很好奇地询问他："你过去病病怏怏的样子，如今就像换一个人似的，你吃了什么灵丹妙药了呀？"每每丛生面对亲友大惑不解的询问，常常"自证清白"地说："我吃的灵丹妙药是'312经络锻炼法'！"

攸县还有一位名叫夏武清的老人，他也是个老病号，熟悉他的人这样来形容他"不是去看病，就是在去看病的路上"。他1978年就患有前列腺炎，每天夜间起夜小便8次以上，严重地影响睡眠质量。为了治这病，他到上海大医院去寻医问药，然而都没有得到根治。1998年，夏武清不幸患上了鼻咽癌，住进了长沙肿瘤医院，仅化疗就进行过72次，每一次的化疗，就犹如从鬼门关上走上一遭似的，无情的病魔把老人折磨得死去活来。老人出院后由于按照医嘱服用药物加以巩固，没有复发。之后他又犯了胃病，常年服用吗丁啉。2001年经过体检，又检查出心脏出现心律不齐的问题。2003年他的双腿关节异常疼痛，不得已用上了拐棍。

2009年3月初，他经过亲戚介绍，参加攸县老科学技术工作者协会在村里开设的"312经络锻炼法"学习班学习，每天坚持锻炼，令人感到神奇的是他的心脏病、胃病都痊愈了，过去他每夜起来小便8次，降为每夜仅仅起来2次，用了多年的拐棍也给扔掉了，平时走路脚步生风，什么药都不吃了，整个人的精神状态也变得和常人无异。农村的老人闲不住，他还能帮家里人侍弄起五亩责任田，闲暇时他会给村里的老人充当起"312"义务宣传员，他用自己的现身说法，建议村民一起来锻炼"312"。

据湖南省攸县老科学技术工作者协会2009年12月披露，攸县有13222名离退休人员，2005年住院人数为12%，到了2007年下降为9%，减少了264人，医疗费用减少了122万元。又据攸县医保局对300名学习"312

中共湖南省委原书记、湖南省老科学技术者协会会长熊清泉（右）在长沙会见祝总骧（左）。

祝总骧（前左二）与中共湖南省委原书记、湖南省老科学技术工作者协会会长熊清泉（前左一）、湖南省老科学技术工作者协会常务副会长郎艺珠（前右二）、湖南省老科学技术工作者协会 副秘书长万南圃（前右一）在长沙合影。

经络锻炼法"的老年学员问卷调查：发现经常锻炼"312"，就能有效控制和预防疾病的人占99%，认为效果明显的占69%，能够稳定自身体质的占73%，有182名学员在2008年节约医药费44.8万元，人平均节约医药费4325元。另据攸县烟草专卖局调查表明，该局2004年人均医药费4325元，2005年前局长朱连元带领退休人员锻炼"312"，2008年人均医药费下降到852元。

10.3 熊清泉为"312"题词

"312 经络锻炼法"这股锻炼热潮很快火遍三湘大地。作为湖南省老科学技术工作者协会副会长兼秘书长的郎艺珠，那时候显得异常兴奋，本身省老科协设立的自我保健中心，就是专门服务全省老科技工作者的健康的内部机构，能够为全省的老科技工作者找到一把通往健康长寿的钥匙，那是一件多么功德无量的事情呀。

她专程到熊清泉第一会长的府邸，就中国科学院生物物理研究所研究员、著名经络专家祝总骧创编的"312 经络锻炼法"做了详细汇报，同时还恳望熊清泉接见一下祝总骧。熊清泉听了郎艺珠的汇报后非常高兴，他说："祝教授了不起！'312 经络锻炼法'很好，值得面向全省推广！我也想见见祝教授！"

郎艺珠很快联系上了祝总骧，并把熊清泉会长要接见他的事一并说了，这引起了祝总骧的高度重视。祝总骧把赴湖南做科普讲座的日子定在 2007 年 11 月 19 日至 26 日。2007 年 11 月 19 日，祝总骧一行人刚从高铁站下车就驱车来到湖南省老科学技术工作者协会会议室，给与会的离退休老干部做了湖南第一场科普报告会，包括会长熊清泉、朱东阳、汪皓以及省直机关老干部都津津有味地听了祝总骧的"312"科普报告会。

祝总骧讲座完毕后，熊清泉笑容可掬地说："祝教授呀，您几十年如一日地搞经络研究，创编的'312'在国内外受到这么多的民众的欢迎，您是一位了不起的科学家！"祝总骧连忙回应说："熊老书记，我能得到您的夸赞和支持是我的荣幸！"

熊清泉（1927 年 12 月 16 日至 2022 年 6 月 20 日），男，湖南双峰县人。1948 年 11 月在国立师院参加中共地下党领导的革命组织，从事进步的学生运动。1949 年 4 月参加中国共产党。曾任湖南省委书记、省

祝总骧（左）和中共湖南省委原书记熊清泉（右）。

长，第八届全国人大常委会委员，中共第十二、十三届中央委员，中共十二大、十三大、十四大、十五大、十六大、十七大、十八大代表。

　　祝总骧见到熊清泉抑制不住内心的激动，"熊老书记，我的课讲完了，请您批评指正！"祝总骧微笑着对熊清泉说。"您讲得真好！"熊清泉鼓起了掌，之后他说了一句："我要为您，为您的'312'题词，给您鼓鼓劲！"祝总骧激动不已，说："感谢熊老书记的厚爱和支持！"郎艺珠得知熊清泉要题词，立马准备好纸和笔，熊清泉端坐在书桌旁，笑着对郎艺珠说："写点什么好呢？"郎艺珠回应道："熊书记，您就把自己心里最想表达的话写出来就可以！"熊清泉沉吟一会儿，提笔在纸上写了这么几句话："您想长寿吗？您想健康吗？您想快乐吗？赶快参加312经络锻炼，把湖南省建成第一个百岁健康省。熊清泉2007年11月19日"当熊清泉的提词交到祝总骧手里之时，祝总骧双眼湿润了，这么

第十章 把湖南建成第一个百岁健康省

多年了他很少流泪,一位曾经担任过省委书记的高级领导,如此礼贤下士,如此关心和支持科技工作者,岂能不让他激动。

祝总骧一行在湖南共做了八场"312"报告会,听众总人数达6000多人,其中千人以上的报告会五场,报告会的主题都是"迎奥运,把湖南省建成百岁健康省、312经络锻炼法"。在湖南,祝总骧接连去了攸县、永州、涟源、娄底、常德、益阳等市(县),行程2000多公里。

祝总骧离开湖南后不久,就给熊清泉写了这么一封信:

尊敬的熊清泉老书记:

此次访湘能聆听您的教诲感到十分亲切、倍感鼓舞,您号召全省动员起来,"赶紧学习312经络锻炼法,把湖南建成第一个百岁健康省"。我和省老科协廖前兵主任等连日走访了长沙、攸县、永州、涟源、娄底、常德、益阳等地,到处热气腾腾,积极响应您的号召,掀起了全民学习"312"的高潮。

我相信在您的号召鼓舞下,在党中央的关怀下,通过"312"科学的推进,一个全民的防病、治病、百岁健康的运动一定能提前实现,湖南全省一定能建成全国乃至全世界的"第一个百岁健康省"。

祝您锻炼百岁健康!

中国科学院祝总骧敬上

2007年11月26日,祝总骧做完了八场报告后,便向湖南省老科学技术工作者协会提出要到湘潭市韶山冲的毛泽东主席故居看看。在毛主席的巨型铜像前,祝总骧深情地三鞠躬,并掏出写给毛主席的一封信,用字正腔圆的普通话念起了这封信:

敬爱的毛主席:

新中国建国初期,您就发出了伟大的号召:"中国医药学是一个伟大的宝库,应当努力发掘,加以提高。"1972年我响应了您的号召,离

219

开了西医的大学到中国科学院专心研究中医药学的核心理论即经络科学，做出两项贡献：一是用现代的科学方法证实中医经络学是世界上真正的医学科学；二是提出了一个经络锻炼，人人都能达到百岁的健康的方法即"312经络锻炼法"。

此次我接受了湖南省老科协的邀请，来到了您的家乡，走访了长沙、攸县、永州、涟源、娄底、常德、益阳等地，发现了广大人民群众人人热爱中医，尤其是当听到了党中央领导和省委前书记熊清泉同志的号召，"要赶紧学习312经络锻炼法，把湖南省建成第一个百岁健康省"，纷纷行动起来形成了一个波澜壮阔的312百岁健康运动高潮。

我始终坚信伟大的毛泽东思想，不仅在政治、经济等方面，而且在医疗保健方面造福于社会、国家和全人类。

您的小学生——中国科学院祝总骧教授（85岁）于韶山
2007年11月26日

10.4 健康长寿的秘密自己去解

在祝总骧的心目中，熊清泉是他的"312"事业的知音。也正是有了熊清泉的支持，一场声势浩大的"312经络锻炼法"全民健身运动在三湘大地如火如荼地兴起。据湖南省老科学技术工作者协会统计，全省参加"312经络锻炼法"活动的人数达40多万人，其中永州市达5.8万人，株洲市、娄底市各3万多人，万人以上的有邵阳市、益阳市、湘潭市及攸县、涟源、祁阳、道县等县。

"312经络锻炼法"为什么风靡湖南大地？一是湖南省老科学技术工作者协会把这一科学锻炼方法作为向全省重点推介的养生保健项目。二是各级老科协组织培训骨干，深入社区和乡镇开展"312"科普讲座，是普及"312"的主要措施之一。2008年以来，省、市、县举办大小规模的有关"312"的科普报告会、座谈会和培训班共计 1943 场次，培训骨干人员 23870 人。在益阳市安化县大福镇，有位镇老科协常务副会长叫黄熙卿，尽管他已耄耋之年，但是他依然为推广"312"不惜余力。他热爱"312"，他也希望更多的村民能够熟练地掌握这一科学的锻炼方法。为了给村民讲解"312"锻炼要点，他精心备课，耐心地讲学。

永州市双牌县水库管理处 16 位退休人员全部参加了"312"的锻炼，两个月后，他们的体质明显得到改善者有 10 人，3 名重症患者取得了较好的效果。

涟源市老科协为了推广"312"，先后组织了 14 位老年人四上北京炎黄经络研究中心学习，这些骨干回到涟源后，既是"312"的宣教员，也是"312"的指挥员，长年累月地活跃在城镇和广大农村。

第十一章 老境

祝总骧一听要请他做"312"科普讲座,情不自禁地眯着双眼看着久别重逢的长子,微笑地说:"你能支持'312'这就对了!我当然愿意去做讲座!"说着,祝总骧起身向祝明伸出了自己的手,祝明见状颇感意料之外,他也蓦地起身,缓缓地走向父亲面前,红着脸,把双手合十,不住地揉搓着,两双手紧紧地握在一起。那一刻,祝明感觉父亲的手是那么温热、那么有力。他泪眼婆娑地张开双臂拥抱了自己的父亲,爷俩好久、好久都没有这样亲近了。

> 祝总骧的长子祝明说:"我对父亲有敬畏之心,我敬畏的是他对事业的执着和付出,一辈子为了事业放弃了家庭,什么都能牺牲。什么名呀?利益呀?都不顾了……"

11.1 夫人朱篷第患了眼疾

进入耄耋之年的祝总骧,其个性依然和他的年轻时代和中年时代一样,没有什么改变,正如已故著名作家刘战英描述他那样:"我在与祝总骧教授直接与间接的接触中,觉得他的个性如裂帛炸响,杯瓶掷地,轰然震耳,挥斥八极,大有为实现理想'管他是什么天王老子'的豪迈……"

2011年5月,祝总骧的夫人朱篷第患上了眼疾,一只眼睛患上了青光眼,另外一只眼睛患上了老年性白内障。由于得了眼疾,朱篷第走路总是摔跟头。住家的保姆认为老人岁数大了,减少户外的活动会减少摔跟头的风险,便再三叮嘱老太太如果想活动一下身子骨,就在家里。可是即便是这样看起来很稳妥的安全措施,但是还是不可避免地摔跟头。朱篷第的这样的身体状况持续了好几个月,保姆看着她这样的身体状况,就向祝总骧的首席传承人夏中杰做了汇报,夏中杰听后也很震惊,就打越洋电话给祝总骧的两个儿子——祝明和祝加贝,祝明和祝加贝在电话那一端感觉很震惊,纷纷收拾行李回国。朱篷第在电话中知道两个儿子要从国外回京来看望自己,满心的期待,她安安静静地端坐在客厅的沙发上,怔怔地看着房门。当祝明和祝加贝一起回到家已是傍晚,一抹夕阳透过窗户飞洒在年迈的母亲身上,风吹乱了母亲的满头白发,母亲坐在沙发上左顾右盼的模样,让他们眼泪盈眶。祝明连忙

第十一章 老境

丢下行李,疾步走到母亲面前且蹲下身体拉着老人枯瘦的双手哽咽着说:"妈,我们回来看望您老人家了!"朱篷第闻声欲起身,可是双手被祝明拉住,她的双眼里影影绰绰地尚能看到长子的模样,轻声地说了一句:"祝明、加贝你们兄弟俩回来了呀!"说着眼泪流了下来。

祝总骧听到家里来人,从书房里出来,见到两个儿子,微笑地说了句:"你们都回来了呀?回来好呀!"说着就挨着朱篷第坐在沙发上。"你俩都落座吧。"祝总骧挥了挥手,不失父亲的一贯威严,然后再眯着双眼看着两个儿子。祝明说:"爸,我们这次从国外回北京,主要是和您商量一下带着我母亲到医院去做手术的事情……"祝总骧一听要做手术,大声地回应道:"你们的母亲患的是眼疾,如果到医院做白内障的剥离手术,存在着一定的手术的风险呀!毕竟是眼睛呀,可不能掉以轻心!我的意见很明确,暂时不去医院做手术,先做'312'锻炼,用'312'这一锻炼方法来干预下,看看临床效果观察下再说……"祝明和祝加贝一听父亲又谈"312",从内心深处想怼父亲几句,但看了看端坐在沙发上威严的父亲,不由得心存敬畏,不敢造次。就这样过了一个月,祝明和祝加贝再次和父亲"谈判",有了以下父子之间针锋相对的对话——

"爸,您看我们母亲的眼病不能再拖下去了,要是再耽误一段时间,很可能有失明的危险!"

"你们这是小题大做!哪里有你们说的那样严重?"

"爸,您和我们都是从事生物领域研究的科研工作者,我们母亲的眼病到了什么地步,您比我们还要清楚……"

"我还是那句话,你们想带着母亲去做手术,我是坚决反对的!"

"您老人家太固执己见了,您就不能学会变通一下吗?"

"你们来教训老子了呀?你们说我固执,我也固执了一辈子了……"

很显然祝明兄弟俩和父亲的第二轮的"谈判"不欢而散。哥俩不死心，对父亲苦口婆心地劝说了多次，祝总骧总是摇摇头、摆摆手，明确表示不同意。看着父亲这一番油盐不进的态度，让哥俩哭笑不得。朱篷第的眼疾拖了近一年的时间。

哥俩一商量，要是随着父亲的性子，那么母亲的眼疾就会耽误治疗后果也会不堪设想。尽管他们面对着威严的父亲，但是为了母亲他们抱着舍得一身剐、敢把皇帝拉下马的"反抗"精神。此后再次对父亲进行苦谏，然而祝总骧依然无动于衷，坚持自己的观点，当他被说急眼了，还扬言要用武力去教训这对不孝之子！当祝总骧被两个儿子气得咬牙切齿之时，他竟然拨打"110"报警处理。警察很快上门让父子三人到派出所配合调查，做笔录时，警察一听事情的原委，就笑了笑说："我以为你们家出了什么大事呢？原来是这么回事呀？这没有什么大不了的事，都是一家人，有事好好商量……"祝明兄弟俩做梦都没有想到，父亲为了家务事，非要到派出所说理去。祝明的性格随他的母亲，一贯性情温和，在派出所里，他冒着冒犯父亲的语气对一位警察说："警察同志，我父亲身为一位高级知识分子，他……他……他家长制，他不讲理！"坐在祝明对过的祝总骧一听长子在警察面前这样数落他，不由得恼羞成怒，抓起办公桌上一只空矿泉水瓶子就往祝明身上扔去，祝明见父亲动怒了，把身子迅速一偏，那只空矿泉水瓶子掉在地上发出叮叮当当的响声。屋内的三位警察惊讶不已，他们还是第一次看到一位年近九旬的老人发这么大的脾气，于是就对父子三人好言相劝，并让他们回家了。

祝明眼看着自己及弟弟和父亲为了母亲看眼的事情"明争暗斗"好多回了，然而回回都是父亲稳稳地占据上风。兄弟俩背着父亲在一起商量来、商量去，果断地采取瞒天过海的办法。祝明记得家住北京市房山区有一位姨的女婿在中国原子能科学研究院工作，于是就委托他为母亲治疗眼疾。2012年6月23日，哥俩乘父亲午睡之际，悄悄地载着母亲来到中国原子能科学研究院职工医院，姨的女婿还从同仁医院请来专家会诊。同仁医院的专家仔细对朱篷第做了检查，提出职工医院治疗眼疾的临床医疗条件有限，建议转到同仁医院去接受治疗。祝明和加贝听专家这么说，就同意把母亲转到同仁医院。

当母亲到手术室时，兄弟俩这才相视一笑，之后在手术室门外来回踱步，焦躁不安地等待母亲从手术室里平安出来。两个小时后，一位护士搀扶着朱篷第出来，而紧随其后的主任医师也从手术室出来，对祝明说："您的母亲没有事，手术非常成功！需要住院观察，十天内就可以出院。"朱篷第出院后，被加贝接到位于北京市通州区的珠江丽景家园居住。朱篷第的不辞而别，着实让祝总骧生气不已，数次拨打两个儿子的电话，询问朱篷第的情况，两个儿子面对父亲的质问，也是以母亲正在接受治疗为由，不希望他来探视。

11.2 给二子的信

据北京炎黄经络研究中心主办的内部交流小报——《经络与健康》2013年1月（第52期）载有祝总骧给二子的公开信——

亲爱的祝明、加贝吾儿：

我于7月23日委托代理人经由二子转交你母亲朱篷第女士的信，经代理人面见加贝转递而被阻挠未果，唉！我很伤心失落，不知她现因困何处？身体和精神状况如何？这使我备受煎熬和焦虑。在信息手段高度发达的今天，你们违背父母的意志，限制有自制能力和行为能力的母亲致其杳无音信，着实令我费解和困惑。你俩作为我的儿子，如道德未泯，完全有转达我信件的责任，同时作为在华公民也完全有尊重和履行法律文书的义务。

　　祝明、加贝二子，父已耄耋之年，与你母风雨同舟、相濡以沫已达到了白金婚龄。自你们背着我挟持你母亲并限制人身自由封闭音讯至今已近百日，你们这样冷酷无情的手段，严重摧毁了你们生身父母的身体和精神，你们不觉得内疚吗？有违伦常、道德缺失吗？

　　你们是我的人生的延续和希望。从小哺育你们，后来响应国家号召参加医疗队，投身大西北，接受贫下中农再教育，再后来你们主要靠自己发奋努力去西方留学，定居经商，现均已是资本主义理念培养成的亿万商人。由于你们受到了西方文化的感染和灌输，使你们的价值取向发生了变异。然而，东西方文化差异和价值观念的不尽相同，使我们之间判断是非心存芥蒂，意见往往不能统一。但是，这不能成为你们为老不尊、数典忘祖的根据。对此，渴望二子猛醒，不要在西方唯利物欲的道路上惯性地发展下去了。挣钱致富不应是坏事，但中华民族传统美德永远要摆在第一位，要精神文明带动物质文明。因此，你俩必须补上中华民族传统美德这一课，立即悬崖勒马，回到中华文明美好前程中来吧！亲爱的儿子，你们的不孝使我恼怒，但我还是深深爱着你们的。

　　作为你们的父亲，20世纪40年代大学毕业后做了科学研究工作，为了落实周恩来总理"要把针刺得气的现象搞清楚，不要让中国的针灸、针麻在中国开花，在外国结果"的嘱托，经我不屈不挠、艰苦卓绝的研究（也有加贝的参与），使祖宗留下的中医经络瑰宝得以科学验证，丰富和填补了《经络生物物理学》的理论，彻底否定了西方医学认为经络不存在的谬论，在此基础上研发了经络养生、治疗、康复学说——"312经络锻炼法"，这是人类拍案叫绝的健康祛病的钥匙，这是惠泽民众的伟大发明，是人类进步的福音，是中华民族国医对人类的巨大贡献。这一科研成果的转化已得到了世界上一些有识之士的公认和

第十一章　老境

赞赏，特别受到了国家及东西方医学科研权威部门的肯定和推广。此人活百年不是梦非药物而行之有效的简便疗法，已传播到海内外，现呈星火燎原之势，甚至一部分持怀疑和故步自封者经尝试也成了受益者和践行者。

祝明、加贝二子，你父本着贵德重道、格物致知和圣人者，原天地之美而达万物之理的态度，殚精竭虑地为人民服务，从没有误导过他人，也没有妨碍过他人，不应该受到他人、特别是你俩的挑战与质疑。东西方文化认知观点允许求同存异，绝不能把两种文化认知观点父子变敌人。希望你俩记住：实事求是是天理大道，尊老敬老同样也是大道天理！希望你们审时度势，立即解除对你母的监视和限制，尽快让你母与我通话告知她的近况，马上返回到自己的家，以免除我对她的挂念，解除由于你们的过错给我带来的痛苦和折磨！

父字：祝总骧（90岁）
2012年8月28日

这份小报虽说是内部出版的，但是很多遍及全国各地的"312"学员，看了小报上刊载的《给二子的信》，都很惊讶不已，这正是一石惊起千层浪，学员们还是第一次看到这份小报上刊登自己的家务纠纷的事。

祝总骧在2013年1月通过北京炎黄经络研究中心内部小报《经络与健康》上发表了《给二子的信》，很清楚地叙述了和儿子"结怨"的来龙去脉，比较客观地陈述了自己一生执着追求经络研究事业的筚路蓝缕的心路历程，袒露出让全世界人民都能健康长寿的大爱无疆的情怀。至于他在给《给二子的信》中披露的二子（长子祝明，次子祝加贝）"自你们背着我挟持你母亲并限制人身自由封闭音讯至今已近百日，你们这样冷酷无情的手段，严重摧毁了你们生身父母的身体和精神，你们不觉得内疚吗？有违伦常、道德缺失吗？"作者通过采访祝总骧的长子祝明了解到他之所以这样在信中谴责二子的真正的原因，朱篷第患了眼疾，一只眼睛患上了青光眼，另外一只眼睛患上了老年性白内障。由于得了眼疾，朱篷第走路总是摔跟头。当二子得知母亲得眼疾后，双双回京探视，并再三请示父亲要带着母亲到医院做手术，然而祝总骧以"……我的意见很明确，暂时不去医院做手术，先做'312'锻炼，用'312'这一锻炼方法来干预下，看看临床效果观察下再说……"以此来表达自己的主张。之后父子三人就朱篷第上医院接受手术治疗问题产生了很大的分歧，以至于闹到派出所，公开在内部小报披露《给二子的信》。祝总骧的长子祝明就《给二子的信》做了比较客观、理性的分析，他说："《给两子的信》，从表面上来看是为了我母亲治病引起的家庭纷争，实际上背后隐藏着三个方面的原因：第一个原因是父亲家长制的问题，老人家脾气不好，性格上固执己见；第二个原因是我父亲在治疗我母亲眼疾这个事情上高估了'312'的功效；第三个原因是我和弟弟加贝没有子承父业，而是选择在国外定居，做起了生物领域方面的生意，并没有追随他一起从事经络科学研究以及宣传推广'312'事业。我想正是这三个方面的原因，导致我们父子之间的感情分崩离析……"

11.3 祝总骧二子的成长经历

跟随祝总骧三十多年的夏中杰站在旁观者的角度看待《给儿子的信》，他比较客观地披露了父子三人结怨的主要原因是两个儿子没有听父亲的话子承父业，并没有追随他从事经络的科学研究以及宣传推广"312"事业，而是不顾老人反对，选择在国外定居，做起了生物领域的生意来。

祝氏父子三人结怨的起因，自然要从祝明和祝加贝成长历程谈

第十一章 老境

起。祝总骧的长子祝明在少年时期被父亲"一把京胡送到乡下的亲戚家去寄养",由于在乡下的表姨家得了肝炎,回到城里的家治疗。祝明的肝炎病经过治疗很快得到了康复,便在家人的安排之下到北京五中读初中。1970年,16岁的祝明初中毕业后面临着学校停课,也就失去了继续读高中的机会。那时1969年毕业的高中生响应中央的上山下乡的号召,到全国各地的农村当下乡的知识青年。当时他既没有随着这股洪流去下乡当知识青年,也没有到建设兵团,完全是出于一片孝心,他要照顾半身不遂的外公。在照顾外公的期间,他被分配到北京东城区服务局,安排到北新桥基层店——交道口理发馆,当了一名理发学徒工,在理发馆一干就是八年,其中光学徒就学了三年。据祝明回忆,当初他初中毕业,被分配到理发馆工作时,祝总骧还分别到学校和理发馆找老师和领导提出自己的诉求,希望让长子去上山下乡做知识青年,继续接受贫下中农再教育,然而学校并没有理会他提出的诉求。

1977年,国家恢复高考政策,这给了祝明一次难得的发展机遇,他准备参加高考时,由于没有上过高中,于是找齐全高中教材自学。他通过刻苦自学一年时间,翌年参加高考,结果他距离录取线差了40分,好在那时高校扩招,于1979年1月考上了中国人民大学哲学系。1983年毕业后,经过学校推荐被分派到北京医科大学,先担任口腔系的辅导员,后做教师,之后又被调入德育教研室,没做2年,再次被调到自然辩证法教研室。在此期间,祝明还与人合作出版了一本题为《人类智慧的轨迹》的书,此外还翻译爱因斯坦的《方法论》。鉴于祝明在教学及学术上取得优秀的成绩,他还于1989年被晋升为讲师。

于高山之巅,方见大河奔涌;于群峰之上更觉长风浩荡。在北京医科大学担任六年教师的祝明,不想继续做下去,产生了离开高校教师岗位的想法。他接受我采访时袒露出自己最真实的念头:"我不想在北医做一辈子的教师,我想到从讲师再到教授,认为能一下子看到自己的未来。我觉得一辈子待在这里,虽然舒适,但是会感觉人生很窝囊。"为了改变自己的生活现状,祝明羡慕其他人下海经商,然而他也没有什么背景,也没有创业资金。离开学校干什么呢?他很茫然。为寻找机会,他去了一趟深圳,跑了一趟海南。也曾想倒卖钢材,倒卖化工原料,但是没有本钱,也没有人脉关系。他曾在北京医科大学开过拉面馆,也曾与人合作搞室内装潢,皆经营惨淡,收益微薄。

祝总骧的次子祝加贝的成长历程比其胞兄祝明要顺风顺水得多,祝明说:"加贝上学的路走得比我顺,弟弟也很聪明,没有我小时候吃的那些苦。"祝加贝很完整地完成了初中和高中教育,之后于1979年考上了北京医科大学卫生系,1983年考上了中国医学科学院生物系,攻读细胞生物学,他在攻读硕士时,深得导师薛社普的真传。薛社普系中国科学院院士、我国著名细胞生物学家、实验胚胎学家和生殖生物学家。祝加贝获得硕士学位后不久,其导师薛社普力荐他远赴加拿大温哥华市不列颠哥伦比亚大学(UBC)攻读博士。加贝取得博士学位后,利用自己所学,在国内创业,先后创建了爱德现代牛业(中国)股份有限公司、爱德生物技术发展(中国)有限公司等。祝总骧的两个儿子的事业都做得风生水起。

11.4 父与子之间的隔阂

祝明在接受我的采访时,我想让他谈谈他的父亲祝总骧、谈谈家庭。祝明讪讪一笑地说:"我家是个很奇特的家庭,大家都有各自的事业。父母在我们很小的时候就把我们放养了,我们2个兄弟很早就独立了,什么事情都要靠自己。我们和家庭几乎都没有什么来往。我对家庭的情感很淡薄……"祝明所说的他和弟弟对家庭的情感淡薄,继而演

第十一章 老境

变成父与子之间的亲情隔阂,主要是基于其父亲和母亲之间的感情生活。对于祝总骧和朱篷第这对科研夫妻的感情,其长子祝明用12个字来生动、形象地来概括——"有浪漫、有始终、打不散、骂不走。"有浪漫:夫妻关系好的时候,是非常好的。祝明记得:"我爸爸有点儿小浪漫。我记得我和弟弟在少年时代,我们一家人出去玩,我爸爸爱照相,我妈妈爱唱戏,还穿着古装,我爸爸拉京胡,我妈妈穿古装唱。有时候去颐和园或者京郊春游、夏游,我爸爸和妈妈带着爷爷、奶奶、姥姥、姥爷和我们兄弟俩。我爸爸爱照相,玩累了就在户外野炊,一大家子人其乐融融,尽情地去享受天伦之乐。

有始终,说的是祝总骧和夫人朱篷第,从青年到鲐背之年风雨同舟,相依相伴。至于说"打不散"和"骂不走",祝明这样解释:"我爸爸的性格,我不敢恭维,至少他在青年时期到晚年时期,是固执己见的一个人,自己有主意,他人是无法影响到他的。我弟弟特别像我父亲的性格。我的性格像我的母亲,比较开明,懂得妥协,能听取他人的意见。另外,我父亲的家长制作风,在家庭里拥有绝对权威!我母亲一旦和父亲意见相左,在一言不合的情况下,我父亲就对我母亲严厉斥责,有时候在情绪失控之时,还会动手打我母亲。

为此我姥姥家的人就对我妈妈说:"你也是一位有名望的大教授,你在经济上也不指望着他,干吗对他忍气吞声、窝窝囊囊地甘愿受气?"少年时的祝明看着父亲和母亲夫妻关系如此紧张,就想,如果母亲和父亲离婚了,未尝不是一种人生的解脱。可是即便这样,我妈妈依然逆来顺受,一如既往地选择和父亲一起生活。

祝明特别印象深刻地记得,他在理发馆工作的时候,请他的师父和领导到北京东四11条73号的家里吃饭,少年时祝明厨艺还不错,下厨房炒菜、做饭。客人吃过饭走后,祝总骧和妻子也不知为了什么事吵架，气急败坏的祝总骧不仅对妻子出言不逊，还动手打了妻子。少年祝明看着母亲受气，就上前拉架，紧紧地拽住父亲的胳膊，祝总骧见祝明护着自己的母亲，气打不一处来，爷俩自然发生肢体碰撞。祝明也就是从少年时期目睹父母因感情不和，经常吵架，对父亲从内心深处滋生一种怨恨，自此父与子之间的关系疏远了很多。

祝总骧的次子祝加贝取得加拿大温哥华市不列颠哥伦比亚大学（UBC）博士学位后，他不由得欣慰不已，他要求加贝能够继承他的经络研究和"312经络锻炼法"的事业，然而当他和加贝一说，加贝以所研究的方向迥然不同婉言拒绝了父亲的这一番苦心和夙愿，这让祝总骧很不理解，心情也非常沮丧不已。祝总骧闹不明白的是次子是在自己的"阵营"（指的是加贝从小跟随爷爷和奶奶一起生活）长大的孩子，接受的也是"祝氏家族式"的家庭教育，至于说长子祝明从小要不是寄养在亲戚家，要不是寄养在其外公、外婆家，不听自己的话也就罢了，可是加贝理应会听自己的话，怎么可能有这背叛的行径呢？为此，祝总骧对两个儿子的态度是很明朗的，就是"你不听话，你混蛋，就滚蛋，不来往"。正是由于祝总骧的态度强硬，使得父子之间的感情陷入了冰点，以至于决绝到十八年不来往的地步。

祝明和祝加贝到了谈婚论嫁的年龄，哥俩就商量了一下，认为即便和父亲由于理想和志向不同，导致父与子之间的长期不来往，但是想到各自结婚了，也是人生中的一件大事，身为人子岂能不和父亲说说呀。祝明是1987年10月初在国外举行的婚礼，而比他小六岁的弟弟还比他早结婚两个月。1987年10月中旬，兄弟俩各自带着自己的新婚妻子相约回到北京的家，他们回家的时候各自带着大包、小包的礼品。当他们见到父母，都在内心里期望，希望借着各自成家的机会，来化解父子之间长期隔阂。可是祝总骧见到这四位新人，并没有表现出格

第十一章 老境

外的激动和欢喜，他显得很冷淡，感觉这四位新人是路人似的和自己没有什么血缘上的关系。祝明和祝加贝围坐在父亲面前，有一肚子的话想和父亲说，然而祝总骧继而显得很不耐烦，他看了看新婚的大儿媳妇和二儿媳妇，用冷冰冰夹杂着火药味十足的语气说："我这两个儿子都是不孝之子，既不听父亲的话，也没什么出息，你们跟着他们不会有什么幸福的！"祝明听父亲如此这样说话，蓦然意识到兄弟俩和父亲之间的亲情隔阂一时半会是解不开了，他感觉兄弟俩和父亲的心横着一座巍巍的高山和一条水流湍急的大河。即便父亲这样态度，祝明和加贝兄弟俩并没有表现出反感，反而对父亲陪着笑脸。而祝明在心里想："你看这老爷子，咋能当着儿媳妇们的面数落自己的儿子呀！"祝总骧铁着脸起身，张开手臂说："你们带的东西，我也享受不起，我不要，都拿走！"说着把礼品分别强塞到两个儿子的手里，气氛一度显得异常的尴尬，兄弟俩各自带着自己的新婚妻子灰溜溜地离开了家，心情异常的痛苦！祝总骧说了一句："如果你们支持'312'、参与'312'，我们还能见面，否则我不会认你们！"自此父子三人十八年没有相见。

尽管和父亲的关系处成这样，但是祝明在异国他乡依然会默默地关注自己的父母，关注父亲痴迷于经络研究和宣传推广"312"的事业。

这十八年里，祝明虽然不能和父亲见面，但是每时每刻都在想着和父亲修复关系，他如同一位苦行僧似的，面对横在父子之间心灵上的那座巍巍的高山和水流湍急的大河，他也怀着一种信心去征服。父子之间哪里有什么怨恨呀，一切的障碍，都会在血浓于水的亲情面前烟消云散。当他想父亲，打听父亲的身体状况以及父亲的"312"事业，就打电话给母亲。有时候越洋电话拨通了，然而接电话的是父亲，祝明一听到父亲的声音立马挂断。之后换个时辰再拨打家里的电话，要是听出母亲的声音，祝明会表现出异常的激动和欢喜，娘俩在电话里说了许多的话语，那份浓浓的母子之情，比山要高，比海还要深。

　　北京炎黄经络研究中心地处北京市东城区北池子大街2号的宣仁庙，祝总骧在那里从事经络科学研究和宣传推广"312"事业，这里也因此成为国内外经络研究专家以及"312"锻炼者的大本营。中心在宣仁庙有几间平房，由于年代久远，存在着漏雨和墙体裂缝，几乎有坍塌的危险。当祝明从母亲口中得知后，也很着急，并很快做出反应，他拿出40万元交给在京的一位挚友，由他出面找祝总骧，以自己的父母曾经通过阅读祝教授的书和讲座光盘，自己在家锻炼"312"，身体得到康复，听了父母说中心的办公用房需要修缮，就提出捐赠40万元用来修缮房屋用。祝总骧一听事情的原委，自然是求之不得。祝明的这位挚友不仅代替他支付了修缮房屋的巨款，而且还负责找来施工队施工，一直到房屋修葺一新才离开。祝总骧看着修葺一新的办公室，对祝明的那位挚友自然是千恩万谢，可是他哪里知道他最要感谢的人应该是自己的长子祝明啊。

11.5 冰释前嫌

　　每当夜深人静的时候，祝明常常在思考用一种什么样的办法来化解父子之间的心灵上的隔阂。2013年的一天，他来到父亲的面前说："爸，我公司的员工都想请你到公司做'312'科普讲座。"祝总骧一听要请他做"312"科普讲座，情不自禁地眯着双眼看着久别重逢的长子，微笑地说："你能支持'312'这就对了！我当然愿意去做讲座！"说着，祝总骧起身向祝明伸出了自己的手，祝明见状颇感意料之外，他也蓦地起身，缓缓地走向父亲面前，红着脸，把双手合十，不住地揉搓着，两双手紧紧地握在一起。那一刻，祝明感觉父亲的手是那么温热、那么有力。他泪眼婆婆地张开双臂拥抱了自己的父亲，爷俩好久、好久都没有这样亲近了。

祝明记得2013年对于他来说是一个极其不平凡的一年，就是这一年，他和父亲心灵之间横下的巍巍高山，在顷刻之间化为平地，还有那条结冰的大河，也化冰了。

在祝明的公司礼堂里，祝明组织了两百多位观众，而祝总骧在讲台神采飞扬地给大家讲起了他的经络，他的"312"。

时隔多年了，祝明一提起和父亲冰释前嫌的事，还感慨不已："从那以后，我才和父亲有了见面的机会，才有和他有对话的机会，但是只能提'312'，别的事不能提。老爷子自己有个原则，那就是宣传'312'的都是朋友；不支持的人都是他的'敌人'。现在老爷子转性子，也在内心里接纳了我……"

2018年的秋天，祝明见到父亲，试探地问："老爷子，我带你去旅游呀，看一看，玩一玩呀。"祝总骧端坐在沙发上，正午的秋阳铺洒在他的身上。他用慈祥的目光注视着长子，轻轻地拍了拍祝明的肩膀，和颜悦色地说："行呀！可以呀！你就看着安排吧！"看着父亲这么爽快地答应了他旅游的提议，这下子再次让祝明感到了意料之外，要是放在过去，他向父亲提出要带他和母亲到美国、加拿大、新西兰这些比较发达的国家去度假，祝总骧会表示十二分不愿意："我去干吗呀？又不是请我去讲课！我不去！"

那年秋天，祝明开着车，载着父母到了北京市密云区的古北水镇。古北水镇位于北京市密云区古北口镇，背靠中国最美古北水镇、最险的司马台长城，坐拥鸳鸯湖水库，是京郊罕见的山水城接合的旅游度假景区。祝明之所以安排父母游览古北水镇，也是因为父亲祖籍是江苏苏州，那里的风景有着江南水乡的特色，也能让父亲置身其间，感受到老家江南水乡的韵味，解一解乡愁。

古北水镇一游，让年已耄耋之年的双亲回味不已。没过多久，祝明想请父母乘坐游轮去日本旅游。可是他担心父亲不去，就想着请导游找几位老头、老太太当"托儿"，让父亲在游轮上给他们讲讲"312"。"我原来担心父亲不去，就想把他骗到游轮上不就完了吗，我哪里知道父亲竟然满口答应了！"祝明说起这一段的故事竟然忍不住地大笑起来。

"我爸爸自从在95岁那年骑着自行车在路上由于躲避迎面而来的骑着自行车的路人摔倒在地上，导致髋部关节骨折，经过送到医院做手术，装了2块钢板，经过2个多月的'312经络锻炼法'的康复锻炼，竟然能下地，行走自如了，只是老人家不咋爱说话了，我感觉他转性子了！主要表现为对我母亲的态度也很温和了，过去他对我母亲颐指气使，甩脸子，如今是风水轮流转，我的母亲翻身得解放了！我母亲让他做啥，他就做啥。"每每谈到父亲，祝明好像有一肚子的话要说，言语之间也表达着一个儿子对父亲的浓浓的爱。

他们父子之间的感情得到修复，这不啻为人世间一桩美谈。祝明这样说："我对父亲有敬畏之心，我敬畏的是他对事业的执着和付出，一辈子为了事业放弃了家庭，什么都能牺牲。什么名呀，利益呀，都不顾了。中心原来还有人给点赞助，但是他们为了科研事业，天天吃方便面，经济上很拮据的。第二的敬畏是在哪里？他对子女的疏远，尽管我父亲这样对待我们，但是我依然很尊敬他。一般的父母没这样做的。实际上我是很感激他的，我现在能有这么大的成就，都来源于父亲的培养，培养了我的坚忍不拔以及吃苦耐劳的精神，人格的完善，性格的锤炼，自强自立等。"

11.6 人生最后一次的骨折

2015年之前，祝总骧住在地处北京市海淀区大慧寺12号的国家卫

第十一章 老境

生计生委科学技术研究所的宿舍楼里,这个地方距离北京市东城区北池子大街2号有9.4公里,骑行的话至少需要40分钟。祝总骧经常骑着自行车往返近20公里上下班。一位90岁的老人还能骑着自行车?很多人表示不理解,按照他的想法其实就是为了单纯地去锻炼身体。2013年的一天,当他从家里骑着自行车到北池子大街2号的半路上,他躲着迎面骑着自行车的一个人,由于躲闪不及,人和自行车都被摔倒在地,这次很意外的交通事故,导致他的右腿和左腿叠放在一起,还有那辆自行车一起重重地着地,这等于是把所有的重量都压在他的左腿上,为此导致髋部关节骨折。这是央视《夕阳红》特别节目"健康奇迹"的一段画外音。

2018年8月24日,祝总骧在老谢、夏中杰的陪伴之下,来到央视《夕阳红》特别节目"健康奇迹"的直播现场。主持人是黄薇,曾经在电视连续剧《海棠花开》中成功地饰演了周恩来总理的夫人邓颖超。

在电视里,她落落大方地面对观众,微笑地说:"健康共享创造奇迹,欢迎大家观看《夕阳红》特别节目'健康奇迹',我是主持人黄薇。我来给大家介绍一下两位嘉宾,中国中医科学院副研究员代金刚,北京大学人民医院骨关节科医师、临床博士李儒军。"当黄薇刚介绍

祝总骧(左)参加央视《夕阳红》特别节目"健康奇迹"的直播现场,和主持人黄薇(右)互动。

完毕,代金刚和李儒军先后走向嘉宾席,并一一落座。

黄薇说:"许多高龄老人面对这种伤情,很可能会终身坐在轮椅上,那么祝老年过90岁了,他还能再站起来吗?"只见电视里的祝总

骧身穿一身鹅黄色的中山装，行走自如地走向前台。以下是主持人和祝总骧精彩的对话：

"欢迎祝老！"

"观众朋友大家好！"

"哎呀！中气十足啊！祝老，您现在恢复得怎么样了呀？可以不可以走两步呀？"

"我可以走两步了。"

"那您现在给大家展示一下好吗？"

"行呀！"

祝总骧起身在台上行动自如地走了几步。

"哎呀！您太棒了，真的太棒了！怎么样观众朋友们，耳听为虚、眼见为实，要知道老爷子今年是96岁（虚岁）的高龄！所有的人都可能难以置信，96岁（虚岁）了，髋部关节骨折以后，不敢说是健步如飞，起码也是行走自如。李医师，对于一个将近90岁的老人来说，如果髋部关节骨折的话意味着什么？"

北京大学人民医院骨关节科医师、临床博士李儒军说："这个部位的骨折，存在的风险非常大，为此我们就把它称作人生最后一次骨折。因为这个部位的骨折，我们在临床上有过统计，总体死亡率达到50%。"黄薇面色凝重地说："还会威胁到生命！"

李儒军继续分析道："高龄老人一旦在髋关节周围的位置骨折后以后呀，那么这个人就不能下地，就得卧床。卧床之后会带来很多的并发症，最常见的是包括肺部感染、褥疮，还有泌尿系统的感染、血栓。一般来说一年之内有许多的老年人是因为没法下地行走，导致危及生命的风险。"

黄薇见李儒军分析完，就和祝总骧有了以下这样的对话——

第十一章 老境

"很多老人一旦在这个高龄时期,要是发生骨折的话,他们很可能就会心灰意冷了,就会觉得自己再也站不起来了。当时您呢、您是怎么想的?"

"我就觉得没有什么了不起的,我觉得人身上有这个经络,只要让这个经络活跃,身上的所有的骨头上的病都可以修复的。"

"那从您摔倒的那一刻,到您能够站起来,这个中间有多长时间?"

"大概有两个多月的时间。"

黄薇冲着李医师说:"李医师,像这样的高龄老人,他们骨折以后,用两个多月的时间能够恢复成这样的,您在临床治疗中治疗这样类似的病人多吗?"

李儒军回应道:"来我们医院治疗的髋部骨折的病人也不少!但是一般都是来做手术治疗的。我不知道祝老当时是否接受过手术治疗?"祝总骧说:"我主要是靠经络锻炼恢复,但是我也做了手术。主要是在髋部加了两块钢板。"

在本次做节目中,祝总骧无疑是一位"主演","台词"既多,镜头聚焦到他身上也很多,然而作为一位年已鲐背之年的老人,在节目中能够神态自如,回答问题之时有条不紊、侃侃而谈,不失教授的风范。自此黄薇和祝总骧的对话比以前相比就更加精彩了——

"祝老,您看这个经络,它是看不见、摸不到的呀?您能恢复这么快,做经络按摩真的能起那么大的作用吗?"

"这件事情呀,就是取决于您相信或者不相信的态度了。外国的医疗书上没有一本讲的是经络的问题,但是我们的祖先在《黄帝内经》一书中清楚地记载,在2500年以前,明白地写出了人身上有14条经络。"

"这是我们的老祖宗告诉我们的,那您的这个康复锻炼是怎样一个方法呢?"

"应该是'312经络锻炼法'！有按摩、有拍打，还有腹式呼吸。"

"祝老，刚才您一直提到一个名词，叫'312经络锻炼法'，这'312'指的是什么？"

"'3'，就是3个穴位按摩。"

"哪3个？"

"第一个是合谷。"

"第二个呢？"

"内关。"

"第三个呢？"

"足三里。"

"1，指的是什么？"

"腹式呼吸"

"您说的三个穴位按摩，我知道了，那2又指的是什么？"

"2条腿下蹲动作。"

"我们记住了。祝老，您说的'312'帮助您恢复骨折，它真的有这么神奇吗？"

"事实上已经证明了它的神奇效果！"

黄薇刚和祝总骧说完，就再次冲着代金刚说："代教授，那么从中医和西医的角度，你们怎么看'312经络锻炼法'这个运动方式？"

代金刚回答："'312'虽然是3个穴位按摩，但是它能刺激到的是我们整条经络，继而影响到整个脏腑，其他的对内关的刺激，它是可以影响到我们的心脏。心生血脉，心主神志，让我们人体的气血有一个良好的运行循环，来起到一个良好的作用！那按摩足三里，是让我们能够开开胃，能让我们能够拥有一个强健的身体，为此这样说，'312'的锻炼，对祝老的髋部骨折后的康复过程中起到了一个非常重要的作用！"

第十一章 老境

代金刚的回答,让黄薇很满意,她微笑向代金刚致意。接着黄薇又对李儒军"点将":"我觉得这是中医的解读,当然解读得很精妙、到位!我还想听听西医是如何解读的。"李儒军回应:"我们正常人,就是以胸式呼吸为主,腹式呼吸为辅。刻意地去锻炼腹式呼吸呢,一方面可以促进我们的植物神经,降低我们的心率,改善我们的血压,促进我们人体的循环,还可以促进我们人体的胃肠蠕动。关于两条腿下蹲的动作,您可以和收看这个电视节目的老年朋友们提醒一句,下蹲呀,如果我们的老年朋友有很多关节不好的,这样不要刻意地去强求做这个下蹲的动作,但是如果关节准许的情况下,这个2条腿下蹲的动作是一个良好的锻炼!"

黄薇的主持风格具有很强的亲和力,她能够熟稔地把控整个节目的节奏,从最初的低潮,继而能轻松自如地用她的主持技巧不断地把节目推向一个又一个高潮。她微笑地对祝总骧说:"我们有请祝老给大家说一说他的'312经络锻炼法',到底是怎么去做的?"这时候,电视节目出现了画外音:祝总骧老师详细地给我们讲解了他创编的"312经络锻炼法",经过3个穴位按摩,1个腹式呼吸,加上以2条腿下蹲的动作为一体的锻炼方法,来达到防病祛病、强身健体的目的。

当画外音及几组蒙太奇的镜头过去后,镜头再一次聚焦在祝总骧的身上。祝总骧说:"我们研究经络的人,特别重视这个经络的健康活动,这样全身的气血得到运行,全靠这个经络,没有经络,人是活不成的!"

祝总骧刚说完这句话,电视上再次出现画外音和一组蒙太奇:"312经络锻炼法"对人体健康有重大影响。"312经络锻炼法"简单、有效。3个穴位按摩分别是合谷、内关和足三里。每次每个穴位需要用力按压一分钟,一天可多次按摩。1个腹式呼吸,只用腹部呼吸,把气深呼吸到腹部，每天可做半小时。2条腿下蹲动作，在空地上做下蹲动作，可坚持锻炼20分钟。如果关节不好的老年朋友一天可以做三组。在节目现场，祝总骧老师教会我们穴位按摩的正确方法。

当画外音及几组蒙太奇的镜头再次过去后，镜头再次切换到节目现场。祝总骧对黄薇说："您呀，伸出您的右手来放在左手的虎口穴位上面，垂直下按，您感觉有没有酸麻胀的感觉？"黄薇按照祝总骧的示范，照样做了，她很兴奋地说："对！对！对！"祝总骧一听发出爽朗的笑声："那就是到位了！"黄薇说："我没有麻的感觉，就是酸！"说着，她起身走到祝总骧的面前说："我看您要用多大的力啊！您看我的手都被掐紫了！"祝总骧拉去黄薇的右手，并用自己的右手中的大拇指按压，黄薇下意识地惊叫了一声："祝老，好有劲啊！确实感觉很麻，很酸！啊！这种感觉我找到了！"

代金刚插话："这个穴位的选择真的是在300多个穴位当中百里挑一，真的是选择得很精妙！"黄薇笑着对祝总骧说："祝老，您都听到了吗？他们一直在表扬您呢！肯定您呢！"祝总骧不无谦虚地说："您们都是我的老师！"代金刚一听祝总骧这样说不由得诚惶诚恐："您才是老师！"黄薇在结束节目后总结说："健康共享创造奇迹，我觉得祝老就是身体力行，在创造着健康的奇迹！"

第十二章 "312"事业要传承下去

  有时候，我常常把祝总骧比作愚公，他本身就是一位享誉世界的经络学专家，在研究经络的基础上，创编了"312经络锻炼法"，这一科学的健身方法，让国内外三千多万人获得了健康。事实上，祝总骧拥有一把健康长寿的钥匙，谁拥有了这把钥匙，谁就能开启健康长寿的大门。祝总骧所要做的就是让更多的人做传递这把钥匙的人，他的众多的传承人就是传递这把钥匙的人。

> 祝明喊来夏中杰一起围着祝总骧坐着，他询问夏中杰："小夏，教授百年以后你怎么办？"夏中杰鼓起勇气说："如果有可能的话，我想继承祝教授的'312'的事业。"

12.1 一路追随

屈指算来，夏中杰跟随祝总骧从事"312"事业已有25年，25年以来的朝夕相处，他和祝总骧虽然为师生关系，但是却建立起不是亲人胜似亲人的关系。夏中杰的老家是河南省信阳市固始县，18岁来京打工。说起来他和祝总骧的结缘和朱篷第有关。那是1998年，夏中杰还是国家计生委科研所后勤部门一名物业管理员，他和人事处一位叫庆小平的中年干部关系较好，经常在闲暇时谈心，继而成为忘年挚友。庆小平在和夏中杰平日交往之中，发现他工作踏实认真，虚心好学、为人诚恳。当朱篷第请庆小平帮他物色一位既能熟稔地操作计算机，还年轻的小伙子做其丈夫祝总骧的助手之时，庆小平就推荐了夏中杰。夏中杰清楚地记得他和朱篷第一次见面的情形，那是1998年秋天，他正在上班，朱篷第在庆小平的引领下，找到了夏中杰。朱篷第向夏中杰简单地介绍了"中心"的情况及工作范围，夏中杰一听就是打打字、整理一下文件，更何况他对计算机应用技术很感兴趣，就答应到"中心"兼职的要求。朱篷第见夏中杰爽快答应，显得很高兴，就和颜悦色地说："小夏，你跟我到家里一下，我领着你去见见教授。"祝总骧的家就住在国家计生委科研所宿舍707房间，好在都在一个大院相距很近。夏中杰跟随朱篷第来到了家里，他一眼看见祝总骧坐在沙发上正在阅读一本医学期刊，祝总骧听到房门被打开，就说："谁来了呀？"朱篷第回答:"是小夏,他叫夏中杰,是我们所的。"祝总骧听了朱篷第这一番简要介绍,便起身微笑地说:"好呀,请坐、请坐。"夏中杰初见祝总骧显得很拘束不安,他原以为祝总骧是一位严肃、不好相处的大教授,从而从内心里感觉无比的敬畏。他红着脸,坐在沙发上,两只手交缠在一起,显得拘束不安的样子。祝总骧笑容可掬地说:"小夏,您会计算机吗?"夏中杰应答:"我会一些,我还可以继续学习,争取再熟练一些!"这时候,朱篷第插话:"我看让小夏兼职来做,也可以让他继续学习计算机应用知识。"祝总骧冲着朱篷第说:"我看就照您说的去办!我没有意见!"

祝总骧、朱篷第夫妇和夏中杰(后)合影。

匈牙利针灸协会会长阿央多克.埃利博士(前排右一)和祝总骧(前排中)、夫人朱篷第(前排左一)、后排祝明(后排中)、阿央多克.埃利博士的夫人(后排右一)、夏中杰(后排左一)。

祝总骧话刚说完,夏中杰从内心深处涌荡起一股暖流,在他面前的祝总骧和朱篷第这对科研夫妻,不像社会上传言的都是一脸严肃、不近人情还有些不食人间烟火的高级知识分子,而是那么温文尔雅,和蔼可亲。光阴荏苒,时隔25年了,夏中杰还依然没有忘记他第一次和祝总骧相见的情景,每每谈及这段往事，他双眼里还闪烁着泪花："我对他们第一印象都是做学问的教授，是高级知识分子、科研人员，说话文绉绉的，而我以前就是一个大老粗！"祝总骧起身拍了拍夏中杰的肩膀说："小夏，现在你随我到'中心'去一趟！""教授，经络研究中心在什么地方？"夏中杰询问道。"您知道故宫博物院吗？"祝总骧道。"这我知道的。"夏中杰回应。"在故宫的角楼的对面。"祝总骧对夏中杰说。他们一人骑着一辆自行车朝着北池子大街2号驶去。大慧寺路距离北池子大街2号有15公里，1998年祝总骧都75岁了，浑身充满活力，他骑着自行车很快，夏中杰由于平时极少骑自行车，累得气喘吁吁。

当他们骑着自行车到了景山公园附近，祝总骧冷不丁地问夏中杰："您知道什么是'312'吗？"夏中杰一听丈二和尚——摸不着头脑，反问道："什么是'312'？"祝总骧也没有吭声，径直骑着自行车往北池子大街2号赶，距离目的地还有一公里，他却从自行车下来，一手握紧车把推着自行车小跑，夏中杰看他这样，也就学着祝总骧推着自行车小跑。夏中杰随着祝总骧来到北池子大街2号一处院子里，映入他眼帘的是院子里的古色古香的建筑破烂不堪，屋檐上杂草丛生，一些不知名的小鸟盘旋在宣仁庙的上空，发出很古怪的鸣叫声，让这座庙宇披上神秘莫测的色彩。

夏中杰年轻好奇，还在院子里转了一圈，东北角还住着三户人家，倒是让这宣仁庙平添了点人间烟火气。夏中杰围着小院转了一圈心里还挺纳闷，这个地方能做什么呀？祝总骧安排夏中杰的任务是整理房间里的资料，要求他把所有的资料进行认真整理，做好编号，把每一份资料标注好名称、时间以及安放的位置，确认每一份资料入库后，还要求他在卡片上签上自己的姓名。这么细致的工作，对于一位经常使用扳手、锤子等物件的工人来说，无疑是张飞穿针——有劲无处使。好在夏中杰对新的工作适应性很强，经过自我调整，很快能进入了角色。

他在中心整理文件一段时间后，发现一个问题，只见屋里的纸箱子呀，柜子里呀，除了资料外，还有很多方便面袋子、牛奶的塑料袋子都摆放得整齐。夏中杰猜测可能是祝总骧和他的工作人员在从事科研工作加班的时候，常常吃方便面果腹。当他向朱篷第提出要把这些空的方便面和牛奶袋子当成垃圾扔掉时，朱篷第还不让他随便扔。可是这么多的袋子占据地方，也没有地方堆放那些资料，夏中杰感觉这些东西没啥作用，就偷偷地给扔掉一大部分。

夏中杰由于在那个时候，在国家计生委科研所后勤部门的电工房专门值夜班，为此他才有时间到经络研究中心兼职。在经络研究中心里，夏中杰由于初来乍到，和同事们也不熟悉，每天来上班，除了和同事打个招呼外，就在办公室里整理资料。他在整理的过程中才知道老先生是干啥的，懵懵懂懂地知道祝总骧研究经络，至于研究经络做什么他也不得而知。

平时夏中杰在内屋里整理资料，他在工作过程中每天都有人来到会议室拜访祝总骧，有时候祝总骧会喊他给客人倒茶水，之后便默默回到办公室埋头工作，他感觉这些来访者和他没有什么关系，他只管做自己的事情，一到下班的点就走了。那段日子，对于夏中杰来说，是很忙碌的、也是最充实的。随着时间的流逝，有心的夏中杰慢慢地发现来经络研究中心的老年朋友越来越多，有的还是成群结队来访，不管来访者有多少人，他都见祝总骧热情地把他们迎进门，之后就见祝总骧把来访者安排到会议室就座。

夏中杰从资料室出来到会议室，选了一个最不起眼的角落坐下，听着祝总骧为大家讲解什么是经络，什么是"312经络锻炼法"。有一次，祝总骧给十多位老年朋友讲述经络是如何被科学证实的，他还从电脑的屏幕上看到祝总骧面前的床上躺着一位男青年，他正在用橡皮锤敲击男青年的穴位，并发出清脆的"咚咚"的声响。这着实让夏中杰打开眼界，引起了他对经络、对"312经络锻炼法"的浓厚兴趣。在之后的几天里，他不止一次听到一些老年朋友，这个说经过锻炼"312经络锻炼法"多年没有治愈的心脏病得到康复了，那个说困扰自己多年的高血压恢复了正常，当然这些老年朋友说的各种病例很多，这让夏中杰感觉到"312"的神奇！他从而迷上了它、爱上了它，并且爱得不可自拔。

12.2 夏中杰接下接力棒

让我们把时间锁定在 2018 年，祝总骧已经 95 岁了，他变得行动迟缓、健忘、不爱说话了。这样的身体状况和精神状态和过去相比简直是判若两人。祝总骧的长子祝明回忆："父亲年事已高，行动迟缓，常常忘记事情。这时候我要站起来说话，北京炎黄经络研究中心以后如何发展？中心的核心层有徐瑞民、谢建民虽然跟随我父亲工作很多年，但是我觉得他们并没有把'312'当成自己毕生追求的事业。为此我想到了中心的现状、管理以及他们的未来怎么办？包括财务支出、运营模式等"。

有段时间以来，祝明一直在思考经络研究中心以后的发展问题，这个问题困扰着他，让他寝食难安。2018 年 4 月，他在其父母的住地召开了第一次会议，出席人员有祝总骧、朱篷第、祝明、徐瑞民、谢建民、夏中杰、韩燕敏、李小荣等人，就经络研究中心今后如何发展的问题，展开了讨论。

祝明在会上提想出三种方案，一是关门，到北京市东城区工商局注销北京炎黄经络研究中心这个机构；二是卖掉，把经络研究中心卖给从事大健康产业的良心企业；三是继承，祝明和弟弟祝加贝各自都有自己的事业，自然无暇去继承。第一次会议其实按照祝明的说法，其实就是

第十二章 "312"事业要传承下去

一场务虚会或者是动员会，让大家有个心理准备。祝总骧年事已高，谁来做接班人，成为一段时间里国内外"312经络锻炼法"爱好者以及传承人热议的话题。

2018年6月4日，第13期传承班开完结业会后，第二天要结束了，学员们都在一家四川烤鱼馆吃饭。夏中杰邀请从新加坡专门来京教授学员的陈文隆、王月兰共进晚餐。当夏中杰领着陈文隆和王月兰到了饭店后，恰好看到黄福东、刘一凡、叶德林等传承人，他们热情地邀请夏中杰、陈文隆与王月兰和他们拼桌在一起吃饭。在饭桌上，黄福东冲着夏中杰说："师兄，你看我们参加学习班，我看恩师年岁也大了，如此高龄，有一天说不在，就不在了，我们作为传承人以后到北京，去找谁呀？我观察了半天，中心就剩下几个老人，徐瑞民、谢建民都年过七旬了，只有你还年富力强，只有你能接手去干，如果你做接班人的话，我们'312'还有个家……"黄福东的一席话，说到了大家的心坎里去了，很快引起大家的共鸣。夏中杰回应道："祝教授的长子祝明在4月份已经给我们开过一次会，说起这事，我当时，也没有什么想法。我跟你们说实话，第一，我本人文化程度很低；第二，我也没有什么资金基础……"他们见夏中杰打起了退堂鼓，都在极力地劝说："这些都不是什么问题！我们希望你做掌门人，你把大旗扛着，剩下的事情由我们来做。另外说起技术活，你看我们有这么多的传承人，都是一支坚强有力的后盾！"晚餐后，他们又转到一家咖啡厅，继续讨论"312"的接班人的问题。

过了三个月后的2018年7月31日，祝明接着在其父母的家里组织召开了第二次会议，出席人员有：祝总骧、朱篷第、祝明、夏中杰、保姆张桂莲。祝明问大家道："教授百年以后，'312'事业由谁来接替？"夏中杰说："我想试一试！"祝明见夏中杰主动请缨，感到莫名的欣慰，他冲着其父亲说："爸爸，您看让小夏接，您同意吗？"

祝明虽然心知肚明自己询问尚健在的父亲这样的问题是很唐突，但是这个问题如果不在这个时候提出就显得很晚了。祝总骧听了长子这样的询问，他并没感觉有什么不妥和唐突，他也知道自己的身体状况和精神状态已经不比从前了。这对父子对话之时，正值烈日炎炎的夏天，室内的空调不停地运转，使得室内的温度变得凉爽起来。祝明用手去触摸父亲的手，感觉手掌有些凉，就给父亲披了一件夹克衫。祝总骧端坐在椅子上，陷入了长久的沉默。如果用一首古诗词来形容或者是对应他此时此刻的精神状态，恰如清代的纳兰性德的《金缕曲姜西溟言别赋此赠之》这样写道："谁复留君住，叹人生几番离合，便成迟暮。"祝明并没有一味地去追问父亲，他也知道父亲一生好强，面对一些困难从来不畏首畏尾，他要给父亲一点时间去考虑。他静静地陪着父亲，任时间一点、一点地流逝。祝明看着父亲眯着双眼，似乎在假寐，一缕又一缕夕阳从窗户里飞洒在他清瘦的身体上，祝明不禁从内心深处感慨不已，相比于普通人随着时间流逝的衰老，英雄的渐行渐远更是令人感到莫名的悲凉。祝明喊来夏中杰一起围着祝总骧坐着，他询问夏中杰："小夏，教授百年以后你该怎么办？"夏中杰鼓起勇气地说："如果有可能的话，我想继承祝教授的'312'的事业。""爸爸，您听见小夏的表态了吗？"祝明冲着父亲说。"我听到了！"祝总骧睁开双眼大声地说。其实祝总骧并没有睡着，就是假寐，这样的精神状态成为他晚年的常态。"您对小夏继承您的'312'事业没意见吧？"祝明追问道。祝总骧的眼睛看着夏中杰说："我没意见！"祝明见父亲和夏中杰对经络研究中心今后如何的发展都有了很明确的表态，他也不由得长舒一口气，就感觉压在心头上的一块大石头被卸下一般的轻松和愉悦。

接下来，祝明就对夏中杰说："小夏，既然您要继承我父亲的'312'

第十二章 "312"事业要传承下去

事业,那么我们就来探讨一下您如何接下这个接力棒的问题。"夏中杰和祝明结识很多年了,他一直视祝总骧和朱篷第这对科研夫妻为这个世界上最亲近、最尊敬的亲人,当然也把祝明和祝加贝兄弟俩视为兄长,为此他和祝明说话办事不用兜圈子,总是城门洞里打竹竿——直来直去。按照夏中杰的说法,这样的相处方式,彼此之间既不显得感情生分,也不用在心里刻意地去揣摩、算计对方,毕竟他和祝家这些年来建立起超越亲情的关系,不是亲人胜似亲人。

说起来夏中杰和祝总骧不是亲人胜似亲人的最典型的佐证有两件,第一件事是朱篷第把家底交给他管理,第二件事,朱篷第曾多次提出资助夏中杰在北京购房。

有一天,朱篷第请夏中杰到家里来,夏中杰到了后,以为是祝总骧找他,就和祝总骧聊了起来,这时候朱篷第在二楼喊了一句:"小夏,你过来!"夏中杰一脸疑惑地问:"朱大夫有什么事吗?"朱篷第加重语气地说:"你过来!"夏中杰就来到了她的身边,见她把大包、小包拿过来,掏出定期存折、活期存折以及各个银行的银行卡说:"你给登记一下。"于是他按照朱篷第的盼咐开始登记,很快统计出储蓄总金额是80多万元。朱篷第说:"这些存折、银行卡你来保存,等我们百年之后,你就从各个银行里提出来花!"夏中杰一听惊愕不已:"不!不!不!等你们百年以后,我会把钱全部交给祝明和祝加贝他们。"

朱篷第说:"你不用管他们,他们有自己的事业,有自己的公司,他们赚的钱应该够花的!等我们都不在了,你就花吧!"夏中杰见朱篷第如此信任自己,也不由得泪眼婆娑了。这么多年,他跟随祝总骧夫妇,早已把这对科学老人视为这个世界最亲的人。夏中杰记得:"我刚到中心工作的时候,有一天下午下班回家,我和朱大夫站在101车沙滩站等公交车,朱大夫和我聊天,聊着、聊着她就催促我在北京购买一套

253

属于自己的房子。面对朱大夫的忠告，我当时心想，我哪里有钱购买房子呀？我那时候一个月工资才500多元，何年何月能还得起房贷呀？朱大夫对我说'没事，我帮你找钱！安居才能乐业！你没钱，我借给你。另外我们可以在中心搞个购房基金，先攒着。'我心想，我借钱，总要归还的，我啥时候能还得清呀？"

朱篷第是一位善良的老人，她眼看夏中杰抛家舍业地从河南省固始县老家来到京城创业，拖家带口的，每月还要承担较高的房租费，就几次三番地催促他搬到家里居住，这样能节省一大笔支出。然而，夏中杰担心自己家人口比较多，担心住进去，会影响两位老人的生活。

有句古话说得好"士为知己死"，面对两位老人如此厚待自己，而自己岂能不知恩图报？他把朱篷第交给自己的定（活）期储蓄存折和各个银行的银行卡全部交给祝明，同时还把老太太对自己说的原话一字不落地学给祝明听。夏中杰对祝明说："你们对我怎样，那是你的事情，反正我是冲着我和祝教授和朱大夫之间的25年的感情。我即便不在中心工作了，你不给我开工资，我也会管祝教授和朱大夫的，你也不用担心这个，你们该出国出国，该干吗干吗。"夏中杰的一席话，让祝明听后为之动容。

祝明记得他当初和夏中杰是这样谈的，立马到北京东城区工商局变更一下法人代表，请他的父亲退出，由夏中杰接下接力棒，让夏中杰名正言顺地能够行使北京炎黄经络研究中心主任的身份，否则的话，无论是从夏中杰身份上，还是从名望上来讲，他曾经是祝总骧的秘书、司机，如果不把他扶正，凭借着他过去的身份，也是很难服众的。

当然他们还探讨了北京炎黄经络研究中心工作人员的调整，薪酬的标准等问题。祝明和夏中杰谈妥后不久，祝明以祝总骧的长子身份，给经络研究中心的工作人员开会，宣布了北京炎黄经络研究中心从今以后，就由夏中杰全权负责。面对祝明的这一决定，无论是跟随祝总骧很多年的徐瑞民，还是跟随祝总骧多年的来自重庆山城的李小荣等职工，都表示愿意服从这一决定，并进一步表示，也会积极支持研究中心的新主任夏中杰的工作，一如既往地把研究中心的工作做得更好。当然夏中杰开完这个会后，心里也是五味杂陈，他感觉身上的压力很大。好在他跟随祝总骧多年，也从祝总骧的身上学到了很多知识，当然既包括经络研究呀、"312经络锻炼法"的实操要领呀，管理呀，以及宣传推广呀，更多的是耳濡目染地从祝总骧身上学到了大爱无疆的精神。这对于他来说，不啻为人生赐予他的最宝贵的精神财富。有了这些，他感觉做好研究中心这个主任显得底气十足一些。

第一期传承人培训班上，祝总骧夫妇和夏中杰在一起。

第一期传承人培训班合影。

2019年3月12日，"首届祝总骧312经络锻炼法传承人交流会"在北京召开。

夏中杰成立了三一二百岁康（北京）健康科技有限公司，招聘来毕安民等人一起来经营。祝总骧应夏中杰的要求，还为其写了授权书，并再三强调搞"312"培训班不能走样。

夏中杰接下接力棒后，做的第一件事，就是筹备在北京召开"首届祝总骧'312经络锻炼法'传承人交流会"。经过精心准备，这个会于2019年3月12日在北京召开。本次活动是由北京炎黄经络研究中心主办、三一二百岁康（北京）健康科技有限公司承办。

会议旨在贯彻落实"健康中国"战略，完善国民健康政策，为人民群众提供全方位全周期健康服务精神；弘扬和传承著名经络学家祝总骧教授创编的具有"简、便、易、廉"特点的"312经络锻炼法"，为呵护全人类健康发挥重要作用；为实施《"健康中国2030"规划纲要》，发挥每一位传承人的助推力量。

国家中医药管理局机关服务局原局长、世界中医药联合会亚健康专业委员会执行会长、中华中医药学会亚健康分会主任委员孙涛，中国人生科学学会会长关山越，匈牙利针灸协会会长阿央多克·埃利博士，北京红十字会原党组书记兼常务会长张熙增，中国社会事业国际交流基金会秘书长张湛棣，祝总骧教授的长子、蓝十字生物药业（北京）有限公司董事长祝明以及1~16期"312经络锻炼法"已结业的传承人，匈牙利、新加坡、马来西亚养生界人士等150多人出席。

祝总骧和夫人朱篷第皆穿着红色的唐装，显得格外的庄重和喜庆，他们被大会组委会安排在前排就座。他的很多传承人，包括新加坡、马来西亚的海外传承人等，在大会没有开幕之前，纷纷簇拥在他和夫人朱篷第的身边，祝福、问候以及表达传承人对他们的感恩之情，摄影师用镜头分别记录了这些精彩瞬间。

祝总骧教授的长子、蓝十字生物药业（北京）有限公司董事长祝明代表其父亲致辞——

各位领导，各位来宾，各位朋友：

第十二章 "312"事业要传承下去

大家好！

我是祝总骧教授的长子，我叫祝明，今天，我荣幸应邀出席"首届'312'经络传承人交流大会"，值此之际作为家属，我首先要感谢各位传承人对家父多年来研究成果的认可和尊重，同时对所有为弘扬推广和宣传，家父创立的"312经络锻炼法"努力做出贡献和支持的各位老师和各位朋友表示发自内心的感激之情并致以崇高的敬意。

今天是3月12号，对于"312"来说，这是一个具有里程碑式历史意义的重大的日子，因为这一天他不仅标志着由夏中杰老师为代表的传承人从家父手中继承了"312"历史的旗帜，而且赋予了以后每年3月12号这一天又具有了"312"崭新的内容，从个人走向传承人，从今天走向未来，遗憾的是我和我的家庭因为早年移居海外，加之本人对"312"理念的认知的差距，以及对"312"传承资质和态度的欠缺，所以我不认为我是子承父业最理想、最合适的人选，反倒是夏中杰老师恰恰是家父认可放心并寄予厚望和期盼，也是最合格、最合适的首席传承人，原因有三。首先，于公来说30多年如一日，他一生追随家父，不计荣辱，不争名分，不计得失，不忘初心，忠义信达，为人忠厚踏实。其次，于私来说，他视家父母，如同自己亲生父母尊敬和爱戴，由于家父近年来身体行动不便，所以夏老师就携自己的爱人，举家迁到我们家来居住，细心尽力的看护和照料我的父母，我作为儿子都自叹不如。再次，对于"312经络锻炼法"的认真热爱，以至于痴迷，尤其是当"312"几次处于重要的历史关头和困难的时刻，夏中杰老师都能够挺身而出，他是一个有责任、有担当、有想法做事情的人，为此我代表家父和我们全家借此大会之际向夏中杰表示衷心的敬意和谢意与祝贺。

另外我还代表家父对"312经络锻炼法"的传承和弘扬，提出几点希望或说要求：

1. "312"造福民生，百岁健康不为名利，方向不变；

2. "312"传承理念，传承精髓，本色不变；

3. "312"守法合规，修身自律，道路不偏。

最后祝"312"经络养生事业在未来的实践中，在发展模式和方式上，在创新平台和资源上，越做越好，越做越大，越做越强。

祝各位传承人心想事成，收获满堂。祝大会圆满成功。谢谢。

国家中医药管理局机关服务局原局长、世界中医药联合会亚健康专业委员会执行会长、中华中医药学会亚健康分会主任委员孙涛在讲话中说："习近平主席曾说'中医药是打开中国古老文明的金钥匙'，那么祝老创建的以及弟子们不断践行推广的这种'312经络锻炼法'，就是一把通向人类健康长寿的金钥匙。"

中国人生科学学会会长关山越在讲话中说："祝老年龄年长，他创编的优秀的'312经络锻炼法'，怎么能代代相传下去，刚才我看咱们传承人代表讲得非常好，我们的传承人要有一种情怀，要有一种责任和使命，只有这种担当我们才能做得更远……"

祝明代表其父亲祝总骧向首席传承人夏中杰颁授"首席传承人委任书"。夏中杰代表全体传承人，向祝总骧教授敬献牌匾"中华经络第一人"。夏中杰做了题为"奋进新时代做好追梦人"的发言，他在结束主题发言中这样说："我想借用朱镕基总理的一段话，来表达我的心情、结束我的汇报：'不管前面是地雷阵还是万丈深渊，我都将一往无前，义无反顾，鞠躬尽瘁，死而后已！'"

会上还表彰了10位优秀传承人，他们是：数十年如一日带领大家晨练，晨练点遍布新加坡的陈文隆、王月兰、林国俊、罗健明，'312'经络舞创新者于浩，专心带传技育人才的顿玲，为方太万人职工讲座推广'312'的许幸莹，不辞辛苦到外宣讲者于立君、张译方；对恩师传记一书进行无私捐助的谢江众，普及中医健康养生人数近 10 万人的范耀荣。

会议通过决议，将每年的 3 月 12 日定为"祝总骧 312 经络锻炼法"活动纪念日。《人民日报》《科技日报》《健康报》和中国网等媒体报道了这次会议的盛况。

12.3 大医传承

2010 年，时年 87 岁的祝总骧结识了中医大师郭生白，两位大师从见面的那一刻起皆有惺惺相惜的感觉。祝总骧和郭生白年龄相仿，他尤其对于郭生白的中医医术以及其独到的中医思想好生敬佩。让祝总骧敬佩的中医思想是什么呢？那就是"天下无医，生民无病"，这和他创编的"312 经络锻炼法"主旨高度契合。

郭生白（1927—2011），名春霖，字润物，号生白，河北省衡水市人。出身中医世家，第四代传人，四世祖承，40 岁著《伤寒论六经求真》，70 岁作《阴阳五行新解》，79 岁作《本能论》。

两位大师的会谈结果，就是大医传承。2011 年 5 月 15 日，由中华社会文化发展基金会本能论公益基金和中国民间中医医药研究开发协会主办的"大医传承"启动仪式在中国中医科学院举行。时年 84 岁的郭生白和时年 70 岁的贾谦，联合时年 94 岁的国医大师朱良春、时年 84 岁的国医大师周仲瑛、时年 84 岁的国医大师陆广莘、时年 88 岁的祝总骧六人共同发起"大医传承"文化工程。

在大医传承文化工程启动仪式上，六位大师精神矍铄地站在主席台亮相，让与会者备受鼓舞！要知道这六位大师平均年龄是 84 岁，大多到了耄耋之年呀，这个年龄理应放马南山、颐养晚年，不问世事，是什么样的一种精神让六位大师"发愤忘食，乐以忘忧，不知老之将至云尔"(《论语．述而篇》)。那就是大爱无疆精神。

2016年,祝总骧年届93岁了,他忘记了年龄,依然还在为他的"312经络锻炼法"传播忙碌着、奋斗着。在他的心中总有一个未了的宏大的理想——让全世界人民通过"312经络锻炼法",都能达到健康百岁的人生之路。这年他和认识十年的范杰见面了,范杰时任中国人生科学学会副秘书长兼生命健康专业委员会主任。他们的这次见面开创了"312"事业的新纪元。范杰回忆:"我和祝老还是很有缘分的,我2006年从马来西亚回国发展,就结识了他老人家。我2004年、2005年这两年间,我所在的单位和一所华人小学很近,我要是上班必经过那所华人小学,我就目睹和听闻这所华人小学里的学生在老师的带领下,有板有眼地在练习'312经络锻炼法',这种感触给我太深了!2006年我回国后结识了祝老,我对祝老说'原来312的源头在您这呀!'"

范杰供职的中国人生科学学会创建于1993年,是由中华人民共和国教育部业务主管,民政部注册的国家一级学术社团。

2016年的一个夏天,范杰来到北京炎黄经络研究中心去拜访祝总骧,祝总骧见到范杰就不无忧虑地说:"全世界没有人能够接我的班。"范杰从祝总骧这句话中听出了他的弦外之意,那就是祝总骧认为自己从事的是一项前无古人、后无来者的中医经络的高端研究,而他创编的"312经络锻炼法",经过这些年的普及推广之路上充满很多艰难险阻。范杰是一位很温柔的女性,她很能理解一位科学老人此时此刻复杂多变的心情。她说:"祝老,我想帮您做传承人这块,其目的就是让国内外更多的人去学习'312'、锻炼'312',掌门人只能是一个,而传承人是多多益善!"祝总骧仔细一听,他发出爽朗的笑声,这样的心情愉悦状态简直和上一刻是判若两人呀!祝总骧说:"您要是这么说,我就听明白了,咱们说干就干吧!"范杰记得,她和祝总骧之间谈的合

第十二章 "312"事业要传承下去

第12届欧洲国际班学员合影。

第15期传承人培训班,图为祝总骧(前排中)。

作，也就十分钟谈妥了。说起来，范杰和祝总骧结识十年了，为何这个合作过了十年才开始搞？范杰回忆："我在十年前就想做'312经络锻炼法'的传承人这事，但是由于我工作很繁杂，就一直把这件事放下、放下！就这么拖着……"

祝总骧和范杰深入交谈的结果，促成了中国人生科学学会和北京炎黄经络研究中心于2016年4月13日签订的"带徒传技育人才"培训项目合作的落地。据中国人生科学学会"中人科字[2016]第16号"《关于开展带徒传技育人才培训的通知》，阐述了这一培训项目的主旨："传承是中华民族文化发展与创新的基础，在实现中华民族伟大复兴中，传承作为基础性工作具有重要的作用和意义。人才资源是党和国家最宝贵的财富，是社会主义现代化建设的第一资源，对技能人才的引领、教育、培养、实践和最终服务于社会是传承工作的保障。"

范杰经过6年的时间多方调研，写出了一整套切实可行的有关"大国传承"的策划方案。她说："对于我来说，就想做传承，凡是非物质文化遗产的，我们都要做。中国人生科学学会没有边界、没有人群、没有行业之分，所以说我们在做传承的时候，就可以把所有的非物质文化遗产都做传承的，其他平台做不到。我只想把中华民族文化这部分，挖掘出来，有4个方向性——1.挖掘；2.传承；3.弘扬；4.发展。挖掘中华民族的文化瑰宝，传承中华民族技艺，弘扬中华民族的文化，取其精华，去其糟粕，为继承和发展中华民族文化发挥一份力量。"

"大国中医"是"大国传承"项目的重要一部分。在范杰的团队运作之下，她仅仅用了2年的时间，就做了800位亲传弟子和32位助教，每个专家都有谱系，统一纳入谱系管理。

有一次，范杰到北京炎黄经络研究中心去观摩"312"国际班培训，有一位来自马来西亚的学员说："我要把'312'带到北京，传到

第十二章 "312"事业要传承下去

全中国……"这位马来西亚的学员这番话，让大家听了惊愕不已，明明"312"的源头在北京，而创编"312"的人就在他身边，他还敢于如此大放厥词，真的让人哭笑不得。这时候，范杰果断地提出要把"312经络锻炼法"前缀为祝总骧三个字，以便显示正宗和源头出处，此举也得到了祝总骧的首肯。

范杰这样表达自己把"312经络锻炼法"前缀祝总骧三个字的目的是："祝老在世的时候，大家都知道这个是祝总骧创编的，但是如果他不在的时候，再过20年，可能'312'就是他人的了！以后经络大会谁来组织？哪个国家来组织？如果我们不把他做大，包括经络、包括'312经络锻炼法'就是其他国家的了，因为品牌被抢注了。"

北京炎黄经络研究中心和中国人生科学学会合作的"带徒传技育人才"培训项目，从2016年4月—2019年12月，培训传承人23期。后来祝总骧考虑到北京炎黄经络研究中心成立许多年来，早已在国内外产生深远的影响，于是终止与中国人生科学学会的合作。北京炎黄经络研究中心委派夏中杰主管传承人培训工作，夏中杰还给每位传承人设立了"家谱"，男性的传承人一律用乾字作为开头起表字，如夏中杰字乾洪，韩燕敏字乾铃等等。从2016年4月—2023年10月，共计培养了475位传承人。

"大国传承"及祝总骧"312经络锻炼法"每一期传承人培训班开班前，每一位学员都要学习"师训"，"师训"里这样写："经络传承，严从师教；刻苦自勉，格物致知；爱国守法，尊师孝亲；谦恭礼让，诚实守信；勤学多思，适人时情；淡泊名利，厚德济生；见贤思齐，不善探汤；自珍自重，记之行之。"

我曾经于2019年夏天，在北京炎黄经络研究中心现场观摩传承人班结业仪式。大家围着圆桌而坐，祝总骧和朱篷第端坐在中间，微笑地凝视着。那一期的传承人培训班有20人结业，他们都穿着印有"祝总骧312经络锻炼法"字样的红色T恤衫，从年龄上来看，这批传承人大多数是"80后"和"90后"，个个充满青春活力和激情。结业仪式由首席传承人夏中杰主持，轮到面试环节，夏中杰会挨个点名提问，询问的问题当然是培训班教授的内容。比如，他会询问传承人："请问，《黄帝内经》一书中记载的经络的重要性是什么？"被询问的是一位来自广东的一位"90后"女青年，只见她落落大方地起身回答道："《黄帝内经》记载的经络是'决生死处百病，不可不通……'"对于这位女青年的回答，祝总骧微微地点了点头，表达出对这位女青年学有所成的赞许。夏中杰俯下身体对祝总骧说："教授，您看给这位传承人打多少分？"祝总骧伸出右手说："给她打5分"（意为满分），全场顿时响起雷鸣般的掌声。

当20位传承人答辩都通过后，待全体传承人起立给祝总骧和朱篷第三鞠躬后，夏中杰总会领着大家诵读"拜谢恩师宣言"。

我拉着恩师的手，勇敢地跟着恩师走，有恩师先天下之忧而忧；后天下之愁而愁。

我拉着恩师的手，毅然决然的，跟着恩师向着联合国正步走。人类健康与传承人的使命，叫作拯救！

我斟满感恩的酒，播撒人间大爱的丰收。

我挥舞感恩的手，谱写民族大义的春秋。

我张开感恩的口，歌颂炎黄精神的不朽。

我弹起感恩的前奏，抖擞那慈善博爱的风流。

我放开感恩的歌喉，要把那宇宙穿透。

我弹起感恩的前奏，壮阔中华民族的锦绣。

我信仰感恩的追求，让人类的道德天长地久。

我向恩师拜礼，拜谢我伟大的华夏神州。

我向恩师拜礼，永远把师徒的规矩恪守。

我向恩师拜礼，将把千秋万代的重担领受。

我向恩师拜礼，伟大的中医将永远是人类医学的砥柱中流

我们向恩师拜礼，"祝总骧312经络锻炼法"的传承人们已经准备好，将开启一个新时代的里程碑，将会弹奏起人类历史上，前无古人，后无来者的百岁健康长寿的医学奇迹光辉榜样的、最经典的中医史诗般的大合奏。

当拜师仪式结束后，20位传承人呈大雁形方阵排开，而祝总骧和朱篷第端坐在大雁形方阵的最前面。他们都穿着红色的T恤衫，如同缥缈无边的天空中飞舞的彩霞，似乎要把整个天空涂抹成红色的基调，一种亘古未有的激越、亢奋和梦想，去穿越时空的隧道，淋漓尽致地去张扬着生命的壮美和绚丽。这20位传承人，我也能从他们的年轻的面庞中，感受到他们的年轻的脉搏里，在神圣和庄重的那一刻，情不自禁地集结在一起，任凭青春的激情融合在一起。

祝总骧的"312经络锻炼法"的事业要想持续发展下去，就要大力培养传承人，让每一位传承人通过系统地学习到经络被科学证实史料以及熟稔地掌握"312经络锻炼法"的要点，然后学成后，把这些知识和"312"的理念传递给身边的亲友，有条件的传承人通过自营的养生馆、诊所和医院传递给更多的渴望健康长寿的人们。"聚是一把火，散是满天星"，让"312"这一具有"简、便、廉"特点的科学锻炼方法及"让全世界人民都能健康长寿"的大爱无疆的精神薪火相传。

12.4 登陆纽约纳斯达克大屏

2019年3月12日在北京召开的"首届祝总骧312经络锻炼法传承

人交流会"上，表彰了一批对"312"事业发展做出突出贡献的社会各界人士，其中有一位气质不凡、温文尔雅的女士上台从祝总骧的长子祝明的手中接受了"312经络锻炼法"事业杰出贡献奖的证书和奖杯。大会给她的颁奖词是这样的："她是'312经络文化'的坚定推广者；她是实现恩师理念的努力践行者；她是打开'312'国际宣传窗口的无私奉献者；在她的努力下，让更多的世界人民知道了、了解了、接受了'312经络锻炼法'，为造福人类健康做出了历史性的贡献；她就是张湛棣。"张湛棣是中国社会事业国际交流基金会的秘书长。

说起来，张湛棣能和祝总骧结缘，归功于张满堂，她和张满堂是邻居。她知道张满堂身体一直很糟糕，常常到医院接受治疗，她甚至听其他邻居说张满堂的家人都为其准备了后事。有一天张湛棣乘坐电梯回家，当她走进电梯，冷不丁地抬头看了和她同乘一个楼层的张满堂，她立马感觉惊诧不已道："您……您……您是张满堂吗？"张满堂发出爽朗的笑声："张秘书长，您是不是想说我已经去世了吧？"张湛棣倏然间收起自己惊诧的表情，似乎在刻意地去掩饰一下很尴尬的气氛。"张老这哪里会呀？"张湛棣冲着张满堂笑着说。之后她从张满堂那里了解到由于张满堂坚持不懈地锻炼"312经络锻炼法"，身体上有了很明显的效果，也恢复了健康。张满堂的现身说法，让张湛棣深信无疑，而张满堂口中的祝总骧、经络的科学被证实、"312经络锻炼法"也让她一一洞开了神秘的大门，她希望张满堂引荐一下自己，领着她去拜访一下祝总骧。

在2015年的一天，张湛棣和张满堂约定好时间一起驱车来到位于北京市海淀区人济山庄的北京炎黄经络研究中心。张湛棣见到祝总骧那一刻，便油然而生一种深深的敬意，她握着这位科学老人的手，连连说："祝老，您好呀！今天我是来给您当学生虚心向您求教的！"祝总骧微笑地说:"欢迎您来指导我的工作呀!"祝总骧简明扼要地向张湛棣介绍了自己研究经络以及推广"312"的情况,张湛棣听得很专注。当祝总骧讲完,她郑重其事地说:"祝老,我们基金会想和您合作'312'的项目,您看可以吗?"祝总骧立马说:"好呀!"张湛棣接着说:"现在国家很重视中医事业,如今连国外都在密切关注中国中医事业,您的'312经络锻炼法'对老百姓的健康有很大帮助!我尤其对您1987年在剑桥大学一次国际医学会议上,发表的证明经络客观存在的学术报告,为此我很看好您,我要说明的是我不是给您推销'312'的……"

祝总骧很认真地倾听了张湛棣的话,他激动不已地伸出右手,收拢起大拇指,握成四指,激动不已地说:"40年了!40年了!这么多的人找我谈合作,没有一个像您这样谈的!有不少人找我合作都是合作中医开诊所来赚钱,唯独您和我合作的是证明经络客观存在的事情,好!好呀!我同意!"

张湛棣见祝总骧这么爽快地答应了,感到特别的欣慰。她说:"我们基金会想和你这样合作,想在联合国搞一个论坛,请您站在国际医学讲坛上,把中国中医经络被科学证实的事情再重申一次!"祝总骧一听要在如此这么大的国际医学讲坛去给外国人做"312"讲座,也蓦地激情澎湃起来了。张湛棣还嘱托祝总骧,把过去在国内重要的期刊上发表的有关经络研究以及群众锻炼"312",并在"312"的干预之下,身体得以康复的论文整理一下,她还表示要把这些论文汇编翻译工作,由她来负责。为了使得论坛取得圆满成功,她也会邀请美国的知名人士参加论坛,并在现场由祝总骧的团队,为这些美国知名人士演示"312经络锻炼法"。祝总骧越听越兴奋,连连说:"太好了!太好了!那咱们定下时间如何?"张湛棣回应道:"给您一年的准备时间,明年的四五月份吧!"祝总骧做事雷厉风行,不喜欢拖泥带水,他认准的事情,即便前方有多少坎坷和泥泞，他也无所顾忌，他追求的是"无限风光在险峰"。"能不能把到联合国论坛的时间提前，比如说3月12日那天开幕？"祝总骧用满怀期待的眼神看着张湛棣。张湛棣对祝总骧提出的论坛时间由四五月份更改为3月12日，她飞快地在大脑思考老爷子为什么要改为这个日子，难道有什么特殊的寓意或者纪念意义？她仅仅思考几秒钟就找到了最准确的答案，她在刹那间想到祝总骧想对应一下"312"。想到这里，她如释重负地说："行呀！我看问题不大！就这么定了！"祝总骧听到她这样说，从沙发上站起来，眯着双眼，笑眯眯地拍手。祝总骧很久、很久没有这样心情愉悦了，当然他这样的好心情，也影响了他身边的所有工作人员，包括徐瑞民、夏中杰、李小荣等人。

  2015年6月的一天，张湛棣上网浏览新闻，一篇文章引起了她的格外关注。原来，有位美籍华人在互联网上公开写文章，说中国中医经络证明是美国哈佛大学医学院多位科学家历时多少、多少年的科研攻关，证明了经络的客观存在，下一步还要对经络做深层次的研究，争取运用经络来攻克人类未知的疾病。面对这位美籍华人如此颠倒黑白、数典忘祖地可耻行径，她义愤填膺！她在心里想"这下子糟糕了！这个美籍华人这是要肆无忌惮地抹黑中国呀、抹杀中国科学家祝总骧的贡献呀！"张湛棣感觉这个事不容小觑，必须要引起高度重视，她连忙驱车来找祝总骧商谈一下应对措施。宾主双方刚坐定，张湛棣就迫不及待地向祝总骧一五一十地诉说着事情的来龙去脉。祝总骧听后，也颇感震惊，他猛地用手重重地拍了一下茶几，发出清脆的响声。他接着怒气冲冲地说："真的卑鄙无耻！是可忍，孰不可忍！"张湛棣见状，突然意识到老爷子真的动怒了，忙安慰他："祝老呀，您岁数大，不能动怒，气大伤身呀！着急不是什么办法，关键是我们要及时采取应对措施才好！"祝总骧感觉自己有点失态，就反问张湛棣："您说我们应该采取什么样的应对措施才好？"张湛棣说："当前我们要采取先声夺人的应急措施，先把广告在美国纽约时代广场的纳斯达克大屏打出去！"祝总骧认为这个措施可行说："一切听您安排吧，我支持就是了！"祝总骧依照张湛棣的意见，给她出具了委托书，并郑重其事地签了自己的姓名，加盖了北京炎黄经络研究中心的公章以示对这件事的重视。

张湛棣提议说的在美国纽约时代广场的纳斯达克大屏，被称为"世界的十字路口"，这里不仅有着高人流密、高曝光量、高传播率（日均50万人流量，年均游客流量4000万人次），而且有着视觉冲击力超强的广告大屏，被誉为"全球四大黄金广告地段"之一。

张湛棣通过朋友的介绍，得知在美国纽约时代广场的纳斯达克大屏发布广告，广告费特别昂贵，竟然需要18万美金（折合人民币1282014.7574元）。朋友询问张湛棣："做不做？"张湛棣不假思索地说："做！"这一天文数字一般的高昂广告费上哪里筹集呀？张湛棣犯难了。好在她认识的朋友多，有的开公司的朋友收入不菲，她和一位企业家朋友一说，人家认为出资在美国纽约时代

祝总骧的破译千古经络之谜及"312经络锻炼法"广告上了美国纽约时代广场的纳斯达克大屏。

广场的纳斯达克大屏不是单纯地为了某个人扬名立万，而是出于爱国情怀，岂能不助力？巨额的广告投放费到手了，下一步就是准备广告资

料。张湛棣到经络研究中心要了很多有关经络研究、有关"312"的书籍、光盘和照片，统统拿回家认真研究。那18万美金是广告投放费，并不包含广告设计费，为了节约成本，她自己动手写广告文案创意，那设计的工作就交给远在美国纽约工作的女儿和女婿了。张湛棣请夏中杰找来祝总骧中年时期以及老年时期的照片，她选中了一张当年祝总骧在实验室里和同事运用三种方法科学证明经络客观存在的照片。她思忖："仅仅有祝总骧一张照片显得太单薄了，也说明不了什么问题，如果放几张不同年龄段的传承人，是不是有着世代传承之寓意。"想到这里，她又找夏中杰商量，夏中杰把他的妻子韩燕敏的照片发给张湛棣，并说："韩燕敏也是传承人之一，她来北京炎黄经络研究中心工作很多年了，一直和祝教授和朱篷第医师朝夕相处，感情深厚，可以把她的照片放上去。"张湛棣考虑到广告文案创意从世代传承入手，选取不同年龄段的人，祝总骧时年92岁，张满堂时年70岁，韩燕敏时年30岁，还差一位50岁的传承人的照片怎么办？她和夏中杰商量说："我也要把自己的照片放上去，祝老不是也让我做他的传承人吗？我的照片发布上去不仅仅是传承人问题，而且发布广告单位是中国社会事业国际交流基金会，我又是秘书长。"夏中杰回应道："这个广告上必须要有你的照片。"那这样还差一个小孩的照片。张湛棣想到如果找一个小孩充当模特未尝不可，但是小孩生性淘气，要是在拍摄照片的时候不合作怎么办？还有小孩的家长是否愿意自己家的孩子被公于之世？这些问题都是要事先考虑到的。于是她想到自己远在美国生活的外孙子，时年才2岁多，就拨打越洋电话给女儿说："你的孩子有没有比较规矩的照片呀？我要选在广告上。"女儿当然支持母亲的提议，就翻箱倒柜地寻找小孩的照片，花了好长时间终于找到一张比较满意的照片，通过电子邮箱发给张湛棣。张湛棣接到外孙子的照片开心不已。

就这样，她在广告文案创意这样安排的：广告语是"中华经络世代传承千年惑解普惠众生——中国第一大发明的科学验证"，祝总骧身着黑色西服，戴着眼镜，打着红色领带的巨幅半身照片赫然夺目，还配发他早年间在实验室和同事科研攻关的照片，而祝总骧下面是代表不同年龄段的传承人的照片，落款是中国社会事业国际交流基金会，同时还配有英文。这个广告登录在美国纽约时代广场的纳斯达克大屏上是 2017 年 8 月 3 日，这一天是个值得纪念的日子，这一天祝总骧代表中国的科学家向世界庄严宣布：经络被科学证实是中国人、是中国科学家祝总骧。

12.5 成立祝总骧 312 经络锻炼法专业委员会

说起来成立祝总骧 312 经络锻炼法专业委员会的初衷，按照夏中杰的说法就是通过官方搭建的平台，引起中央高层的关注，借助于国家层面的力量，大力继承和发扬祝总骧的"312 经络锻炼法"，让这一利国利民的锻炼方法造福每个中国人。自从经络研究中心终止了和中国人生科学学会的合作之后，夏中杰从 2020 年 7 月开始也在一直物色和寻找国字头的有关卫生与健康的协会（学会）共建祝总骧 312 经络锻炼法专业委员会。这期间，他通过一位传承人介绍，结识了廖祖祯，不久廖祖祯也成了传承人，一来二去就成了自家人，廖祖祯就把中国人口文化促进会的张红磊引荐给了夏中杰，通过多次商谈，在中国人口文化促进会旗下组建了祝总骧 312 经络锻炼法专业委员会。

2021 年 10 月 19 日上午那天，对于祝总骧的"312 经络锻炼法"事业来说，是一个开辟新纪元的日子，这一天中国人口文化促进会在中国中医科学院隆重举办祝总骧 312 经络锻炼法专业委员会成立仪式。

祝总骧 312 经络锻炼法专业委员会旨在团结和组织国内外科研院所

的经络研究专家、"祝总骧312经络锻炼法"传承人及锻炼者等社会各界人士，共同科学探讨、研究祝总骧教授的科研成果、科学思想以及他所创编的"312经络锻炼法"在各种疾病的预防和保健的广泛运用，探讨国内外经络研究最新科研成就及经络在临床中的运用等。

中央纪律检查委员会驻卫生部纪监组原组长、中国保健协会理事长张凤楼，中国人口文化促进会秘书长宋建平，原中国中医研究院副院长、中国老科学技术工作者协会卫生分会常务副会长、中医主任医师张殿璞，著名心血管专家及健康教育专家洪昭光，中国中医科学院针灸研究所研究员张维波，解放军总医院耳鼻喉研究所副所长于宁，中国人口文化促进会宣传(项目)部负责人侯喆，中国人口文化促进会分支机构项目负责人张红磊等来自全国各地120多人出席会议。

中国人口文化促进会秘书长宋建平宣布大会开幕及宣读中国人口文化促进会成立祝总骧312经络锻炼法专业委员会批复文件。

会上通过民主选举，"祝总骧312经络锻炼法"首席传承人夏中杰当选为会长，王洪刚、汪宁、廖桂莲、黄旭东、范耀荣、廖祖祯六人人

2021年10月19日，中国人口文化促进会祝总骧312经络锻炼法专业委员会在中国中医科学院成立。

当选为副会长，陈家忠当选为秘书长，钱文炜、王楠、宋灵辉当选为副秘书长。夏中杰和中国人口文化促进会秘书长宋建平分别作了题为"继往开来、开拓创新为人民群众健康带来更多福祉"的发言和"守正创新、继承发展祖国中医药事业为健康中国助力"的发言。

中央纪律检查委员会驻卫生部纪检组原组长、中国保健协会理事长张凤楼、中国中医科学院针灸研究所研究员张维波也分别发表讲话。

当天下午，专委会还举办了"首届经络研究与健康大会"，祝总骧312经络锻炼法专业委员会副会长王洪刚、汪宁、廖桂莲、范耀荣、黄旭东分别做了报告。张凤楼、宋建平、张殿璞、洪昭光等领导和专家还分别为专委会成立题词："科学锻炼身强体健""开展经络科研研究，为人民群众健康服务""经络养生，人人健康""选择312就是选择健康"。

12.6 接力，一代代传下去

《愚公移山》是中国古代寓言故事，选自《列子·汤问》，作者是春秋战国的列御寇。《愚公移山》讲述了愚公不畏艰难，坚持不懈，挖山不止，最终感动天帝而将山挪走的传奇故事。

有时候，我常常把祝总骧比作愚公，他本身就是一位享誉世界的经络学家，在研究经络的基础上，创编了"312经络锻炼法"，这一科学的健身方法，让国内外三千多万人获得了健康。事实上，祝总骧拥有一把健康长寿的钥匙，谁拥有了这把钥匙，谁就能开启健康长寿的大门。祝总骧所要做的就是让更多的人做传递这把钥匙的人，他的众多的传承人就是传递这把钥匙的人。

在祝总骧众多的传承人中，张满堂是一位很特殊的传承人，说他特殊，是因为他曾经患了胃低分化腺癌，被医生打入"人生另册"。2002年，时年55岁的张满堂被查出胃低分化腺癌，手术后进行了化疗，生命几近垂危。他在患胃低分化腺癌之前，曾经有过33年的胃溃疡和十二指肠球部溃疡的溃疡史。

那年，张满堂到医院被确诊为胃低分化腺癌回家的路上，坐在出租车里，隔着车窗玻璃看见路边伫立的高大、挺拔的树，一排排呼啸而过的高楼大厦，这人世间所有的繁华，都让他深深地眷恋。那时他想到的是，这一切都不再属于他了。还有，他看见路边穿得破破烂烂、满身都是土的乞丐，他都羡慕他们，虽然他们今天生活很困难，但是他们明天会好，因为他们身体是好的，至少没有癌症。在那段时间里，他由于患了癌症，思想压力特别大。当他住院以后，胃被切除五分之四，之后历经三次的化疗，病魔把他折磨得死去活来。让他始料不及的是他在抗癌过程中，经过医师检查发现他肝门有水肿。住院接受治疗10个月的张满堂自然是"久病成医"，他不由得倒吸一口凉气：如果癌细胞从胃转移到肝，这就应该说没什么希望了。想到这里，张满堂陷入了生命的绝望！当他的亲友、单位的领导和同事闻知张满堂生命垂危之时，纷纷到医院去看望他。

我在采访张满堂时，他不无幽默地给我讲述了他的故事："我给你讲讲我们单位领导和同事到医院去探望的故事，听起来好像是笑话，我也亲身体验了一把'遗体告别'。我在做手术的前一天晚上，我们单位有20多个人坐一辆面包车来看我，来了之后医院不让那么多人进。领导们就跟医院讲，我们少进去几个人行不行？进去了3个人。过了一会儿又说，我们还得进去3个人……大家进来的时候都是人人脸上挂满很沉重的表情，走的时候都说'老张，好好休息'这句话。他们从我的床边转一圈出去，后面的3个人又进来了。我想到，在八宝山我多次送过人就是这样，当时我就想，'遗体告别'终于让我体验到了。后来也有人讲了，我们单位的人已经派人到上级单位去拿我的档案，已经开始写我的悼词了……"

就在张满堂命悬一线之时，他有一天看到中央电视台《健康之路》栏目，介绍了中国科学院生物物理研究所研究员祝总骧创编的"312经络锻炼法"，让很多人通过坚持锻炼收获了健康。他眼睛一亮，犹如溺水的人抓住一根救命稻草一般欣喜不已，他看到了自己生的希望了。

"这个时候也是有病乱投医，我已经没有别的办法了，怎么也是死，我就试试看。看完介绍我就到中央电视台去了，找到了一个好心人，给了我一本介绍'312经络锻炼法'的小册子，还有一个朋友送给我一盘光盘。我就看这个录像带和这本书，反复地看、坚持练习，一个礼拜之后，我感觉我的身体发生了很多微妙的变化……"当张满堂谈到和祝总骧结缘的经历，泪眼婆娑。他接着说："'312'给了我战胜疾病的勇气和力量，而且实实在在地让我得到了很多好处，因为那个时候我什么药都不吃了，从我最危急的时候，和后面一步一步的康复过程，都没有离开过它。现在我已经坚持锻炼'312'19年了，我抗癌成功了！"

接下来，我要写写王洪刚，这位来自吉林省四平市铁西区的"80后"年轻人，当他离开校园、踏入社会那天起，就一头扎进传统中医博大精深的殿堂。他担任大连庄河绩廉职业培训学校有限公司总经理后，在继承传统中医的精要医术的基础上，创编了古法经络拍打的养生锻炼方法，让很多人通过坚持锻炼获得了健康。当王洪刚得知祝总骧要招收传承人之时，他认为祝总骧的经络理论和他创编的"312经络锻炼法"是一个造福全人类健康的科学锻炼方法，于是就专程来北京跟随祝总骧系统地学习了经络的科学被证实以及"312经络锻炼法"操作要点。拜入师门后，给王洪刚很大的启发，他触类旁通地根据祝总骧的经络理论及"312经络锻炼法"，对自己创编的古法经络拍打法进行了改良，用自身的实践去传承祝总骧的大爱无疆精神。中国人口文化促进会祝总骧

312经络锻炼法专业委员会成立前夕，他还赞助八万元，提供活动经费。

汪宁是一位致力于大健康产业的较为成功的创业者。汪宁1970年6月出生于南京市大厂区（今为江北工业园区），中国医科大学本科毕业后，曾先后担任人社部全国健康管理项目推广办公室负责人、首都医科大学附属北京康复医院健康管理就业创业实训中心主任、中国人口文化促进会祝总骧312经络锻炼法专业委员会副会长、广东省养生文化协会副会长、广东省营养健康产业协会中医健康管理工作委员会主任，此外他还是健康管理保健服务国家标准起草人，"健康管理保健服务规范GB/T39509国家标准起草人"。

说起来，汪宁和祝总骧结缘，是2013年。那一年首都医科大学附属北京康复医学院成立了全国健康管理就业创业实训中心，在成立大会上，他听一位专家介绍了祝总骧是世界上证明经络客观存在的第一人，这位专家还专门给与会者介绍了祝总骧创编了"312经络锻炼法"，面向全世界普及推广的感人事迹。在会上，汪宁津津有味地观看了祝总骧证实经络及科学普及"312"的小视频。从此，他爱上了"312经络锻炼法"，并成为第19期传承人，祝总骧为他赐名为乾宁。

通过系统地学习，汪宁得到很大启发，于2014年11月17日研发了"海洋（国际）气血平衡仪"（原名称是"多功能保健治疗仪"），授权公告日是2017年12月22日，专利号为ZL201410647827.1。为了让更多的人去传承祝总骧的"312"事业，他先后向"经络研究中心"推荐了200多位经络爱好者，成为祝总骧的传承人，为祝总骧的"312"传承事业做了不可磨灭的贡献。

张译方在祝总骧的传承人中比较有名，说她有名是因为她自己本身就是传承人，学成后长期为传承人培训班专门为传承人讲经络被科学证实这门课程。她属于那种只知道埋头苦干、默默无私奉献的"312"义工。

祝总骧和他的同事们。

张译方，1957年12月出生于黑龙江省鸡西市。曾毕业于牡丹江医学院，现任北京译方博盛中医研究院院长、中国民间中医药协会肿瘤靶向分会副会长、全国卫生产业企业管理协会中医传承社区康养专业委员会专家。

说起来，她和祝总骧结缘，是在2008年8月召开的"全国中医临床治疗和研讨会"上，她时任组委会秘书长，负责接待中医专家。张译方记得，在中国中医科学院多功能厅听了祝总骧的有关经络研究及"312经络锻炼法"的科普报告后，她深深地被祝总骧学识渊博折服了！当会议结束后，张译方走到祝总骧面前提出："祝老，我想和您合影可以吗？"祝总骧微笑地说："当然可以呀！"从那时候起，她就有拜祝总骧为师的愿望。

2010年5月，她自己创办了北京译方博盛中医研究院，从西医走向中医，她认真系统地学习了中医专业知识，每次在讲中医经络系统理论时，她都必提祝老的研究成果，讲授祝老运用现代科学的手段，验证经络在人体客观存在的伟大科研精神。她拜祝总骧为师的愿望埋在心里十年，这也印证了"精诚所至，金石为开"这个成语。而支撑她一如既往地徜徉在祖国中医王国里"乐而忘忧，不知老之将至"的就是祝总骧的"312"。

2018年10月，张译方终于如愿以偿地参加了祝总骧第15期的传承人培训班，祝总骧赐名为坤梅，她系统地跟随祝老学习了经络被科学证实的课程以及"312经络锻炼法"在养生健身中的作用。15期传承人班结业后，她从18期~30期传承人培训班里，开始做起了义工，专门为传承人讲经络被科学证实这门课程。夏中杰常常为张译方的默默付出感到特别的感动，本来应得的讲课辛苦费，她又以支持"312"事业为由，捐赠给了经络研究中心。

2023年3月份，北京经络研究中心远赴新加坡、马来西亚去考察，张译方积极主动参与，坚持自费出行，支持中心活动。

当《祝总骧传》一书面临出版经费困难，她第一个慷慨捐出一万元。张译方作为祝总骧的传承人，用点点滴滴的奉献情怀，去弘扬和践行祝总骧大爱无疆的精神。

顿玲，字坤鑫，是第11期传承人，她曾经毕业于河南省中医学院，有37年的临床治疗经验，主要临床运用中国非物质文化遗产移毒疗法、各种针具、艾灸、刮痧拔罐、男科、女科、徒手宫廷无痛正骨、徒手面部调理五脏六腑微雕、徒手产后修复等。

在河南省长垣市，顿玲是一方名医，她还是长垣市政协委员，2023年还在政协会议上提交了《关于在长垣市大力推广312经络锻炼法的建议》的提案，得到当地政府的采纳，长垣市人民政府交市卫生与健康委员会负责在全市推广。

宋玲辉，字坤辉，是一位来自山东的传承人。2007年，她通过朋友的介绍，有缘结识了祝总骧，此后就一直和祝总骧有联系，当她了解到"312经络锻炼法"后，意识到"312"是一种"上医治未病"的锻炼方法。2016年4月30日，宋玲辉成为第一期传承人学习班学员，成为祝总骧的亲传传承人。她还当选为中国人口文化促进会祝总骧312经络锻炼法专业委员会副秘书长，为了使"312"让更多的人受益，她不惜余力地把这一锻炼方法传播到身边的家人和朋友，还进社区、单位、机关、学校推广"312"，让更多的人加入到"312"的锻炼队伍之中。

当《祝总骧传》一书出现出版经费短缺之时，宋玲辉向经络研究中心捐出一万元，她说："希望通过自己的绵薄之力，助力恩师的传记顺利出版，让国内外的读者一睹恩师为了全人类的健康无私奉献的百年传奇……"

2006年6月，中国戏剧出版社出版了长篇报告文学《经络巨子——祝总骧教授的科学人生》一书。

祝总骧、朱篷第为父母祭扫。

黄开弟，是来自广西的"80后"年轻人，作为第七期传承人，当她通过朋友介绍，祝总骧要在北京招收系列传承人培训班后，满怀着对传统中医的热爱，报名参加了第 7 期传承人培训班。在培训班期间，她如醉如痴地听课、做笔记、不厌其烦地跟随老师学习"312"的要点。她说："我要将恩师祝总骧所创的"312 经络锻炼法"视作宝贵的财富，决心将其传扬光大，为社会做出回报……"

从 2016 年 4 月 26 日到 2023 年 10 月，祝总骧的传承人已有 475 位，传承人分布在全国各地。这些传承人怀着共同的理想，那就是把"312 经络锻炼法"这一功在当代、利在千秋的造福人类健康的法宝一代又一代地传承下去。有关传承人的故事很多，比如说刘小俐，字坤俐等人，都默默无闻地为了"312"事业，奋斗在路上，也有的人虽然不是传承人，但是依然为"312"事业出谋划策，比如说曾军庆、吴启光等人。

12.7 仍在征途

2020 年，一场突如其来的新型冠状病毒肺炎的疫情肆虐人世间，一时间冠寇横行，人人自危。已经 97 岁高龄的祝总骧坐不住了，他心急如焚，对夏中杰郑重其事地说："新冠肺炎祸害我们老百姓，我们不能坐视不管呀！我们'312'要有作为呀……"夏中杰对恩师的耳提面命，自然是不敢懈怠，在祝总骧的口述下，记录了以下文字——

鼠年又一个甲子年的第一年，我们又遭遇到了 2003 年非典之后的又一次疫情的肆虐——新型冠状病毒肺炎。我们的白衣天使放弃了春节与家人的团聚，奋战在抗疫第一线。我们的习主席亲自部署消灭"新型冠状病毒肺炎"防治工作；我们的总理不顾个人安危，奔赴武汉，亲切慰问广大人民群众，祝福武汉人民平安、健康、幸福、长寿，并带头喊出口号："武汉，加油。"

为了切断新型冠状病毒传染源，各级政府倡导广大人民群众尽量少出门，或者是不出门少给国家添乱。我知道大家无奈的待在家中看电视、打麻将、刷抖音或者玩游戏、嗑瓜子等，是很无聊的，但是我们积极响应政府号召，都待在家里不出门、不聚会，以低成本去打赢这场没有硝烟的战争。

我们待在家中同样能够抗击疫情，那就是拿起自身的武器——经络！就是锻炼经络，抗击新型冠状病毒之病邪！实际上《黄帝内经》早就说过，经络具有"决死生、处百病"，"行血气、营阴阳，不可不通"。今天我向大家推荐一个简单的锻炼方法，是由中国著名的经络学家，经络证实与应用的第一人祝总骧教授在30年前创编的一种锻炼方法——312经络锻炼法。（"3"就是三个穴位的按摩；"1"就是意守丹田的腹式呼吸；"2"就是以两条腿为主的下蹲运动）是一个不需要时间、空间所限制的一种锻炼方法，在家中看电视、聊天都可以进行锻炼。它可以从三道防线来保护我们的健康来抗击新型冠状病毒。

第1道防线："3"三个穴位的按摩。

合谷穴：合谷穴是大肠经上的一个重要穴位，被誉为万能穴。大肠经起于商阳穴，止于迎香穴，主管我们的头面上的病（面口合谷收），包括手腕上的、肘上的、肩上的、头面的牙疼、口腔溃疡、嗓子疼、感冒、发烧、都是有效果的，同时提高我们的记忆力。

内关穴：内关穴是心包经上的一个重要穴位。心包经从胸走手经过了胸部的两大器官心脏和肺脏，不光是我们心脏上的所有疾病找它，包括对我们的肺部的疾病也同样有效。主管冠心病，高血压，心肌梗死，包括肺上的一些疾病等，正所谓心胸内关求。

足三里穴：足三里穴是我们足阳明胃经上面的一个重要穴位，被称之为长寿穴。从头到脚，纵贯全身。每天按按我们的足三里活跃活跃经络，主要对我们后天之本脾胃消化系统有非常好的疗效。同样对我们的泌尿生殖系统也有一定的效果。正是我们中医常说的肚腹三里留。每天按摩我们的这三个穴位，对我们的记忆力、免疫力都会有所提高。

第2道防线：就是"1"腹式呼吸

就是在安静的状态下，意守丹田，吸气时鼓小腹，呼气时瘪小腹做缓、慢、深、长的腹式呼吸来锻炼我们腹部的九条经络，因为我们生命的延续，脏腑机能的运转，都要依靠的是气的流转。五脏之气，六腑之气，经络之气，筋肉之气……我们的四肢百骸，全身上下，无不有气的运转。任何一脏腑功能的实行，无不是气的升降出入的表现。一身之气是由我们脾胃运化而来的水谷精气，和肺呼吸而来的天地清气，混合在一起，就形成了我们胸中的宗气。我们的宗气，在上如天，似星罗棋布，而人的元气在下，如坤土无边。这个宗气，和元气融合，形成一身之气。一身之气融合生成后，又各自分布于脏腑，形成脏腑经络之气。所以说，我们的宗气，必须沿三焦，下行交融于元气才算完成使命（形成一身正气）。那么，我们的宗气是如何下行的呢？靠的是肺的肃降作用。什么主肺气的肃降呢？除了肺本身的功能之外，还有一个重要的因素，便是我们的肾。原来，我们的肾，中医认为有封藏之能。这个封藏之能的表现，除了固精射精之外，还有一个，就是纳气。肾气强，纳气有根，则肺的肃降之能才得以正常实施。若肾气收纳无权，则肃降不及。因此呼吸这件事，必须"入腰入肾"，才算最好。这样就意味着肾发挥了纳气之功，肺气才得以肃降，宗气才得以下行，元气才得以滋养，一身之气才得以周流。一身之气的周流正常，达到气血平衡，脏腑功能才会正常，我们的身体才会健康。这就是所谓"呼吸入腰，百病全消"。

这是第2道防线，就是提高我们的免疫功能和旺盛的精力。

第 3 道防线就是"2"以两条腿为主的下蹲运动。

就这样简单的一蹲一起，可以锻炼我们全身的 20 条经络。初次下蹲的朋友或者膝盖有问题的朋友，要循序渐进！也可以做下蹲前的预备动作，老年朋友，一定要扶着桌子、椅子，床栏杆，借辅助的器械进行下蹲。根据自身的身体情况，微微出汗即可。

当我们全身的经络得到锻炼，气血畅通、阴阳平衡，同时提高了我们的脑力、体力、精力和免疫力。这是我们中医所说的正气存内邪不可干。做好"312 经络锻炼法"，为防御、抗击新型冠状病毒助力。

这篇题为《坚持锻炼"祝总骧 312 经络锻炼法"抗击新型冠状病毒》的文章，通过"312 经络锻炼法健康服务平台"微信公众号发布后，一时间被许多人纷纷转发到微信朋友圈、微信群，使得"312 经络锻炼法"在疫情三年名声大噪！国家卫生健康委员会办公厅和国家中医药管理局办公室联合于 2020 年 2 月 22 日以"肺炎机制医疗发〔2020〕108 号"颁布了《关于印发新型冠状病毒肺炎恢复期中医康复指导建议（试行）的通知》，在其中的第六项"其他方法"第三项中把"312 经络锻炼法"正式列为新型冠状病毒肺炎恢复期中医康复指导建议。

12.8 百岁寿辰

2022 年是新型冠状病毒肺炎在全世界暴发流行的第三年，这一年的 3 月 12 日既是"312 经络日"，也恰逢祝总骧 99 岁的生日。按照中国传统习俗，一般会在老人 99 岁生日那一天，家人会提前给老人过百岁寿辰。祝总骧的两个儿子祝明和祝加贝由于远在国外以及疫情管控的原因，不能各自带着妻子和孩子为老人祝寿。那么操办祝总骧的百岁寿辰的事情就压在首席传承人夏中杰的肩膀上。

2022 年 3 月 12 日这一天，北京御仙都·中国皇家博物馆布置得富丽堂皇，只见百岁寿辰活动背景板采用大红色的底色，左边是祝总骧身着红色的对襟唐装，头戴着天蓝色的礼帽，脖子上披着大红色的围巾，面带微笑地看着前方的巨幅照片，中间放一个写有"寿"字的大蛋糕，右边是带有凹凸感觉的大大的"寿"字上面有一个尚带有桃叶的大寿桃。上面有橘黄色的字："著名经络学家祝总骧先生百岁寿辰——312经络日"。这一天上午，由北京炎黄经络研究中心和中国人口文化促进会祝总骧312经络锻炼法专业委员会联合在御仙都·中国皇家博物馆举办"著名经络学家祝总骧先生百岁寿辰"。来自全国各地30多位传承人代表、祝总骧亲友出席了活动。

北京信息科技大学教授、"312经络锻炼法"受益者滕启，祝总骧教授的嫡亲侄子祝经成、祝经一出席了当天上午的百岁寿辰宴会。第29期312经络锻炼法传承人韩科斌、杨文少担任了百岁寿辰司仪。

首席传承人夏中杰以北京炎黄经络研究中心主任、中国人口文化促进会祝总骧312经络锻炼法专业委员会会长的身份，发表了对祝总骧百岁寿诞贺词并代表全体传承人为祝总骧教授献上鲜花。祝老的两个儿子由于疫情不能如期回国参加老人的生日，特由夏中杰转达对老人的祝福和对各位亲友及传承人的到来表示感谢！百岁寿辰间隙，恰逢第29期312经络锻炼法传承人学习班结业，夏中杰主持了拜师仪式。

在悦耳动听的《生日歌》响起，御仙都·中国皇家博物馆礼仪小姐缓缓用小推车把生日蛋糕推向舞台，百岁寿星祝总骧先生携夫人朱篷第微笑地端坐在舞台中间，满心欢喜地接受大家的生日祝福。

知名报告文学和传记作家、诗人云舒和第15期传承人、北京译方博盛中医研究院院长张译方联袂朗诵了《大爱无疆——献给百岁科学老人祝总骧》，赢得了与会代表的阵阵掌声。这首献诗中所说："面对一位百岁的科学老人／我该用什么辞藻去歌颂他／他的人生本身就是一本很厚重的大书／博大精深／每每展卷都受益匪浅／书里面抖落一些有关使命、科学以及大爱的关键词／如同一缕缕璀璨的阳光／温暖这个世界……"

中国人口文化促进会祝总骧312经络锻炼法专业委员会副会长汪宁，名医优品（海南）科技有限公司（御医日记品牌）创始人刘小莉，北京信息科技大学教授、"312经络锻炼法"受益者滕启，"312经络锻炼法"受益者甄开祥等人为祝教授献上了生日礼物。北京信息科技大学教授、"312经络锻炼法"受益者滕启年过耄耋之年上台朗诵了自己创作的诗歌，表达了自己对祝教授百岁寿辰的真挚祝福之情。年已鲐背之年的杨怀宇和年过七旬的"312经络锻炼法"受益者甄开祥分别在宴会上演唱了《前进，312》和葫芦丝演奏。第29期"312经络锻炼法"传承人学习班学员宋青、王詹华等4人表演了手操舞《感恩的心》，表达了全体传承人对恩师祝总骧教授传授技艺的感恩之情。

御仙都·中国皇家博物馆的身穿清代宫女服饰的十多位宫女按照清代皇家传统礼仪为老寿星庄重地行祝寿礼，把宴会推向高潮。

祝总骧先生百岁寿辰，也印证了他"312经络锻炼法""锻炼经络、人人百岁健康"的科学论断。来自新加坡312经络锻炼法机构，通过视频也向祝教授表达了最真诚的生日祝福。

12.9 巨星陨落

2023年11月，夏中杰计划在2024年3月12日，举办"经络传承　造福人类　第二届祝总骧312经络锻炼法传承与交流大会"，会议通知都发下去了。夏中杰欣喜地告诉我，开会那一天恰好是祝教授101周岁，到时候给他老人家祝贺101周岁的生日，作为会议的一个重要环节，再给他订一个大大的蛋糕。可是事与愿违，到了2023年11月30日，祝总骧由于身体不适，夏中杰不得不放弃繁重的会务工作，把祝总骧护送到北京航天中心医院接受治疗。医院的医护人员得知祝总骧是一位著名的经络学家，非常重视，安排最权威的主任医师为祝总骧治病。祝总骧在北京航天中心医院重症监护室住了28天，尽管医护人员全力救治，但是也未能挽救一位百岁科学老人的生命。一代经络学界的泰斗的生命定格在2023年12月27日下午5点20分，享年101岁。

由于祝总骧的两位儿子长期在国外工作和生活，路途遥远，北京炎黄经络研究中心不得不推迟其逝世讣告的发布时间，直到2024年1月5日，才由北京炎黄经络研究中心面向国内外有关单位和个人发布祝总骧逝世的讣告。

2024年1月13日上午11点，北京八宝山殡仪馆兰厅，祝总骧的遗体安卧在鲜花翠柏之中。兰厅的大门两旁，写着挽联"一生致力于科学研究独创三一二·百岁享寿经络验证康泽亿百千"，为这位经络学界的泰斗盖棺论定。尽管天上下着雪，但是为祝总骧送别最后一程的其生前亲属、好友、学生、传承人一百多人有序排队进入兰厅，每个人的眼里都闪烁着晶莹的泪花，祝总骧的长子祝明等亲属恭立在一旁，前来吊唁的人们分批围着逝者深情的瞻仰并三鞠躬。在兰厅，祝总骧的长子祝明为其亡父敬献的花圈赫然写着"严父放养儿立身终悟大爱·长子祝明携妻李贞珍敬挽"，让前来送别祝总骧最后一程的亲友泪目。祝明的这句话，高度浓缩了父与子之间那种深沉的爱。

现场的屏幕上循环播放着祝总骧生前的一丝不苟地进行经络科学研究、在国内外讲台上侃侃而谈、指导学生时的诲人不倦、和家人亲密无间的交流……

中国科学院生物物理研究所、中国人口文化促进会、北京保护健康协会养生健康专业委员会、国仁乡建社企业联盟、蓝十字生物药业（北京）有限公司、三一二百岁康（北京）健康科技有限公司、上海慧民健康管理咨询有限公司、广州市洪光经络文化传播有限公司、北京译方博圣中医研究院、新加坡祝总骧312经络锻炼健身会、新加坡爱心312团队全体指导员及学员、新加坡武吉巴督、丰加北、麟记全体312经络锻炼团队等140多个国内外单位和个人敬献了花圈。

中国人口文化促进会发来唁信：

祝总骧312经络锻炼法专业委员会、北京炎黄经络研究中心及祝总骧教授的亲属：

惊悉中国科学院生物物理研究所研究员、中国管理科学研究院终身教授、北京炎黄经络研究中心主任、著名经络学家祝总骧先生逝世，我会特表示深切哀悼，并通过你们向祝总骧先生的亲属，表达我会真挚的慰问，希其亲属节哀顺变！

祝总骧先生自从20世纪70年代，沉浸在经络科研工作，历经几十年的筚路蓝缕，艰苦的科研攻关，运用电激发下的机械探测法、电阻测量法、高振动声测试法等方法，证实了经络的客观存在，由此揭开了经络千古之谜。

祝总骧先生在研究经络的基础上，1990年又创编了"312经络锻炼法"，这一具有"简、廉、便、验"的锻炼方法，经过推广以来，深受国内外民众的青睐，全世界有三千万人运用这一锻炼方法，身体得到了康复。

祝总骧先生的逝世，是中国中医界和科学界的巨大损失，我们要化悲痛为力量，学习他优良的工作作风、严以律己、宽以待人的大家风范，学习他追求真理、科学创新的科学精神，学习他大爱无疆的奉献精神。

著名"三农"问题专家温铁军教授领导的国仁乡建社会企业联盟发来唁信：

祝总骧先生治丧工作小组：

惊悉我国著名经络学家、312经络健身法发明人、北京炎黄经络研究中心创办人、中科院生物物理所研究员、中国管理科学院终身教授祝总骧先生溘然仙逝，乡建同人沉痛哀悼，向祝先生亲属表示慰问。

祝总骧先生是我国著名经络学家、312经络健身法发明人和推广者，中科院研究员，中国管理科学院终身教授。20世纪70年代，祝总骧先生以现代多学科实验方法，准确测试出人体经络线的分布位置，及经络本质所表现出来的声、光、电、热等生物物理学特性，揭示了经络密码的千古之谜，证实了中国古典经络图谱高度的科学性和客观性，终结了中西医之间关于针灸针刺临床诊疗是否具有理论基础的长期争论，是人类历史上首次用科学方法，让人们直观的听到、看到经络是客观存在的第一人。

1990年，祝总骧先生结合经络学说和自己的亲身实践，创编了"312经络锻炼法"，经其倾心竭力推广讲学培训，历经20多年，"312经络锻炼法"已传播到东南亚、欧洲等众多国家和地区，全球有数千万人因此受益，对人类的健康做出了独特的贡献。"312经络锻炼法"曾被国家领导人和国家体育总局推荐为科学健身法之一。

祝总骧先生长期以来非常关心和支持乡建事业的发展，关注乡村健康事业。2003年，祝总骧先生及其经络推广团队开始到河北省定州市翟城村，与晏阳初乡村建设学院合作推广"312经络锻炼法"，在翟城村建立"312经络健身小组"，祝总骧先生及其夫人以80多岁高龄每年到翟城村五六次为村民讲授经络知识和健身方法，开展科学研究。这一工作持续了15年，前几年因其身体不再能适应奔波几百公里的劳顿而停下来。祝总骧先生的平民情怀和心系苍生的使命感让人印象深刻，他以其创编的简单易行的"312经络锻炼法"，使很多平民百姓不再受病痛和"看病难、看病贵"的折磨，使很多人成为"自己身体的主人"而能"人人百岁健康"。今天，祝总骧先生在瞿城村开始的乡村健康事业在乡建同人的努力下，已经在很多乡村得到了推广，这是乡建同人可以告慰祝先生的。

祝总骧先生的离世是中国经络界和社会的巨大损失，其科学求真、创新务实和无私奉献的精神将永远激励着我们前行。祝总骧先生一生致力于经络研究和实践，他为国家和人民，为科研和健康养生事业做出了巨大贡献，这也是一份永恒的文化遗产。让我们致敬百岁经络巨子，恩泽流芳，永铭感恩。

祝总骧先生千古！

一代经络巨子已逝，精神永存！

尾声　"312"为世界开出的"中国处方"

祝总骧生前既不相信上帝，更不会去戴那虚无的所谓上帝的桂冠，同时也不承认自己是个医生，他说他也不会给病人治病。他一再声明，他创编的"312经络锻炼法"仅仅给人类找到了一把通向百岁健康之门的钥匙。大门打开，在这条健康长寿的路上一个人能够走多远，完全取决于自己。

> 祝总骧和中国众多的中医专家,为全球卫生治理开了一个"中国处方",他呕心沥血地创编的"312经络锻炼法",不啻为具有中国特色的"中国处方",期望全世界的人民都能通过锻炼这一简、便、廉、验的集三个穴位按摩、腹式呼吸和两条腿下蹲动作为一体的强身健体的锻炼方法,人人达到百岁健康。

2017年1月18日,对于中国中医界来说是一个极其特殊、扬眉吐气的日子。这一天,国家主席习近平远赴瑞士日内瓦世界卫生组织总部,并和世界卫生组织总干事陈冯富珍共同出席中国向世界卫生组织赠送针灸铜人雕塑仪式,为针灸铜人揭幕,这一镜头通过电视、互联网广为传播,让全世界见证了这一庄严的一刻!

执此为礼,寓意深刻。据考证,针灸铜人始创于宋天圣四年(1026年),它既是全国各地中医大学针灸教学的教具,又是考核针灸医生的模型。小小铜人及释解图经,是中国乃至世界上首次由政府颁布的针灸标准。它所承载的最具中国特色的针灸治疗方法,国际认可度最高,也一直被视为中医药走向国际的一张光鲜亮丽的名片。

从1972年2月21日至2月28日尼克松访华引发美国针灸热,到英国王室政要推崇针灸等传统技能,再到针灸被列为联合国教科文组织"非物质文化遗产",越来越多的外国人接受并青睐中医针灸,视其为世界传统医学的一大瑰宝。

据国家卫生与健康委员会新闻发言人披露,103个世界卫生组织会员国认可使用针灸,其中,包括澳大利亚、匈牙利等29个国家和地区设立了法律法规,新西兰、瑞士等18个国家和地区将针灸纳入医疗保险体系;2016年9月,我国针灸疗效的临床研究首次刊发在美国的《内

尾声 "312"为世界开出的"中国处方"

科学年鉴》上，这标志着国际权威医学界对中国中医的高度认可。

在祖国传统中医的那座堂皇的殿堂里，弥漫着浓郁的中草药的味道，那些草根、树皮被封装在硕大的抽屉里，那是属于中国的特有的中国味道！那一根根细长的银针，分别扎进人体不同的穴位，肩负着对人体的疏通经络、运行气血、抗御病邪、保卫机体的作用。按照通俗来说，针灸医术其实就是人体的清洁工，能把人类的身体每个拥堵的器官，通过这一根根银针给疏通开来，小小的银针往往能在很多疾病中起到化腐朽为神奇的疗效！就是这些草根和树皮，还有那银光闪烁的小小的银针，庇护我们中华儿女五千年，继而成为中华民族文明殿堂里最为光彩夺目的中国符号！2015年10月当中国科学家屠呦呦因发现了青蒿素（该药品可以有效地降低疟疾患者的死亡率）而成为首位荣膺诺贝尔生理学或医学奖的中国本土科学家。自此中国中医走向世界。早在两千年前中国先哲"上工治未病"的理念愈发成为一种共识，世界医学正发生"以疾病为中心"向"以健康为中心"的重大转变。

2016年，国家出台了首部中医药专门法律，发布了中医药发展战略规划纲要和中医药白皮书，开启了依法发展中医药事业的新征程；2017年，我国政府又与世卫组织签订"一带一路"卫生领域合作谅解备忘录等协议。中医药事业迎来高光时刻。习近平主席说："我们要继承好、发展好、利用好传统医学，用开放包容的心态促进传统医学和现代医学更好融合。"习近平主席这一番对中医药的讲话，为传统医学发展指明了方向，也让中医药出国门，让世界人民去领略中国传统中医药在临床治疗各种疾病中发挥的重要作用。而祝总骧和中国众多的中医专家，也为全球卫生治理开了系列"中国处方"，他呕心沥血地创编的"312经络锻炼法"，不啻为一副具有中国特色的"中国处方"，期望全世界的人民都能通过锻炼这一简、便、廉、验的集三个穴位按摩、腹式呼吸和两条腿下蹲动作为一体的强身健体的锻炼方法，人人达到百岁健康。

祝总骧认为，2500年前中国的先哲便以超人的智慧，发现了经络，创造出举世无双的针灸经络学。而300多年来起源于西方的现代科学和医学，虽然技术上高度发达和先进，但直到今天还未发现经络。所以我们不要自卑，我们要理直气壮地宣传经络学说的伟大意义，使全世界人民都能达到健康长寿。中国有四大发明，实际上是100项以上重大发明，这是英国的中国古代科技史学专家李约瑟教授说的，他也认为经络是中国的一项伟大发现。

现在我们既然证实了经络的客观存在，于是就提出针灸经络学是中国在四大发明以前的第一大发明。因为从砭石针时代起，上溯有据可查者即800年。何况发现经络对人类的贡献太大了。过去几千年中华民族的繁衍昌盛靠的是经络，现在针灸、气功、中医受到全世界人民的热爱，靠的还是经络；今后千百年人类的医疗保健长寿还得靠经络。马克思把科学美誉为"最高意义上的革命力量"；培根也说过："科学使我们离上帝更近了"。在21世纪的今天，作为中国经络学界的巨子——祝总骧与一些生物基因技术、生命科学技术领域的科学家们一起戴上了上帝的桂冠。祝总骧在国内外给人们讲课的时候，曾无数次这样说："我肯定能活过100岁！"他第一次面向公众说这话的时候，他已80岁高龄，如今他活到了101岁。

1992年，祝总骧应台湾中华自然疗法学会之邀，作十天访问讲学时，台湾画家罗一品闻其大名，欣然挥毫泼墨画了一幅题为"华佗在世"的中国画，画上题诗曰："常存天地好生德，独有圣贤济世心。妙方扫尽沉疴苦，总骧医术永传名。"

祝总骧生前既不相信上帝，更不会去戴那虚无的所谓上帝的桂冠，同时也不承认自己是个医生，他说他也不会给病人治病。他一再声明，他创编的"312 经络锻炼法"仅仅给人类找到了一把通向百岁健康之门的钥匙。大门打开，在这条健康长寿的路上一个人能够走多远，完全取决于自己。

2023 年 1 月 14 日作于北京云梦居

2023 年 10 月 20 日二稿

2024 年 1 月 14 日改定

祝总骧和朱篷第伉俪雕塑

后记

按理说，我已经以祝总骧为传主，分别写过他的短、中篇报告文学，这些为写好《祝总骧传》奠定了良好的基础，但要是写好、写全着实不容易。首先是他作为一位百岁老人，为了研究经络，推广他的"312经络锻炼法"，一生饱经沧桑，一生跌宕起伏，一生执着追求，其人其事何等的壮怀激烈！

2005年5月的一天，我正在公交车上就接到时任北京世界华人文化院院长、著名作家刘战英的电话，在电话中刘老师请我"出山"为《世界华人》《世界华人英才传略大系》分别写一篇短篇和中篇报告文学，他给我两个人物供我选择，一位是谢觉哉的夫人王定国，一位是中国科学院生物物理研究所研究员、著名经络学家祝总骧。我一听王定国，她是一位赫赫有名的老红军，时年已达鲐背之年，我对军事题材很陌生，担心自己驾驭不好，就推掉了。"那你就写祝总骧吧，他是专门研究经络的。你不是写过一本《为生命喝彩》传记吗？都属于医学范畴，我认为你能写。"刘老师鼓励我道。我一听"经络"，脑袋顿时大了起来，什么是经络？我茫然无知。"我能行吗？那我就试试吧，我不行的话，你另请高明如何？"我半是跃跃欲试，半是心怀忐忑地对刘老师说。

没过几天，我来到了北京世界华人文化院洽谈采访祝总骧事宜，刘老师对我说，一是首先撰写一篇1万字篇幅的短篇报告文学，发表在《世界华人》专刊；二是撰写一篇5万字篇幅的中篇报告文学，收录在由人民日报出版社出版的《世界华人英才传略大系》（第三卷）。任务下达后，刘老师语重心长地对我说："我们都老了，你还很年轻，未来可期呀……"实话实说，当时我接到这个任务后，还在心里埋怨起刘老师，这不是折磨人吗？竟然让我写2篇不同篇幅的作品，给的时间也很紧张。直到过去了好多年，我才意识到那是刘老师"刻意"在培养我，当如今的我能熟稔地驾驭起长、中、短篇报告文学，在文坛大放异彩之时，我真的为当初对刘老师的埋怨感到深深的忏悔，也深深地体会到他的良苦用心。

为了能写好报告文学，我恶补了许多有关经络的典籍，把《黄帝内经》看了六遍，搞清楚了经络是"……经脉者，所以能决生死，处百病，调虚实，不可不通。"之后经过采访祝总骧以及他的夫人、两个儿子、学生、传承人、工作人员掌握了大量的第一手资料，同时还跟随祝总骧远赴马来西亚、印度尼西亚、新加坡见证了他的"312经络锻炼法"在异国他乡开花结果。

采访完毕后，我便开始投入到紧张的写作中去。那时候我担任《今日科苑》杂志执行主编，负责整个杂志社的编辑、出版、广告发行的繁重工作。写作只能放在夜晚，当我的部下下班后，编辑部就剩下我一个人，每每写到凌晨2点多，感觉疲惫不堪了才在沙发上睡一会儿。在创作《中国经络学界的巨子——祝总骧》这篇中篇报告文学期间，那个夏天，我几乎都在编辑部里，白天照常上班，晚上就在那写呀、写，饿了就吃个馒头和咸鸭蛋，喝点白开水充饥，一连半个月忘记了洗澡。后来，物业管理人员发现我经常在办公室住宿，就勒令我下午下了班必须离开，没办法我只好把写作地点改为京郊一间出租屋进行。为了勉励自己，我在墙壁上写下了一句铮铮作响的誓言："即使我累死了，我也要把《中国经络学界的巨子祝总骧》写完。"

"苦心人天不负"，当我接到一本装帧设计庄重又不失厚重的《世界华人英才传略大系》（第二卷）一书时，我喜极而泣。这本书由人民日报出版社2005年12月出版，书中收录了包括毛泽东、章太炎、谢觉哉、茅盾、萧克、吴运铎、钱之光、邢燕子、祝总骧这些现代历史人物。而祝总骧作为一名无论是在国内，还是国外都有广泛影响力的科学家，能与伟人、名人一起被收录在一卷，从另一侧面表明了人民日报出版社对他大爱无疆的情怀一种褒奖。

2018年夏天，祝总骧的首席传承人夏中杰邀请我为祝总骧写本长篇传记，我欣然答应。这一年，祝总骧95岁了。当我到北京炎黄经络研究中心和夏中杰见面商谈《祝总骧传》一书的撰写及出版时，我见祝总骧笑容可掬地走到办公室，冲着我说："您好呀！"夏中杰说："您认识他吗？"祝老歪着头把我上下看了一眼说："是胖子！"说着还用右手轻轻地拍了拍我已经发福的肚皮。我说："祝老，您老人家认识我吗？"祝老乐呵呵地对我说："您不是传记作家陈家忠吗？"那时候我想，一位年近百岁的老人给我起一个绰号也是我人生旅途中一大幸事。

按理说，我已经以祝总骧为传主，分别写过他的短、中篇报告文学，这些为写好《祝总骧传》奠定了良好的基础，但要是写好、写全着实不容易。首先是他作为一位百岁老人，为了研究经络，推广他的"312经络锻炼法"，一生饱经沧桑，一生跌宕起伏，一生执着追求，其人其事何等的壮怀激烈！

我从 2005 年开始有缘结识祝总骧，到 2024 年 1 月 14 日把这本长篇传记画下最后一个句号，屈指算来我和祝老相识整整 18 年。这 18 年来，我和祝老一直有友好的交往，无论他所领导的北京炎黄经络研究中心举办一些重要活动，还是出国去考察，祝老总是盛情地邀请我参加，让我真切地见证了"312 经络锻炼法"这棵大树开枝散叶，让更多的人去仰视。

祝总骧出生于军阀混战时期，成长于旧中国山河破碎、民不聊生的年月。在青年时期，他就立下铁骨铮铮的青春理想，为了实现他的青春理想，他如同夸父追日一般，执着追求。如今祝老年过百岁，实现了他青年时期就立下的科学救国、科技强国的远大理想，在这一个远大理想的基础上，他衍生出让全人类健康长寿的普世情怀，其大爱无疆精神足以感天动地！

感谢《今日科苑》杂志原常务副社长、总编辑、著名报告文学作家刘书良老师在百忙之中拨冗作序，给予我今后的文学创作很大鼓励和鞭策。感谢北京炎黄经络研究中心主任、中国人口文化促进会祝总骧312经络锻炼法专业委员会会长、首席传承人夏中杰先生为本书的采访提供

后记

便利。感谢湖南省老科学技术工作者协会会长郎艺珠为本书采访提供便利。感谢祝总骧的长子——祝明先生拨冗接受我的采访，为本书提供了很多鲜为人知的故事。感谢出版社编辑的辛勤劳动。感谢为本书出版助力的所有的"312经络锻炼法"全体传承人。

陈家忠

2023年7月25日于北京云梦居

2024年1月14日定稿

附录1：祝总骧大事记和科研成果

1.1 祝总骧大事记

1923年出生于北平（籍贯：江苏省苏州市）

1943年毕业于中国大学化学系

1946年上海、台湾中国石油公司理学士

1947年北京大学医学院助理研究员

1952年北京大学医学院研究生、助教

1956年中国中医研究院讲师

1957年中国协和医科大学讲师

1969年甘肃省平凉庆阳县医院讲师

1974年中国科学院生物物理所助理研究员

1978年中国科学院生物物理所副研究员、研究员

1985年美国太平洋大学教授

1985年法国针灸学会博士

1987年美国国际针灸学院教授

1990年北京炎黄经络研究中心主任

1992年中国管理科学院教授（终身）

1994年意大利国际体育学院荣誉教授

1995年中国国际中医大学教授

2005年中国见证马来西亚全民312代表团团长

2005年马来西亚南方医院荣誉教授

2006年1月5日全国政协常委伍绍祖到北京炎黄经络研究中心调研。

2006年1月19日国务院副总理吴仪为"312经络锻炼法"做批示。

2006年1月23日国家卫生部部长高强为"312经络锻炼法"做批示。

2006年2月16日《人民日报》在2006年2月16日刊发《'312经络锻炼法'不妨一试》一文。

2006年5月9日启动"312"环球健康列车。

2006年6月6日—7月3日祝总骧第二次到新加坡和马来西亚讲学。

2006年7月7日"第一届国际列车会"在北京电教馆召开，祝总骧作主题演讲。

2006年8月8日"第二届国际列车会"在北京召开，祝总骧作主题演讲。

2006年9月9日"第三届国际列车会"在北京召开，祝总骧作主题演讲。

2006年10月14日"第四届国际列车会"在北京召开，祝总骧作主题演讲。

2006年12月16日"第五届国际列车会"在北京召开，祝总骧作主题演讲。

2006年12月16日"第五届国际列车会"在北京召开，祝总骧作主题演讲。

2011年9月16—18日："第一届世界312长寿医学大会"在匈牙利布达佩斯召开，祝总骧作主题演讲。

2012年，"第二届世界312长寿医学大会"召开，祝总骧作主题演讲。

2013年11月20—25日祝总骧率队到新加坡讲学，得到时任新加坡国会议长哈莉玛.雅各布接见。

2013年9月11—15日"第三届世界312长寿医学大会"在山东省青岛市召开，祝总骧作主题演讲。

2014年8月16—19日"第四届世界312长寿医学大会"在贵州省贵阳市召开，祝总骧作主题演讲。

2016年4月28—30日北京炎黄经络研究中心和中国人生科学学会联合在北京人济山庄4号楼2604室举办"带徒传技育人才"暨祝总骧312经络锻炼法传承人培训班。

2017年8月3日祝总骧代表中国的科学家向世界庄严宣布：经络被科学证实是中国人、是中国科学家祝总骧。这个广告登录在美国纽约时代广场的纳斯达克大屏。

2018年8月24日祝总骧在谢建民、夏中杰的陪伴之下，来到央视《夕阳红》特别节目"健康奇迹"的直播现场录制节目。

2018年4月：祝总骧长子祝明在其父母家召开了第一次会议，出席人员有祝总骧、朱篷第、祝明、徐瑞民、谢建民、夏中杰、韩燕敏、李小荣等人，就北京炎黄经络研究中心今后如何发展的问题，展开了讨论。

2018年7月31日：祝明接着在其父母的家里组织召开了第二次会议，出席人员有：祝总骧、朱篷第、祝明、夏中杰、保姆张桂莲。确定了夏中杰为首席传承人，接替祝总骧担任北京炎黄经络研究中心主任。

2019年3月12日：在北京召开"首届祝总骧312经络锻炼法传承人交流会"，本次活动是由北京炎黄经络研究中心主办、三一二百岁康（北京）健康科技有限公司承办。

2020年2月22日：国家卫生健康委员会办公厅和国家中医药管理局办公室联合于以"肺炎机制医疗发〔2020〕108号"颁布了《关于印发新型冠状病毒肺炎恢复期中医康复指导建议（试行）的通知》，在其中的第六项"其他方法"第三项中把"312经络锻炼法"正式列为新型冠状病毒肺炎恢复期中医康复指导建议。

2021年10月19日：中国人口文化促进会在中国中医科学院隆重举办祝总骧312经络锻炼法专业委员会成立仪式。

2022年3月12日：北京炎黄经络研究中心和中国人口文化促进会祝总骧312经络锻炼法专业委员会联合在御仙都·中国皇家博物馆举办"著名经络学家祝总骧先生百岁寿辰"。来自全国各地30多位传承人代表、祝总骧亲友出席了活动。

2023年12月27日17点20分在北京航天中心医院与世长辞，享年101岁。

1.2 科研成果

1943年相律（Phase Rule）的研究（毕业论文）。

1946年石油产品研究（发表论文8篇）。

1947年心脏生理研究（发表论文5篇）。

1956年针灸研究（毕业论文2篇）。

1957年高血压科研（发表论文5篇）。

1969年气管炎的中医药研究。

1969年甘肃农村合作医疗研究（一根针、一把草运动）。

1974年经络科学研究（发表论文110篇）。

1976年隐性感传（LPSC）的发现（国家卫生部）。

1978年经脉低电阻性（LIP）的发现（国家卫生部）。

1980年经脉高声性（HPS）的发现（北京市科委）。

1986年经络的证实与应用（特别奖）（国家科委）。

1989年《针灸经络生物物理学——中国第一大发明的科学验证》（北京出版社）。

1994年《312经络锻炼法——中老年百岁健康之路》（北京出版社）。

1996年312经络锻炼法（简称312）入选（中华体育健身法）（国家体育总局）。

2002年正电子断层扫描（PET）经络三维定位（解放军301总医院）。

2003年《"312"经络锻炼法对中老年常见病疗效观察》（和朱蓬第、徐瑞民合作）《中国预防医学杂志》2003年8月第4卷第3期。

2003年《"312"经络锻炼法对中老年常见病疗效观察》（和朱蓬第、徐瑞民合作）《中国预防医学杂志》2003年8月第4卷第3期。

2004年"312经络锻炼法"在农村建点（河北省定州市翟城村）。

2005年马来西亚等国"312"巡回演讲。

2005年首届国际经络和整体医学大会议（2005）（马来西亚吉隆坡）。

2006年《三一二经络锻炼法对高血压病及高脂血症干预作用的研究》（和赵伟、刘桂华、朱蓬第合作）《中国自然医学杂志》2006年9月第8卷第3期。

2007年《312经络锻炼法治疗农村中老年原发性高血压病的疗效和相关机理研究》（和朱蓬第、徐瑞民、张东坡、米珠贵、陆廷美、赵伟、刘正军、刘桂华合作，此为基金项目：科技部项目：2003DGS000006）《中国老年保健医学》杂志 2007 年第 5 卷第 4 期。

2007 年《"312 经络锻炼法"对中老年糖尿病患者疗效追踪观察及相关机理研究》（和朱篷第、徐瑞民夏中杰、赵伟、刘桂华合作，此为项目基金：科技部项目：2003DGS000006）《中国老年保健医学》杂志 2007 年第 5 卷第 6 期。

2007 年《"312"经络锻炼法对中老年常见病疗效观察系列报道之二——原发性高血压病》（初步报道）（和朱篷第、徐瑞民、赵伟、刘桂华合作）《中国中医基础医学杂志》2007 年第 13 卷第 3 期。

2007 年《"312 经络锻炼法"对中老年冠心病疗效和相关机理的研究》（和朱篷第、徐瑞民、刘正军、刘桂华合作）《中国老年保健医学》杂志 2007 年第 5 卷第 2 期。

2008 年《"312 经络锻炼法"对中老年高脂血症疗效和相关机理的研究》（和朱篷第、徐瑞民、赵伟、刘桂华合作）《中国老年保健医学》2006 年第四卷第一期。

2010 年《"312"经络锻炼法对高血压病患者疗效的跟踪调查报道》（和赵伟、刘桂华、朱篷第合作）《中国民间疗法》2010 年 8 月第 18 卷第 8。

附录2：国内研究"312经络锻炼法"的学术论文

1.《"三一二"经络锻炼法在更年期综合征自我保健中的应用》，作者：张玉兰、王云霞、张爱萍，作者单位：山东省文登市妇幼保健院，《山东中医杂志》2004年3月第23卷第3期。

2.《"三一二"经络锻炼法对II型糖尿病患者生活质量的影响》，作者：李兴玉、田新华、张雪芹，《中国行为医学科学》2006年10月第15卷第10期。

3.《改良312经络锻炼法对原发性痛经的疗效观察》，作者：李俭莉，作者单位：内江师范学院体育学院，《中国妇幼保健》2012年第27卷。

4.《改良型"312"经络锻炼法对胃癌腹腔镜术后患者肠功能恢复的效果观察》，作者：吴明（福建卫生职业技术学院护理系，350101）；陈锦秀（福建中医药大学护理学院，350108）；田芳曦、蒋丹丹（福建省立医院胃肠外科，350001），《中国疗养医学》2013年第22卷第7期。

5.《312经络锻炼法对高血压康复中患者的疗效观察》，作者：何琼霞、杨春妹、黄淋清，作者单位：福建中医药大学附属人民医院住院部3-3F，《现代医药卫生》2013年9月30日第29卷第18期。

6.《改良型312经络锻炼法在胃外科优质护理病房中的运用》，作者：田芳曦、吴明、蒋丹丹、林华阳、周冬冬，《中华护理教育》2013年11月第10卷第11期。

7.《312经络锻炼法用于慢性乙型肝炎失眠患者的疗效观察》，作者：张月平、方啟红、陆增生、茹清静、全剑缨，作者单位：浙江中医药大学附属第二医院，《护理与康复》2013年11月第12卷第11期。

8.《312经络锻炼法对肥胖性1级高血压患者血压、体重指数及腰臀比的影响》，作者：庞书勤、梅阳阳、郑丽秀、王宝莲（福建中医药大学护理学院，福建福州 350122）；严培晶（福建生物工程职业技术学院，福建福州 350002）；张富（福建中医药大学附属人民医院，福建福州 350004）。

9.《"312 经络锻炼法"辅助治疗高脂血症疗效观察》，作者：胡晓燕、林芳、何琼霞，作者单位：福建中医药大学附属人民医院住院部 3-3F 病区。《现代医药卫生》2014 年 1 月 15 日第 30 卷第 1 期。

10.《"312"经络锻炼法治疗非酒精性脂肪性肝病的疗效观察》，作者：张月平、易红梅、茹清静，作者单位：浙江中医药大学附属第二医院，《护理与康复》2016 年 6 月第 15 卷第 3 期。

11.《"312"经络锻炼配合中药泡脚对原发性高血压患者的效果观察》，作者：夏令琼、王红、王鑫、廖色青、李利容，作者单位：济南大学第二临床医学院深圳市人民医院中医科，《中国实用医药》2017 年 5 月第 12 卷第 14 期。

附录3：祝总骧312经络锻炼法传承人名录

序号	姓名	字号	证书编号	籍贯
01	夏中杰	乾洪	CC160430/01-01	河南
02	李小容	坤榕	CC160430/01-02	重庆
03	谢建民	乾民	CC160430/01-03	河北
04	张双荣	坤文	CC160430/01-04	北京
05	范仰苏	乾道	CC160430/01-05	北京
06	杨光	乾正	CC160430/01-06	内蒙古
07	王钦	乾清	CC160430/01-07	贵州
08	孔翎谚	坤谚	CC160430/01-08	陕西
09	黄林红	坤林	CC160430/01-09	河南
10	萧淼	坤耘	CC160430/01-10	陕西
11	宋灵辉	坤辉	CC160430/01-11	山东
12	李影	坤宁	CC160430/01-12	江苏
13	王占宇	乾融	CC160430/01-13	江苏
14	刘康林	乾康	CC160430/01-14	黑龙江
15	王丕红	坤红	CC160430/01-15	山东
16	张智宾	乾生	CC160430/01-16	山东

续表

序号	姓名	字号	证书编号	籍贯
17	林宇	坤日	CC160430/01-17	北京
18	李淑斋	坤莲	CC160527/02-18	河北
19	刘俊	坤妊	CC160527/02-19	四川
20	王云强	乾霖	CC160527/02-20	山东
21	勾艳鑫	坤鑫	CC160527/02-21	河北
22	符少莉	坤迪	CC160527/02-22	海南
23	张丽	坤祥	CC160527/02-23	河北
24	洪艳艳	坤源	CC160527/02-24	河北
25	薛金华	坤爱	CC160527/02-25	山东
26	余再胜	乾瑞	CC160527/02-26	安徽
27	祝后银	乾道	CC160527/02-27	湖北
28	杨蕾	坤蕾	CC160527/02-28	辽宁
29	岳丽娟	坤丽娟	CC160527/02-29	黑龙江
30	马丽	坤彭措卓玛	CC160527/02-30	辽宁
31	刘满常	乾常	CC160527/02-31	河北
32	韩燕敏	坤铃	CC160527/02-32	河南
33	黄芳	坤廷	CC160624/03-33	浙江
34	黄建华	乾享	CC160624/03-34	湖南
35	江壁逢	乾和	CC160624/03-35	广东
36	梁慧	坤慧	CC160624/03-36	内蒙古

续表

序号	姓名	字号	证书编号	籍贯
37	王文斌	乾崇	CC160624/03-37	北京
38	张文伟	乾仁	CC160624/03-38	湖北
39	章芳武	乾钢	CC160624/03-39	江西
40	周向前	乾安	CC160624/03-40	浙江
41	邱玉来	乾隆	CC160624/03-41	广东
42	邹培标	乾标	CC160624/03-42	广东
43	唐智	乾明	CC160624/03-43	重庆
44	韩亚亚	坤凌	CC160624/03-44	山西
45	姚振鹏	乾奕	CC160624/03-45	内蒙古
46	范秀霞	坤聆	CC160624/03-46	吉林
47	甘露	乾裕	CC160721/04-47	四川
48	骆礼军	乾鹏	CC160721/04-48	贵州
49	魏忠宪	乾贤	CC160721/04-49	贵州
50	成少军	乾锦	CC160721/04-50	贵州
51	乐韬昀	坤灵	CC160721/04-51	上海
52	伍锦华	坤轩	CC160721/04-52	湖南
53	柳艳萍	坤乾	CC160721/04-53	山东
54	王磊	乾秦	CC160721/04-54	贵州
55	王占全	乾王	CC160721/04-55	北京
56	孙绍美	坤楠	CC160721/04-56	山东

续表

序号	姓名	字号	证书编号	籍贯
57	陈勇	乾晨	CC160721/04-57	贵州
58	谢江众	乾众	CC160721/04-58	山东
59	张荣雷	乾龙	CC160721/04-59	山东
60	苏明	乾明	CC160721/04-60	山东
61	苏秋力	乾力	CC160721/04-61	贵州
62	赵静	坤静	CC160926/05-62	山东
63	甄开祥	乾祥	CC160926/05-63	天津
64	李武警	乾钧	CC160926/05-64	河北
65	刘恒	乾行	CC160926/05-65	湖南
66	允璐	坤芝	CC160926/05-66	陕西
67	张怀今	坤容	CC160926/05-67	陕西
68	吴高勇	乾意	CC160926/05-68	河南
69	汪建青	乾青	CC160926/05-69	湖南
70	乔纪翔	乾健	CC160926/05-70	山东
71	孟军	乾济	CC160926/05-71	山东
72	丁晓涛	乾涛	CC160926/05-72	江苏
73	胡雪洁	坤洁	CC160926/05-73	河南
74	朱芳全	乾和	CC160926/05-74	河南
75	胡素娟	坤涓	CC161031/06-75	江苏
76	姜戈	乾东	CC161031/06-76	辽宁

续表

序号	姓名	字号	证书编号	籍贯
77	蒋坚	乾仲运	CC161031/06-77	上海
78	赵妍妮	坤静	CC161031/06-78	陕西
79	戴国华	坤芝	CC161031/06-79	河北
80	陈玲	坤恒	CC161031/06-80	广东
81	赖永光	乾建	CC161031/06-81	广东
82	陶佩明	乾诚	CC161031/06-82	黑龙江
83	于秀斌	乾岳	CC161031/06-83	黑龙江
84	刘胜	乾晟	CC161031/06-84	山东
85	吴镇洲	乾舟	CC170320/07-85	广东
86	张在东	乾明	CC170320/07-86	山东
87	井洪涛	乾成	CC170320/07-87	辽宁
88	罗斌	乾海	CC170320/07-88	重庆
89	张凤云	坤云	CC170320/07-89	山东
90	李云龙	乾承	CC170320/07-90	湖南
91	朱家芬	坤维	CC170320/07-91	湖北
92	陈文忠	乾康	CC170320/07-92	重庆
93	段存胜	乾静	CC170320/07-93	山东
94	夏冰	坤清	CC170320/07-94	河南
95	杨怀宇	坤心	CC170320/07-95	北京
96	黄开弟	坤涵	CC170320/07-96	广西

续表

序号	姓名	字号	证书编号	籍贯
97	张满堂	乾唐	CC170320/07-97	甘肃
98	张湛棣	坤棣	CC1703201/07-97-B	北京
99	李焱	乾能	CC170925/08-98	江西
100	薛敏	坤敏	CC170925/08-99	河北
101	薄志军	乾军	CC170925/08-100	辽宁
102	王启亮	乾亮	CC170925/08-101	山东
103	蔡淦新	乾心	CC170925/08-102	上海
104	耿辉	乾和	CC170925/08-103	河南
105	胡丹青	坤清	CC170925/08-104	浙江
106	王敏	坤明	CC170925/08-105	上海
107	王珍	坤阳	CC170925/08-106	河南
108	李慧	坤棣	CC170925/08-107	河南
109	崔明厚	乾厚	CC170925/08-108	山东
110	李金成	乾诚	CC170925/08-109	山东
111	吕爱春	坤元	CC170925/08-110	天津
112	王光军	乾音	CC170925/08-111	新疆
113	古丽娜·夏米西	坤丽娜	CC170925/08-112	新疆
114	张垚鑫	乾鑫	CC170925/08-113	黑龙江
115	陈东寅	坤寅	CC170925/08-114	浙江

续表

序号	姓名	字号	证书编号	籍贯
116	周培明	乾辉	CC170925/08-115	吉林
117	冯浣如	坤如	CC170925/08-116	浙江
118	吴兰英	坤兰	CC170925/08-117	浙江
119	揭建房	乾柏	CC171023/09-118	江西
120	柳秦桥	乾桥	CC171023/09-119	湖南
121	冯迪飞	坤飞	CC171023/09-120	浙江
122	徐杏	坤馨	CC171023/09-121	湖北
123	陈中英	坤英	CC171023/09-122	重庆
124	孙运芬	坤娴	CC171023/09-123	重庆
125	谢国良	乾明	CC171023/09-124	湖南
126	于立君	乾净堂	CC171023/09-125	黑龙江
127	兰岩菊	坤菊	CC171023/09-126	浙江
128	云杏花	坤华	CC171023/09-127	内蒙古
129	裴凯	乾镜	CC171023/09-128	山西
130	刘春霞	坤霞	CC171023/09-129	河北
131	陈栋	乾元	CC171023/09-130	内蒙古
132	章又女	坤清	CC171023/09-131	浙江
133	王国枝	坤东	CC171023/09-132	安徽
134	曹振起	乾朗	CC190429/09-133	河北
135	陈美英	坤英	CC171108/09-134	福建

续表

序号	姓名	字号	证书编号	籍贯
136	陈丽华	坤华	CC171108/10-135	广东
137	陈文隆	乾文	CC171108/10-136	广东
138	王月兰	坤兰	CC171108/10-137	福建
139	朱炜玲	坤妙敬	CC171108/10-138	辽宁
140	沈明义	乾义	CC171108/10-139	福建
141	黄淑玲	坤雅	CC171108/10-140	广东
142	马海艳	坤午	CC171108/10-141	黑龙江
143	程文辉	乾真	CC171108/10-142	浙江
144	余远诗	坤余	CC171108/10-143	广东
145	陈新明	乾宏	CC171108/10-144	湖南
146	伍正芳	坤术	CC171108/10-145	湖北
147	顿玲	坤鑫	CC180309/11-146	河南
148	伏思思	坤思	CC180309/11-147	江苏
149	缪雨洁	坤洁	CC180309/11-148	江苏
150	张吉	坤容	CC180309/11-149	陕西
151	李萍	坤宁	CC180309/11-150	陕西
152	杨秋良	乾良	CC180309/11-151	湖南
153	杨伏贵	乾贵	CC180309/11-152	湖北
154	姜奕彤	坤和	CC180309/11-153	陕西
155	朱婷	坤婷	CC180309/11-154	河南

续表

序号	姓名	字号	证书编号	籍贯
156	吴蓓蕾	坤觉	CC180309/11-155	浙江
157	许幸莹	坤明	CC180309/11-156	浙江
158	吴惠英	坤英	CC180413/12-157	广东
159	曹兴辉	乾康	CC180413/12-158	河北
160	曾坤玲	坤玲	CC180413/12-159	广东
161	李少华	乾华	CC180413/12-160	浙江
162	张翠玉	坤玉	CC180413/12-161	北京
163	高红	坤圆	CC180413/12-162	江苏
164	王利源	乾源	CC180413/12-163	广东
165	顾紫冰	坤冰	CC180413/12-164	广东
166	曾桑潭	乾顺	CC180413/12-165	福建
167	张慧强	乾宁	CC180413/12-166	山西
168	李志玲	坤灵	CC180413/12-167	湖南
169	滕昀	乾汐	CC180413/12-168	北京
170	汪宁	乾宁	CC190814/19-169	江苏
171	杨晓春	乾元	CC180413/12-170	江苏
172	夏惠京	坤慧	CC180606/13-172	河北
173	周爱萍	坤霖	CC180606/13-173	山东
174	李立新	坤元	CC180606/13-174	河南
175	叶德林	乾尘	CC180606/13-175	江苏

续表

序号	姓名	字号	证书编号	籍贯
176	刘伟昕	乾方	CC180606/13-176	黑龙江
177	黄福东	乾福	CC180606/13-177	黑龙江
178	周爱军	坤予	CC180606/13-178	山东
179	周爱丽	坤仪	CC180606/13-179	山东
180	李瑞芳	坤瑞	CC180606/13-180	河南
181	李晓磊	坤晓	CC180606/13-181	河北
182	刘俊梅	坤洵	CC180606/13-182	山东
183	胡东	乾智	CC180606/13-183	湖南
184	王领星	乾利	CC180606/13-184	北京
185	王丽莎	坤玺	CC180606/13-185	河北
186	陈伟	乾伟	CC180928/14-186	湖南
187	陈浚恺	乾恺	CC180928/14-187	新加坡
188	汪国红	乾石	CC180928/14-188	河南
189	甘洁华	坤洵	CC180928/14-189	广西
190	石昌红	乾焱	CC180928/14-190	河南
191	韩昌俊	乾行	CC180928/14-191	河南
192	李海霞	坤霞	CC180928/14-192	吉林
193	李淑满	坤满	CC180928/14-193	新加坡
194	阮久旺	乾冶	CC180928/14-194	安徽
195	施玉瓶	坤瓶	CC180928/14-195	香港

续表

序号	姓名	字号	证书编号	籍贯
196	吴安京	乾京	CC180928/14-196	广东
197	易延光	乾贤	CC180928/14-197	湖南
198	范耀荣	乾海	CC180928/14-198	广西
199	张忠平	乾通	CC181202/15-199	湖北
200	胡世来	乾来	CC181202/15-200	安徽
201	萨良翠	坤莎	CC181202/15-201	安徽
202	莫文辉	乾泰	CC181202/15-202	湖南
203	李淑华	坤清	CC181202/15-203	天津
204	王培军	坤君	CC181202/15-204	山东
205	施美玲	坤汝	CC181202/15-205	山西
206	张孟梅	坤梅	CC181202/15-206	黑龙江
207	胡广玲	坤玲	CC181202/15-207	河北
208	贺玲	坤蓝	CC181202/15-208	陕西
209	田野	乾野	CC181202/15-209	宁夏
210	朱苍明	乾明	CC181202/15-210	浙江
211	王宏顺	乾昌	CC181202/15-211	河南
212	张万红	乾德	CC181202/15-212	河南
213	王峰	坤峰	CC181202/15-213	山西
214	李玉莲	坤莲	CC181202/15-214	甘肃
215	林国俊	乾俊	CC190310/16-215	新加坡

续表

序号	姓名	字号	证书编号	籍贯
216	罗健明	坤明	CC190310/16-216	新加坡
217	郑洁君	坤君	CC190310/16-217	新加坡
218	谢俭苏	坤苏	CC190310/16-218	新加坡
219	杨有瑞	乾瑞	CC190310/16-219	新加坡
220	洪钿来	乾来	CC190310/16-220	新加坡
221	廖伵瑛	坤瑛	CC190310/16-221	新加坡
222	王桂花	坤花	CC190310/16-222	新加坡
223	辛朝洲	乾洲	CC190310/16-223	新加坡
224	郭木水	乾水	CC190310/16-224	新加坡
225	杨惠方	乾方	CC190310/16-225	新加坡
226	罗晨菲	坤苑	CC190310/16-226	河北
227	费小辉	乾慧	CC190310/16-227	河北
228	王昊	乾昊	CC190310/16-228	浙江
229	汪成友	乾启	CC190310/16-229	江苏
230	埃利	乾利	CC190310/16-230	匈牙利
231	白新闻	乾闻	CC190310/16-231	河南
232	杨伟红	坤华	CC190310/16-232	北京
233	于宁	乾宁	CC190310/16-233	北京
234	吕春波	坤怡	CC190310/16-234	河北
235	杨茂	乾慷	CC190310/16-235	河北

续表

序号	姓名	字号	证书编号	籍贯
236	刘振清	乾清	CC190310/16-236	黑龙江
237	吴涤生	乾和	CC190429/17-237	上海
238	王洪涛	乾涛	CC190429/17-238	浙江
239	路志国	乾志	CC190429/17-239	云南
240	刘朝晖	乾晖	CC190429/17-240	江苏
241	黄雅苗	乾淼	CC190429/17-241	深圳
242	杨诚	乾诚	CC190429/17-242	北京
243	杨健	坤健	CC190429/17-243	北京
244	王雪平	乾平	CC190429/17-244	北京
245	张健伟	乾伟	CC190429/17-245	湖南
246	陈采春	乾春	CC190429/17-246	河北
247	李世宏	乾锋	CC190429/17-247	湖北
248	王宏权	乾权	CC190429/17-248	广东
249	廖桂连	坤连	CC190429/17-249	广东
250	于学波	乾波	CC190429/17-250	北京
251	姚军	乾军	CC190429/17-251	湖北
252	刘祥鹏	乾鹏	CC190429/17-252	北京
253	马德琪	乾德	CC190717/18-253	上海
254	徐杰	坤杰	CC190717/18-254	上海
255	潘露	坤露	CC190717/18-255	江苏

续表

序号	姓名	字号	证书编号	籍贯
256	陈玉香	坤香	CC190717/18-256	四川
257	韩玉军	坤钰	CC190717/18-257	北京
258	王梅	坤梅	CC190717/18-258	江苏
259	段丽平	坤丽	CC190717/18-259	江西
260	钱小兰	坤晓	CC190717/18-260	江苏
261	张娇娇	坤苏	CC190717/18-261	江苏
262	刘誉冰	坤誉	CC190717/18-262	广西
263	张树聪	乾树	CC190717/18-263	广东
264	林佳满	乾满	CC190717/18-264	广东
265	李晶	坤晶	CC190717/18-265	江西
266	江志远	坤远	CC190717/18-266	江西
267	冯海凤	坤宜	CC190717/18-267	广东
268	欧英陶	坤阳	CC190717/18-268	广东
269	傅美喜	乾铭	CC190717/18-269	山西
270	张慧	坤西	CC190717/18-270	广西
271	汤瑜	坤瑜	CC190717/18-271	上海
272	李妙霞	坤越	CC190717/18-272	广东
273	陈永军	乾进	CC190717/18-273	河南
274	赵春芝	坤元	CC190717/18-274	河北
275	常平安	乾安	CC190814/19-275	江苏

续表

序号	姓名	字号	证书编号	籍贯
276	朱晓庆	坤晓	CC190814/19-276	江苏
277	陈宇	坤宇	CC190814/19-277	安徽
278	王乐乐	坤乐	CC190814/19-278	河南
279	丁俊英	坤俊	CC190814/19-279	江西
280	张微	坤微	CC190814/19-280	山东
281	冯超杰	乾杰	CC190814/19-281	河南
282	白小玲	坤玲	CC190814/19-282	内蒙古
283	屈海东	乾海	CC190814/19-283	湖南
284	董少妹	坤妹	CC190814/19-284	福建
285	胡佰权	乾权	CC190814/19-285	浙江
286	黄新凤	坤新	CC190814/19-286	安徽
287	王仁亮	乾亮	CC190814/19-287	山东
288	莫光卓	乾康	CC190814/19-288	广东
289	吕新爱	坤月	CC190814/19-289	河北
290	林丽玲	坤林	CC190814/19-290	广东
291	林娥钦	坤钦	CC190814/19-291	广东
292	葛翠红	坤虹	CC190814/19-292	江苏
293	黄春花	坤美	CC190814/19-293	湖南
294	荔晓艳	坤艳	CC190814/19-294	上海
295	毕安明	乾正	CC190814/19-295	河南

续表

序号	姓名	字号	证书编号	籍贯
296	林燕虹	坤虹	CC190911/20-296	广东
297	陈羽	坤羽	CC190911/20-297	四川
298	陈赠羽	坤静	CC190911/20-298	福建
299	郭子东	乾达	CC190911/20-299	广东
300	陈锦	坤锦	CC190911/20-300	福建
301	胡秀萍	坤秀	CC190911/20-301	浙江
302	吴安华	乾华	CC190911/20-302	浙江
303	吴明星	乾星	CC190911/20-303	安徽
304	谭玲	坤水	CC190911/20-304	江西
305	郑玉婷	坤婷	CC190911/20-305	湖北
306	刘惠玲	坤颖	CC190911/20-306	广东
307	陈雪	坤雪	CC190911/20-307	江西
308	黎丽霞	坤蒙	CC190911/20-308	江西
309	许哲青	坤叶	CC190911/20-309	江苏
310	朱言娣	坤娣	CC190911/20-310	江西
311	苏明生	乾聪	CC190911/20-311	广东
312	张晶	坤楠	CC190911/20-312	辽宁
313	钱文炜	坤诗	CC190911/20-313	上海
314	陈惠摇	坤景	CC190911/20-314	广东
315	董利杰	坤双	CC190911/20-315	河北

续表

序号	姓名	字号	证书编号	籍贯
316	万成文	乾成	CC190911/20-316	湖北
317	严淑花	坤研	CC191111/21-317	宁夏
318	黄雪影	坤影	CC191111/21-318	广东
319	龙飞	坤文	CC191111/21-319	湖南
320	陈丽霞	坤甜	CC191111/21-320	广东
321	郭金	坤诚	CC191111/21-321	湖南
322	陈靖	坤靖	CC191111/21-322	上海
323	潘珊珊	坤盼	CC191111/21-323	广东
324	麦玉娜	坤娜	CC191111/21-324	广东
325	魏秀菊	坤薇	CC191111/21-325	北京
326	郭璐	坤果	CC191111/21-326	山西
327	石秀芹	坤晴	CC191111/21-327	河南
328	释圆昆	乾圆	CC191111/21-328	广西
329	董海玲	坤冬	CC191111/21-329	广东
330	张丽文	坤黎	CC191111/21-330	河南
331	高慧敏	坤敏	CC191111/21-331	江西
332	汪圆圆	坤望	CC191111/21-332	江西
333	汪春权	乾翰	CC191111/21-333	广东
334	王婧	坤旭	CC191111/21-334	吉林
335	纪华	坤吉	CC191111/21-335	河南

续表

序号	姓名	字号	证书编号	籍贯
336	赵茂旭	坤阳	CC191111/21-336	上海
337	朱玉坤	坤玉	CC191112/22-337	山东
338	张涛	乾涛	CC191112/22-338	湖南
339	周剑	坤舟	CC191112/22-339	浙江
340	刘洪斌	乾斌	CC191112/22-340	辽宁
341	李波	乾浪	CC191112/22-341	北京
342	刘荣斌	乾恒	CC191112/22-342	浙江
343	张继龙	乾良	CC191112/22-343	安徽
344	王晓中	乾和	CC191112/22-344	湖北
345	康思颖	坤颖	CC191112/22-345	河北
346	周剑英	坤卓	CC191112/22-346	北京
347	赵丹	坤丹	CC191213/23-347	山西
348	杨真	坤益	CC191213/23-348	河南
349	王玉洁	坤洁	CC191213/23-349	河北
350	莫永琪	乾丰	CC191213/23-350	广东
351	郑钦义	乾义	CC191213/23-351	浙江
352	杨若琳	坤若	CC191213/23-352	贵州
353	吴奕帆	坤帆	CC191213/23-353	江西
354	王淼	坤淼	CC191213/23-354	黑龙江
355	马珍	坤珍	CC191213/23-355	江苏

续表

序号	姓名	字号	证书编号	籍贯
356	易红霞	坤壹	CC191213/23-356	江苏
357	王志鹏	乾志	CC191213/23-357	内蒙古
358	孙萧萧	坤笑	CC191213/23-358	河南
359	周航	乾舟	CC191213/23-359	陕西
360	强承霞	坤承	CC191213/23-360	安徽
361	高楠	坤楠	CC191213/23-361	内蒙古
362	姜琼琼	坤琼	CC191213/23-362	河南
363	王锐锐	坤锐	CC191213/23-363	河南
364	唐林林	坤林	CC191213/23-364	广西
365	郑桃华	坤桃	CC191213/23-365	河南
366	冯元	乾楚	CC191213/23-366	河南
367	孙小晶	乾莹	CC191213/23-367	江西
368	李建荣	坤健	CC191213/23-368	广西
369	吴海强	乾扬	CC191213/23-369	广东
370	刘小俐	坤俐	CC201031/24-370	江苏
371	苏锴	乾锴	CC201031/24-371	江苏
372	董月华	坤月	CC201031/24-372	浙江
373	江源泉	乾源	CC201031/24-373	广西
374	赵雪菲	坤菲	CC201031/24-374	山东
375	高宏达	坤月	CC201031/24-375	黑龙江

续表

序号	姓名	字号	证书编号	籍贯
376	刘振锐	乾锐	CC201031/24-376	北京
377	聂世维	乾盛	CC210426/25-377	安徽
378	闵颖瞻	坤瞻	CC210426/25-378	上海
379	刘国芳	坤芳	CC210426/25-379	安徽
380	廖祖英	坤和	CC210426/25-380	广东
381	徐斌	坤翎	CC210426/25-381	江苏
382	郭兰英	坤融	CC210426/25-382	浙江
383	王舒立	坤宁	CC210426/25-383	山东
384	桂瑾怡	坤瑾	CC210426/25-384	上海
385	周前翠	坤友	CC210426/25-385	安徽
386	吴结华	乾峻	CC210426/25-386	江西
387	莫明生	乾衡	CC210426/25-387	广西
388	傅双鹰	坤鹰	CC210426/25-388	湖南
389	温晓仪	坤仪	CC210426/25-389	广东
390	董延磊	乾泽	CC210426/25-390	河北
391	高莉	坤昕	CC210426/25-391	湖北
392	艾英	坤英	CC210426/25-392	上海
393	李金平	坤鑫	CC210426/25-393	湖南
394	马顺宇	乾龙	CC210426/25-394	河南
395	胡娟	坤悦	CC210426/25-395	上海

续表

序号	姓名	字号	证书编号	籍贯
396	王小雨	坤雨	CC210426/25-396	江西
397	李红	坤灵	CC210426/25-397	广东
398	刘巧羚	坤喜	CC210426/25-398	江苏
399	方智毅	乾正	CC210426/25-399	广东
400	张丽	坤瑞	CC210426/25-400	江苏
401	韩林	乾度	CC210426/25-401	河南
402	张增才	乾增	CC210504/26-402	江西
403	赵丙果	乾术	CC210504/26-403	山东
404	赵允	乾锭	CC210504/26-404	安徽
405	辛凯	乾海	CC210504/26-405	吉林
406	胡小敏	坤晓	CC210504/26-406	湖北
407	刘美兰	坤蓝	CC210504/26-407	湖北
408	刘清秀	坤秀	CC210504/26-408	江西
409	谭宇霞	坤宇	CC210504/26-409	广西
410	王洪刚	乾承	CC210504/26-410	吉林
411	徐勇	乾永	CC210504/26-411	贵州
412	薛飞	乾来	CC210504/26-412	江苏
413	闫立军	乾立	CC210504/26-413	吉林
414	叶招弟	乾迪	CC210504/26-414	浙江
415	尹云鹏	乾鹏	CC210504/26-415	河南

续表

序号	姓名	字号	证书编号	籍贯
416	张影	坤景	CC210504/26-416	黑龙江
417	安吉	乾喆	CC210504/26-417	安徽
418	黄准翻	乾旭	CC210504/26-418	浙江
419	何先兰	坤贤	CC210729/27-419	广东
420	李均连	坤煦	CC210729/27-420	广东
421	贺怀利	乾恒	CC210729/27-421	山东
422	金海莲	坤鑫	CC210729/27-422	黑龙江
423	曾蓉蓉	坤蓉	CC210729/27-423	江苏
424	郭立娟	坤立	CC210729/27-424	江西
425	李冬玲	坤玲	CC210729/27-425	广东
426	宋志荣	乾志	CC210729/27-426	山西
427	刘洋	坤阳	CC210729/27-427	黑龙江
428	徐虎	乾虎	CC210729/27-428	江苏
429	吴为为	坤微	CC210729/27-429	山东
430	张甘节	坤洁	CC210729/27-430	湖南
431	白国琴	坤帝	CC210729/27-431	内蒙古
432	冯保林	乾林	CC210729/27-432	河北
433	孟庆洁	坤彤	CC210729/27-433	河北
434	江健	乾健	CC211223/28-434	宜黄
435	邹贤斌	乾贤	CC211223/28-435	江西

续表

序号	姓名	字号	证书编号	籍贯
436	孙斐斐	坤文	CC211223/28-436	山东
437	曾思辉	乾思	CC211223/28-437	广东
438	常晓军	乾军	CC211223/28-438	湖南
439	王潇	坤潇	CC211223/28-439	新疆
440	李万应	坤映	CC211223/28-440	湖北
441	杨俊	乾俊	CC211223/28-441	上海
442	韦克	乾伟	CC211223/28-442	广西
443	张月	坤月	CC211223/28-443	吉林
444	胡爱华	坤华	CC211223/28-444	江苏
445	许凡	坤帆	CC211223/28-445	福建
446	张韵丝	坤丝	CC211223/28-446	广东
447	师有芹	坤芹	CC211223/28-447	山东
448	陆坤连	坤连	CC211223/28-448	广东
449	郑燕翼	坤翼	CC211223/28-449	广东
450	梁观婵	坤婵	CC211223/28-450	广东
451	奚佳莉	坤佳	CC211223/28-451	上海
452	花锦平	乾锦	CC211223/28-452	浙江
453	陈艾	坤艾	CC211223/28-453	湖南
454	袁国凯	乾凯	CC211223/28-454	河南
455	黄毅得	乾子	CC211223/28-455	福建

续表

序号	姓名	字号	证书编号	籍贯
456	王萌才	坤资	CC211223/28-456	河南
457	王俊元	乾元	CC211223/28-457	广东
458	刘晓微	坤晓	CC211223/28-458	上海
459	赵淑娇	坤娇	CC211223/28-459	浙江
460	林月嵩	乾浩	CC211223/28-460	湖南
461	宋青	坤青	CC220312/29-461	河北
462	王詹华	坤华	CC220312/29-462	湖南
463	吴红梅	坤梅	CC220312/29-463	四川
464	杨文少	坤文	CC220312/29-464	广东
465	韩科斌	乾斌	CC220312/29-465	浙江
466	叶智明	乾智	CC220304/30-466	江西
467	马丽越	坤越	CC230304/30-467	广东
468	林红舒	坤苏	CC230304/30-468	广东
469	陈国梁	乾梁	CC230304/30-469	黑龙江
470	董希水	乾翰	CC230304/30-470	湖北
471	李小芳	坤晓	CC230304/30-471	山东
472	徐连中	乾寂	CC230304/30-472	上海
473	关凤琢	坤艾	CC230304/30-473	内蒙古
474	邱新洪	坤鑫	CC230304/30-474	江西
475	赵光强	乾慧	CC230304/30-475	内蒙古